Mark Franley

# Benutzt

## Das Buch

**Ein neuer Fall für Mike Köstner um Rache und Vergeltung von Bestsellerautor Mark Franley.**

In der Gerichtsmedizin Nürnberg liegt ein furchtbar zugerichteter Verkehrstoter ohne Ausweispapiere. Alles deutet auf Mord, denn die Untersuchungen ergeben, dass man den Mann gefoltert und ihm fast das Augenlicht genommen hat, bevor er von einem Transporter überfahren wurde. Mike Köstner und Peter Groß von der Mordkommission haben kaum verwertbare Spuren, die Hinweise auf die Identität des Täters oder des Toten geben könnten – bis im Internet ein Trailer zu einem neuen Reality-Game auftaucht. Entsetzt müssen die Polizisten zusehen, wie das Opfer in den Tod getrieben wird. Und das ist erst der Anfang. Kurz darauf verschwinden drei junge Frauen und es beginnt ein tödliches Spiel, das nicht nur die Polizei, sondern auch eine stündlich wachsende Zahl von Followern gebannt am Bildschirm verfolgt …

## Der Autor

1972 in Nürnberg geboren, ist Mark Franley bis heute seiner Heimat treu geblieben. Inspiriert durch die lange und oftmals auch dunkle Geschichte seiner Stadt, wird diese zur perfekten Kulisse für das, was einen guten Psychothriller ausmacht. Mit den spannenden Fällen um seine Kommissare Mike Köstner und Lewis Schneider hat der Bestsellerautor bereits Hunderttausende Leser in seinen Bann geschlagen.

MARK
FRANLEY

# BENUTZT

Ein Mike-Köstner-Thriller

EDITION M

Die Originalausgabe erschien 2013 unter dem Titel »Benutzt« im Selbstverlag.

Veröffentlicht bei
Edition M, Amazon Media EU S.à r.l.
38, avenue John F. Kennedy, L-1855 Luxembourg
Mai 2019


Umschlaggestaltung: bürosüd° München, www.buerosued.de
Umschlagmotiv: © Kaiskynet Studio / Shutterstock; © A-Star / Shutterstock
Korrektorat: Media-Agentur Gaby Hoffmann, www.profi-lektorat.com
Gedruckt durch:
Amazon Distribution GmbH, Amazonstraße 1, 04347 Leipzig /
Canon Deutschland Business Services GmbH, Ferdinand-Jühlke-Str. 7, 99095 Erfurt /
CPI books GmbH, Birkstraße 10, 25917 Leck

ISBN: 978-2-91980-890-8

www.edition-m-verlag.de

# – 1 –

Eine große Wurzel, die quer über den zugewucherten Forstweg gewachsen war, brachte die Federung des alten Kastenwagens an ihre Grenzen. Die rostigen Metallspiralen wurden erst mit aller Gewalt zusammengedrückt, dann durften sie sich wieder entspannen und der gesamte hintere Teil des Kastenwagens machte einen Satz nach oben. Wieder wurde Leons leblos wirkender Körper zum Spielball der auftretenden Kräfte, doch dieses Mal hatte es auch etwas Gutes. Das Gefühl des eiskalten Blechs des Radkastens, an dem er mit der Stirn zum Liegen gekommen war, schaffte es bis in die Tiefen seines Geistes und wies diesem den Weg zurück in die Realität. Leon öffnete die sinnlos gewordenen Augen, drückte aber weiterhin die Stirn gegen das kalte Metall. Für einige gnädige Sekunden war er einfach nur froh, noch am Leben zu sein, dann waren sie wieder da. Im Geiste scannte er seinen Körper, fand aber keine Stelle, die nicht von Schmerzen gepeinigt wurde, und eine weitere Wunde schien hinzugekommen zu sein. Der brennende Schmerz kurz hinter dem Haaransatz wurde nur durch die gekühlte Stirn auf einem halbwegs erträglichen Maß gehalten.

Gerade als er vorsichtig danach tasten wollte, bremste das Fahrzeug. Leons Fingernägel kratzten über die Holzplatten der Ladefläche, fanden eine Mulde, in der man sonst

Befestigungsgurte festmachte, und verhinderten so, dass er gegen die Rückwand der Fahrerkabine geschleudert wurde. Das Motorengeräusch erstarb und machte einer fast schon schmerzhaften Stille Platz. Zusammen mit der undurchdringlichen Schwärze um ihn herum konnten seine Gedanken nicht anders: Das Bild eines geschlossenen Sarges blitzte in ihm auf.

Sein einzig noch verlässlicher Sinn meldete sich durch das Wahrnehmen leiser Schritte zurück. Er hielt die Luft an, um besser hören zu können, dann folgte das hässliche Quietschen zweier nicht geölter Scharniere, das sich regelrecht in seinen Kopf zu bohren schien. Leon versuchte, auf die geschundenen Beine zu kommen und war erstaunt, dass es ihm tatsächlich gelang.

Ungeachtet der möglichen Gefahr stolperte er dorthin, wo er den Ursprung des Geräusches vermutete. Trotz der Schmerzen in seinen verbrannten Fingerkuppen musste er sich an der rauen Wand entlangtasten, denn das letzte deutliche Bild, welches seine Augen wahrgenommen hatten, lag bereits einige Stunden zurück. Es hatte nur einige Millisekunden gedauert, doch der Lichtblitz hatte genügt, um seine Augen so weit zu verstümmeln, dass er nur noch sehr helles Licht bemerkte.

Zwei Schritte später hatte er erneut den Radkasten erreicht und stieß schmerzhaft mit seinem angebrochenen Schienbein dagegen. Ein rauer Schrei entrang sich seiner trockenen Kehle, doch er konnte die erneut anfliegende Ohnmacht abwehren und kam langsam weiter voran.

Frische, kalte Herbstluft wehte in das Innere des Wagens und weckte seine Lebensgeister, die sofort wieder von seinen Zweifeln zurückgedrängt wurden. Würde dieser Irre tatsächlich sein Versprechen halten und ihn gehen lassen? Er hatte keine andere Wahl, als daran zu glauben.

Endlich hatte er das Ende der Ladefläche erreicht und wurde noch immer nicht aufgehalten. Ein gutes Zeichen? Vorsichtig beließ er seine rechte Hand weiterhin an der Seitenwand und suchte mit der freien linken nach der Tür, doch da war nichts außer dem lebhaften Wind. Leon versuchte, langsam in die Hocke zu gehen, was seine Beine nur bis zu einem bestimmten Punkt mitmachten. Es war nur ein weiterer Zentimeter, doch der war die Grenze, an der seine Muskeln jede Kraft verließ und er einfach umfiel. Ein weiterer Schrei und einige hektische Atemzüge folgten, dann ging es ihm wieder besser und er konnte erneut nach der Ladekante tasten. Leon wusste, dass er beobachtet wurde, er spürte, dass der Typ so nahe war, dass er ihn jederzeit erreichen konnte, aber noch immer passierte nichts.

Endlich hatte er sich so weit in Position gebracht, dass er auf der Kante saß und die Beine frei herunterhingen. Leon nahm allen Mut zusammen und ließ sich mit dem halbwegs gesunden Bein zuerst heruntergleiten. Der Boden fühlte sich nass und matschig an. Leon hätte sich gewünscht, dass es regnete, aber außer ein paar Tropfen, die aus den Bäumen herabfielen, tat es das nicht. Er streckte den Kopf nach oben. Auch wenn er nun schon einige Zeit keine Kontrollmöglichkeit mehr gehabt hatte, glaubte er, dass er Sonnenlicht noch erkennen können würde. Aber es herrschte nichts als Dunkelheit vor seinen Augen.

»Und was jetzt?« Seine eigene Stimme erinnerte ihn an einen Mann, den er einmal kennengelernt hatte. Diesem Mann hatte der Krebs den Kehlkopf zerfressen und man hatte ihm eine künstliche Stimme in den Hals gepflanzt.

Sekunden vergingen, ohne dass er eine Antwort bekam. Leon tat so, als würde er sich umsehen, und fragte erneut: »Was jetzt, du Arschloch?« Seine Stimme schnappte gemeinsam mit seiner misshandelten Psyche über. »War das etwa schon alles? Du hast vergessen, mir auch noch mein Leben zu nehmen.« Leon versuchte künstlich zu lachen, aber die Schmerzen in seinem Brustkorb nahmen ihm jede Luft. »Na gut …«, presste er heraus und machte zwei wacklige Schritte nach vorne, »… dann gehe ich jetzt mal wieder. War schön mit Ihnen.« Früher war er für solche ironischen Sprüche bekannt, jetzt zeigten sie nur die Nähe zum Wahnsinn.

Zu einem weiteren Schritt kam er nicht, jemand packte ihn am Arm und zog ihn in eine andere Richtung. Entgegen seiner Erwartung wurde ihm kein weiterer Schmerz mehr zugefügt, stattdessen wurde er fast schon sanft geleitet. Wenn sein Orientierungssinn stimmte, hatte man ihn umgedreht und führte ihn jetzt an dem Fahrzeug vorbei. Immer wieder streiften niedere Gewächse dort über sein offenes Fleisch, wo es vorher durch die jetzt zerrissene Hose geschützt war. Aber offenbar produzierte sein Körper immer noch genug Adrenalin, um auch diese Schmerzen zu unterdrücken. Schritt für Schritt humpelte er weiter, bis irgendwann der Griff gelockert wurde, und sich die führende Hand zurückzog.

»Und jetzt?«, krächzte Leon zweifelnd und blieb unschlüssig stehen. Plötzlich kam ihm der tröstliche Gedanke, dass es eigentlich ein gutes Zeichen war, wenn der Irre nicht mit ihm sprach. Bis jetzt konnte er keinerlei Hinweise auf die Identität seines Entführers geben oder wo er gewesen war. In Filmen war dies immer eine Art Lebensversicherung für die Opfer. Leon beschloss, nicht mehr zu fragen, sondern einfach weiterzulaufen. Erneut packten ihn die Hände und er zuckte zusammen. Doch statt ihm etwas anzutun, wurde er in eine bestimmte Richtung gedreht und bekam einen leichten Schubs. Leon glaubte zu verstehen und stolperte hinkend los. Der Untergrund wechselte von weichem Waldboden zu grobem Schotter, was es ihm einfacher machte, auf dem Weg zu bleiben. Der eisige Wind zog durch die Risse seiner Hose und zerrte an dem dünnen Businesshemd, aber das war egal. Noch vor Kurzem hatte er gedacht, nie mehr frische Luft atmen zu dürfen. Er erinnerte sich an die dumpfe Stille in den Räumen aus nacktem Stein.

Dagegen erschien es ihm hier, als würde die Natur ihn regelrecht anschreien. Da waren Vögel, die in unregelmäßigen Abständen auf sich aufmerksam machten, der Wind, der zusammen mit den Baumwipfeln ein Lied sang, und das Rascheln kleiner Tiere im Unterholz.

Schritt für Schritt ging Leon weiter. Manchmal wurde er zu mutig und beschleunigte seinen Gang, was fast immer dazu führte, dass sich das Geräusch des Schotters unter seinen Schuhen in matschiges Schlürfen verwandelte und er seine Richtung korrigieren musste. Nur einmal wagte er es, stehen zu bleiben, um in den Wald zu lauschen, aber nichts deutete darauf hin, dass der Irre noch in der Nähe war. Auch an der undurchdringlichen Schwärze hatte sich noch nichts geändert; offensichtlich war die Sonne noch nicht aufgegangen.

Nach weiteren geschätzten fünf Minuten schien es ihm, als ob er für einen Augenblick ein Licht gesehen hätte, und es keimte die Hoffnung in ihm auf, dass ihn sein Entführer auf die Zufahrt eines Anwesens gestellt hatte. Sein schmerzender Körper brauchte dringend Hilfe, das musste auch diesem Irren klar sein. Doch der Lichtpunkt war so schnell verschwunden, wie er gekommen war, und Leon stolperte weiter.

Langsam verwandelte sich die Wirkung der kalten Luft von belebend zu kräftezehrend. Leon versuchte, die Arme um sich zu schlingen, hatte aber zu viel Angst, irgendwo dagegen zu laufen, also hielt er sie wieder nach vorne gestreckt. Ohne dass er es unterbinden konnte, klapperten seine Zähne aufeinander, und auch seine Füße wurden langsam immer tauber. Aber egal. Er lebte, das war das Wichtigste. Irgendwie würde er das jetzt auch noch durchstehen und sicher auch bald auf Menschen treffen, die ihm helfen konnten.

Als hätte er diesen Gedanken laut ausgesprochen, stießen seine Schuhe gegen eine Kante auf dem Boden. Er wusste, dass es ihm Schmerzen bereiten würde, trotzdem ließ er sich hinunter.

Wie schon in dem Lieferwagen versagten seine Muskeln auf halber Strecke, und er landete unsanft auf seinen Beckenknochen. Mühsam brachte er sich in eine sitzende Position und tastete auf dem Boden herum, bis er die Kante wiedergefunden hatte. Da seine Fingerkuppen keine Informationen mehr übermitteln konnten, streifte er mit dem Handrücken über das neue Material und war sich schnell sicher, dass es sich um eine geteerte Straße handeln musste. Er war der Zivilisation ein Stück näher gekommen.

Mit neuem Mut stemmte sich Leon wieder auf die Beine, und als wäre der Fund der Straße nicht schon genug Glück, ertönte aus der Ferne das Geräusch eines sich nähernden Autos. Er wagte zwar nicht, die Straße zu betreten, stellte sich aber mit den Schuhspitzen gegen den Fahrbahnrand und streckte die Arme nach oben, um auf sich aufmerksam zu machen. Tatsächlich drangen nur wenige Sekunden später zwei Lichtpunkte durch seine kaputte Netzhaut und das Fahrzeug wurde hörbar langsamer. Wild winkend stand er da, wusste aber, dass man ihn gesehen hatte, da das Auto jetzt in den Waldweg, auf dem er gekommen war, einbog. Seltsamerweise blieb es aber noch immer nicht stehen, sondern entfernte sich wieder ein Stück. *Bestimmt kann man hier nicht gut anhalten*, dachte Leon und drehte sich ebenfalls wieder in Richtung Wald, um besser hören zu können. Das Motorengeräusch erstarb, eine Tür wurde zugeschlagen und eilige Schritte näherten sich.

»Um Gottes willen, was ist Ihnen denn passiert?«, rief eine sympathisch klingende Männerstimme schon von Weitem.

»Wo sind Sie?«, fragte Leon und streckte die Arme wieder nach vorne.

»Können Sie nichts sehen?«, fragte die verwunderte Stimme.

»Nein«, antwortete Leon kaum noch hörbar, da sein Hals inzwischen von der Trockenheit wie zugeschnürt war. Dennoch schaffte er es hinzuzufügen: »Ich wurde entführt. Bitte holen Sie Hilfe. Es kann sein, dass er noch in der Nähe ist.«

»Mache ich, mache ich. Einen Moment, ich kümmere mich gleich um Sie«, lautete die jetzt etwas panische Antwort. Dann hörte Leon die Tastentöne eines Handys. Kurz darauf schien der Mann mit der Polizei zu reden.

»Ja, kommen Sie schnell und bringen Sie einen Krankenwagen mit. Der Mann scheint ernsthaft verletzt zu sein«, waren die letzten Worte des Telefonates, danach erklang erneut ein Tastenton und der Mann wandte sich wieder an Leon. »Es wird gleich Hilfe hier sein. Wie geht es Ihnen?«

Doch bevor Leon antworten konnte, ertönte aus der Ferne das tiefe Brummen eines offensichtlich größeren Fahrzeuges, das eindeutig näher kam. Leon spürte, wie der Unbekannte sein Handgelenk umgriff, und riss instinktiv seinen Arm zurück.

»Oh«, sagte der Mann beschwichtigend, »bitte entschuldigen Sie. Ich wollte Sie nur an eine sichere Stelle bringen.« Anschließend machte er eine kurze Pause, bevor er fragte: »Darf ich?«

Da das Geräusch nun schon sehr viel näher gekommen war, nickte Leon und presste mühsam ein »Ja« heraus. Der Fremde ergriff erneut seinen Unterarm und zog ihn fast schon sanft mit sich. Es waren nur wenige Schritte, dann blieben sie stehen und der Mann stellte erleichtert fest: »So, hier kann uns nichts passieren.« In dem gerade noch so nächtlich stillen Wald war das Motorengeräusch inzwischen zu Lärm angeschwollen. Aber so, wie Leon es einschätzte, lagen immer noch einige Bäume zwischen ihnen und dem Wagen. Er riss die Augen auf, doch das durch die vielen Bäume zerteilte Scheinwerferlicht war kaum hell genug für seine Netzhaut. Leon fühlte sich mit jeder Sekunde unwohler, aber jetzt auf eigene Faust irgendwohin zu laufen, wäre lebensgefährlich gewesen.

Als hätte der Fremde seine Gedanken gelesen, legte er ihm beruhigend die Hand auf die Schulter. »Keine Sorge. Deine Schmerzen werden gleich ein Ende haben.«

Die Hand verschwand. Gerade, als Leons Gehirn das eben Gesagte begriff, waren sie da. Die beiden Lichtpunkte waren viel zu groß und viel zu nahe, doch er hatte keine Zeit für Angst, denn schon einen Herzschlag später erfolgte gnadenlos der Aufschlag.

# – 2 –

Der Sonntagmorgen begann für Hauptkommissar Mike Köstner wie jeder andere Tag auch. Er erwachte mit einem leichten Kater und den schrecklichen Bildern, die sich vor etwas mehr als einem Jahr in seinen Kopf und seine Seele eingebrannt hatten. Die Bilder erschienen immer in der gleichen Abfolge: erst der Keller, in dem sein Partner die Schüsse abgefeuert hatte, dann das Ferienhaus in Finnland und anschließend die Gesichter seiner Familie, manchmal mit und manchmal ohne die Wunden.

»Guten Morgen, alter Mann.«

Mike brauchte einige Sekunden, um zu begreifen, warum Jenni neben ihm lag und was der Spruch sollte. Normalerweise verbrachten sie nie die ganze Nacht miteinander. Das war eine der Regeln, welche sich die beiden für ihre offene Beziehung auferlegt hatten und an die sie sich immer hielten. Selbst um 4 Uhr früh ging sonst jeder in seine Wohnung, was auch kein Problem war, da sie nur wenige Straßen voneinander entfernt lagen.

Ohne auf eine Reaktion von ihm zu warten, schob sich Jenni unter Mikes Decke, setzte sich auf sein Becken und sah ihn mit einem vielsagenden Lächeln an. Danach beugte sie sich mit ihrem Kopf zu seinem herunter und flüsterte leise »Alles

Gute zu deinem Geburtstag« in sein Ohr. Mike hob die Hände, umfasste ihr Gesicht und schob dabei ihre langen roten Haare nach hinten. Dann sah er ihr in die Augen und gab ihr einen langen Kuss.

Kurz nach dem Drama um seine Familie hätte er nie gedacht, dass er jemals wieder mit einer anderen Frau zusammen sein könnte, doch Jenni hatte den richtigen Schalter gefunden. Am Anfang hatte ihm die quirlige, agile Art der zehn Jahre jüngeren Journalistin ganz schön zu schaffen gemacht. Doch sie hatten einen Weg gefunden, der es jedem ermöglichte, trotz Beziehung das eigene Leben zu leben. Hinzu kam, dass beide einen Job hatten, in dem Unabhängigkeit nicht gerade ein Schaden war. Jenni hatte mit ihren dreißig Jahren schon mehr von dieser Welt gesehen als so mancher Rentner und Mike stand als Hauptkommissar bei der Mordkommission sowieso ständig auf Abruf.

»Und was wünschst du dir zu deinem Geburtstag?«, fragte Jenni anzüglich und holte Mike damit aus seinen Gedanken. Dann rutschte sie ein Stück weiter nach unten, worauf Mike mit einem leisen Stöhnen reagierte und nach ihren Hüften greifen wollte. Jenni umfasste seine Unterarme und zog sie nach oben. Anschließend griff sie sich seine Handschellen, welche nachts seit einiger Zeit immer auf dem Nachtschränkchen lagen, und kurz darauf hatte er keine Chance mehr, sich aktiv zu beteiligen.

Statt wieder in die Ausgangsposition zurückzukehren, rollte Jenni sich von Mike herunter, verließ das Bett und verschwand in der Küche. Da sie ihn nicht wieder zugedeckt hatte, begann Mike, sich etwas albern zu fühlen. Er lag nackt auf dem Bett, konnte sich nicht wirklich bewegen und war darauf angewiesen, dass seine Freundin wieder zurückkam. Gerade als er anfing, sich vorzustellen, dass seine Kollegen ihn irgendwann so finden würden, kam Jenni mit zwei Gläsern Champagner zurück und setzte sich neben ihn. Mikes komische Gedanken waren mit einem Mal verflogen und er musste sich zwingen, Jenni in die Augen zu sehen, was der Anblick ihres noch jugendlichen, nackten Körpers nicht gerade leicht machte. Vermutlich gerade, weil er mit seinen Händen nichts tun konnte, schossen ihm immer neue Fantasien durch den Kopf.

Mit einem schnellen Seitenblick nahm Jenni seine Erregung wahr und fragte gespielt vorwurfsvoll: »Woran denken wir denn gerade?«

Mike grinste böse. »Nimm mir die Handschellen ab, dann zeige ich es dir.«

Statt darauf einzugehen, ließ sie die beiden Gläser aneinanderstoßen. »Auf dich und die nächsten Vierzig.« Anschließend hielt sie ihm sein Glas an den Mund, wartete, bis er getrunken hatte, und legte sich so neben ihn, dass ihn ihre Brüste leicht berührten.

»Du hast mir noch immer nicht verraten, was du dir wünschst«, stellte sie fordernd fest und strich ihm dabei sanft über den Mund. Er versuchte, ihren Finger zwischen seine Lippen zu nehmen, aber auch das ließ sie nicht zu. Stattdessen ging sie mit ihrem Mund bis an sein Ohr und flüsterte: »Ich glaube, ich habe da eine Idee.«

Immer wieder sanft in seine Haut beißend begann sie, sich langsam über den Hals hinunterzuarbeiten, stoppte aber, als sie auf seinem Bauch angekommen war, und legte ihren Kopf mit Blick nach unten auf seine warme Haut. Jenni wusste, dass Mike diese Situation bald wahnsinnig machen würde, und so war es auch. Doch auch die Bewegungen seines Beckens änderten nichts an ihrer Macht, die Jenni genüsslich auskostete. Ein flüchtiger Kuss auf seine empfindlichste Stelle musste reichen, dann setzte sie sich falsch herum auf seinen Bauch und Mike durfte sich Fantasien zu ihrem Hinterteil machen. Trotz oder gerade wegen der fehlenden Berührungen stieg seine Erregung ins Unermessliche, und er flehte sie an, ihn zu erlösen.

Aber Jenni dachte gar nicht daran, sie nahm erneut die Gläser und hielt ihm seins hin. »Vielleicht kühlt das ja ein bisschen von innen.«

Mike wollte protestieren, trank aber trotzdem einen großen Schluck, ließ seinen Kopf in das Kissen fallen und schloss die Augen.

Jenni sah ihn lächelnd an. »Lass deine Augen geschlossen«, forderte sie. Als sie sicher war, dass er dies befolgte, setzte sie sich so über ihn, dass sie ihn vorher nicht berührte, und nahm ihn langsam in sich auf.

Einige Minuten lang lagen beide schwer atmend übereinander und genossen die gegenseitigen Berührungen, als das passierte, was jedes Gefühl mit einem Mal verjagte: Mikes Handy klingelte.

Instinktiv wollte Mike nach dem Gerät greifen, wurde aber sofort schmerzhaft daran erinnert, dass er immer noch mit den Handschellen am Bett festhing.

»Das ist jetzt nicht dein Ernst«, murrte Jenni, wohl wissend, dass Mike nun keine Minute mehr ruhig liegen konnte.

»Machst du mich bitte los?« Mikes Versuch, nicht eilig zu klingen, missglückte ihm. Das Handy brummte bereits zum fünften Mal, doch Jenni rührte sich nicht.

»Jenni.« Seine Stimme wurde ernster. Noch einmal vibrierte das Gerät, dann schwieg es.

»Siehst du …«, sagte Jenni, »… es kann nicht so wichtig gewesen sein.« Trotzdem befreite sie ihn von seinen Fesseln, drehte sich danach allerdings so, dass er genau hinter ihr lag und über sie hinübergreifen musste, um an das Gerät zu kommen. Ihr Plan ging auf. Mike konnte nicht anders, als sie ein letztes Mal in den Nacken zu küssen, was sie dazu nutzte, ihren Po gegen seinen Unterleib zu drücken. Mikes Hormone verdrängten den

Anruf und befahlen seinen Armen, ihren Körper fester an sich heranzuziehen. Jetzt genoss sie, dass er seine Hände frei hatte und diese scheinbar überall gleichzeitig ihren Körper erkundeten. Jennis Beine öffneten sich bereitwillig, und kurz darauf lagen sie tief vereint hintereinander auf dem Bett und bewegten sich so wenig wie möglich.

Eine halbe Stunde später meldete sich das Handy erneut, diesmal allerdings mit dem eigens für Peter eingestellten Klingelton. Mike, der wieder ein wenig eingedöst war, schreckte hoch und versuchte, mit seiner eingeschlafenen linken Hand nach dem Telefon zu greifen. Nach dem dritten Versuch hatte er es endlich so in der Hand, dass er abheben konnte, brachte aber nicht mehr als ein knurriges »Ja?« heraus.

Peters Stimme klang dagegen ausgeschlafen und munter. »Hey, alter Sack, alles Gute zu deinem Vierzigsten. Soll ich singen?«

Mike konnte sich ein Grinsen nicht verkneifen und dachte kurz darüber nach, ob er sich das antun sollte. »Nee, lass gut sein, es reicht völlig, wenn du mir später ein Bier ausgibst.«

»Danke«, antwortete Peter knapp und erkundigte sich: »Liegst du etwa noch im Bett?«

»Ja, warum? Soweit ich weiß, ist Sonntag, und normale Menschen schlafen an diesem Tag länger.«

Peter räusperte sich kurz, bevor er weitersprach: »Normale Menschen schon … dann gehe ich mal davon aus, dass Jenni da ist. Störe ich etwa?«

Fast hätte Mike gesagt, dass Peter nicht mehr störte, aber zu intim wollte er auch nicht werden. »Nein, du störst nicht. Jenni duscht gerade, und dann gehen wir in ein Café frühstücken. Aber sag mal, hast du vorhin schon einmal von einem anderen Apparat aus angerufen? Ich bin nicht rangegangen, bekam aber auch keine Nummer angezeigt.«

Peters zunächst fröhliche Stimme bekam einen dienstlichen Unterton. »Nein, das war ein Mitarbeiter der Rechtsmedizin, und er wollte dir sicher nicht zum Geburtstag gratulieren. Als er dich nicht erreichen konnte, war meine Nummer die nächste auf seiner Liste.«

»Und was wollte er?«, fragte Mike, obwohl er sich die Frage fast selbst beantworten konnte.

»Er wollte, dass wir uns einen Toten anschauen. Es gab heute Morgen einen etwas seltsamen Verkehrsunfall und die erste Leichenschau des Opfers hat den Fall offensichtlich noch merkwürdiger gemacht. Mehr wollte mir der Mann am Telefon allerdings nicht sagen. Da die Sache nicht wirklich eilt, habe ich mir gedacht, ich lass dich erst mal in Ruhe deinen Geburtstag feiern. Wir sind schließlich das ganze Jahr auf Abruf, da muss so etwas auch mal warten können.«

Mike dachte einen Augenblick über das Gehörte nach. So viel er wusste, hatte Jenni selbst noch einen Termin am Nachmittag, denn auch Journalisten kannten kein Wochenende. Schließlich sagte er zu Peter: »Ist schon o. k., ich werde später kurz nach Erlangen fahren und mir den Toten ansehen. Soll ich dich anrufen oder hast du schon andere Pläne?«

Peter, der diese Reaktion schon erwartet hatte, antwortete, ohne darüber nachdenken zu müssen. »Ruf mich an. Susanne hat ab heute Mittag Dienst in der Notaufnahme, da würde ich sonst eh nur auf dumme Gedanken kommen.«

Mike wusste, dass sein Partner, auch wenn er nichts gegen einen kleinen Flirt hatte, in seiner Beziehung eine treue Seele war; er ging aber auf den Spruch ein. »Das kann ich natürlich nicht verantworten. Irgendwann liege ich vielleicht unter Susannes Messer, und wenn ich dann nicht gut auf dich aufgepasst habe …«

Die beiden Männer lachten und vereinbarten ein Treffen am Nachmittag. Gerade als Mike das Gespräch beendet hatte, öffnete sich die Badezimmertür, und Jenni kam nackt heraus. Doch noch bevor Mike auf dumme Gedanken kommen konnte, verkündete sie: »Ich habe einen Bärenhunger, lass uns gehen.«

Zwanzig Minuten später hatten sie das kleine, gemütliche Café mit Sonntagsbrunch erreicht und genossen das reichhaltige Frühstücksbuffet. Nach dem Essen verabschiedeten sie sich mit einem langen Kuss und jeder machte sich auf den Weg zu seiner Arbeit.

# – 3 –

Mike und Peter trafen fast gleichzeitig auf dem Parkplatz des Instituts für Rechtsmedizin in Erlangen ein. Da am heutigen Sonntag nur ein einziger Parkplatz besetzt war, stellten sie ihre Autos nebeneinander ab und stiegen aus.

Peter fackelte nicht lange, drückte seinen Partner kurz an sich und verkündete: »Noch mal alles Gute zu deinem Geburtstag. In unserem Job ist es nicht selbstverständlich, dass man vierzig wird.« Im selben Augenblick, als er die Worte sagte, wusste er, dass er ins Fettnäpfchen getreten war. In Mike blitzten die Bilder seiner früheren Familie auf, doch er ließ sich nichts anmerken. Stattdessen befreite er sich aus der Umarmung und sagte mit einem erzwungenen Grinsen: »Na, dann pass mal auf, dass du so alt wirst.«

»Ich hab doch dich als Aufpasser«, entgegnete Peter seltsam gedämpft, obwohl er froh war, dass sein Partner die Worte nicht krummgenommen hatte. Er nickte zu dem Eingang des lang gezogenen, etwas in die Jahre gekommenen Gebäudes. »Wollen wir?«

Das Institut sah von innen nicht besser aus als von außen. Bis auf wenige renovierte Zimmer hatte man den Eindruck, in einem ziemlich alten Krankenhaus zu sein. Der Linoleumboden in den langen Fluren musste wenigstens schon zwanzig Jahre alt sein, passte damit allerdings zu den ebenso alten Labortüren. Einzig die Zugänge zu den beiden Obduktionssälen waren mit modernen, breiten Edelstahlschiebetüren ausgestattet, was ziemlich unpassend wirkte.

Jetzt, am Sonntagnachmittag, war alles wie ausgestorben und unheimlich still, bis plötzlich ein seltsam mahlendes Geräusch einsetzte. Sie gingen bis zu der einzigen offenen Tür und blickten hinein. Ein hagerer Mann mit etwas zu langem, dafür aber sehr dünnem Haar stand vor einem Kaffeevollautomaten und wartete darauf, dass das Gerät seine Arbeit beendete.

Peter klopfte an den Türrahmen, worauf der Mann zusammenzuckte. »Sind Sie Herr Gruber?«

Der Mann musterte die beiden mit wachem Blick und nickte dann. »Ja, ich bin Dr. Gruber. Und Sie sind?«

Peter trat als Erster in den Raum und gab dem Mann die Hand. »Ich bin Kommissar Groß, und das ist …«, Peter blickte kurz zu Mike, »… mein Kollege und Vorgesetzter Hauptkommissar Köstner. Sie haben mich heute Morgen angerufen.«

Jetzt entspannte sich der Arzt ein wenig und nahm seinen Kaffee aus der Maschine. »Möchten Sie auch einen?« Beide verneinten. Mit der Tasse in der Hand deutete er zu dem Tisch des Aufenthaltsraumes. »Setzen wir uns«, schlug er vor.

»Wie sind Sie auf uns gekommen?«, fragte Mike, als alle drei Platz genommen hatten.

Dr. Gruber nahm einen Schluck aus seiner Tasse. »Die Dame in Ihrer Zentrale gab mir die Nummern und meinte, Sie wären auch am Wochenende erreichbar.« Entschuldigend fügte er hinzu: »Normalerweise hätte ich bis Montag gewartet, aber die Sache kam mir zu seltsam vor.«

»Welche Sache?« Mike war neugierig geworden und nicht gerade für seine Geduld bekannt.

»Es gab heute in den frühen Morgenstunden einen tödlichen Verkehrsunfall in der Fränkischen Schweiz, bei der ein Mann von einem kleinen LKW überfahren wurde«, erklärte der Rechtsmediziner mit den typisch überlegten Worten eines Arztes.

»Und warum brachte man den Toten zu Ihnen? Es gibt doch sicher auch dort Krankenhäuser«, warf Mike ein.

»Weil schon dem Notarzt aufgefallen ist, dass etwas nicht zusammenpasste. Erstens war der Mann zu Fuß etwa zehn Kilometer von der nächsten Ortschaft entfernt mitten im Wald unterwegs. Am Sonntagnachmittag wäre das sicher normal, aber morgens um fünf Uhr dreißig?« Dr. Gruber zog fragend die Augenlider hoch, sprach aber weiter. »Außerdem, und das gab den Ausschlag, ihn hierher zu bringen, hat der Mann Verletzungen, die mit Sicherheit nicht von dem Unfall stammen können.«

»Was für Verletzungen?«, war es nun Peter, der fragte.

Statt zu antworten, nahm der Arzt einen weiteren Schluck aus seiner Tasse und erhob sich mit den Worten: »Das zeige ich Ihnen besser direkt an der Leiche.« Mike hatte so etwas befürchtet, erhob sich aber ebenfalls. Seit letztem Jahr hatte er so seine Probleme mit dem Anblick von Toten, aber er wusste, dass er es überwinden musste, wenn er seinen Job auch weiterhin behalten wollte. Peter, dem das bekannt war, warf ihm einen fragenden Blick zu, doch Mike deutete ein Nicken an. Stumm folgten sie Dr. Gruber zu einer der großen Schiebetüren, die sich leise zur Seite öffnete.

Keiner von beiden konnte sich des unwohlen Gefühls erwehren, welches sich beim Anblick des sterilen Raumes in ihnen breitmachte. Auf dem mittleren der drei Metalltische lag das, was sie eigentlich gar nicht sehen wollten. Der Pathologe schaltete die Untersuchungsleuchte über dem Tisch ein und entfernte das Tuch über dem Leichnam. Erleichtert stellte Peter fest, dass man den Mann noch nicht geöffnet hatte, was auch erklärte, warum es in dem Raum noch einigermaßen normal roch.

Mike überwand sich und blickte auf das Opfer. Es war nicht so schlimm, wie er befürchtet hatte. Zwar schnürte es ihm kurz den Magen zusammen, doch dann schaltete sein Kopf auf Routine und seine Betrachtungsweise wurde professioneller.

Der LKW musste den erst etwa 20-Jährigen frontal erwischt haben, denn auf Höhe des Bauchnabels hatte der Körper eine deutlich sichtbare Eindellung, die Mike auf die Stoßstange des Fahrzeuges schob. Trotz der zahlreichen Wunden im Gesicht fand Mike, dass der junge Mann einmal recht hübsch gewesen sein musste. Noch einmal ließ er seinen Blick über die gesamte Leiche schweifen, zuckte dann aber mit den Schultern. »Also für mich sieht der Junge wie jemand aus, der versucht hat, einen LKW zu stoppen«, stellte er sarkastisch fest.

Dr. Gruber zog die Lampe zuerst über den Knick am Bauch. »Für diese Verletzung trifft das sicherlich zu. Aber schon da stellt sich folgende Frage: Warum bleibt jemand ruhig stehen und wartet auf den Einschlag?«

»Vielleicht ein Selbstmord?«, schlug Peter vor, doch der Pathologe schüttelte den Kopf.

»Das ist höchst unwahrscheinlich, denn in neunundneunzig Prozent aller Fälle reagieren auch Selbstmörder in der letzten Sekunde noch instinktiv und wollen sich schützen. Für mich gab es nur eine Erklärung, daher habe ich mir seine Augen angesehen.« Dr. Gruber machte eine kurze Pause und schob dabei das Licht über den Kopf des Mannes, öffnete ein Auge und erklärte: »Es muss noch abschließend untersucht werden, aber soweit ich bis jetzt feststellen konnte, hat dieser Mann höchstens noch hell und dunkel erkennen können. Seine Netzhaut weist eine deutliche Schädigung auf.«

Mike konnte zwar nichts Besonderes am Auge des Toten erkennen, fragte aber nach. »Ist diese Schädigung schon älter? Durch was entsteht so etwas?«

Der Rechtsmediziner zuckte mit den Schultern. »Wie ich schon sagte: Das muss noch genauer untersucht werden. Dafür brauche ich ein spezielles Gerät, das muss ich erst anfordern. Denkbar wäre eine Schädigung durch einen starken Laser. Säure schließe ich dagegen aus, denn das verletzt auch immer das Gewebe um das Auge herum.«

»Na gut …«, warf Peter ein wenig verständnislos ein, »… dann haben wir jemanden, der die Gefahr nicht sehen konnte.«

»Ich habe gerade erst angefangen«, konterte Dr. Gruber, als würde er sich vor Gericht befinden, und schob die Lampe nun über eine der Hände des Opfers. Behutsam ergriff er die linke Hand und drehte die Handfläche nach oben. »Bitte beachten Sie die Fingerkuppen.«

Der Arzt ließ den beiden Kommissaren kurz Zeit, bevor er erklärte: »Alle zehn Fingerkuppen weisen frische Brandverletzungen auf und das wurde ganz sicher nicht durch den Unfall verursacht. Unser Freund hier muss etwas sehr Heißes angefasst haben – und das mit beiden Händen gleichzeitig.« Ohne auf einen Kommentar zu warten, wurde die Lampe gleich weiter, dieses Mal über den Beinen, platziert. »Hier haben wir noch ein angebrochenes Schienbein. Sie werden jetzt sicher sagen, dass das doch normal bei Unfällen sei«, der Arzt kam nun immer mehr in Fahrt, und Mike ließ ihn einfach reden, »aber dieser Bruch wurde durch etwas anderes verursacht. Für mich sieht es so aus, ohne dass ich das Bein geöffnet habe, als hätte man ihm einen Nagel oder etwas Ähnliches hineingeschlagen.«

»War es das?«, fragte Peter, dem langsam etwas übel wurde.

Dr. Gruber strich sich eine Strähne des zu dünnen Haares aus dem Gesicht. »Aber nein, das Beste kommt erst noch«, erwiderte er fast schon enthusiastisch. Mike fragte sich langsam, ob dieser Arzt noch ganz dicht war, hörte aber weiter zu.

»Darf ich mal?« Dr. Gruber schob sich an den Kommissaren vorbei, wieder hinauf zum Kopf der Leiche. Dort kippte er die Leuchte etwas, sodass der obere Bereich des Schädels gut ausgeleuchtet war. Mike und Peter folgten ihm widerwillig, dann sahen sie, was er ihnen zeigen wollte. Genau am höchsten Punkt des Schädels fehlte ein quadratisches, etwa fünf mal fünf Zentimeter großes Stück der Kopfhaut.

»Kann das der Unfall verursacht haben?«, fragte Mike, obwohl er die Antwort schon kannte. Dr. Gruber warf selbst noch einen fast schon faszinierten Blick auf die Wunde, riss sich aber davon los und sah Mike mit den Worten an: »So sauber bekommt das kein LKW hin. Das hier …«, sein gummiummantelter Finger deutete auf den Kopf des Toten, »… wurde sauber herausgeschnitten.«

Wieder zuckten Bilder durch Mikes Kopf. Aber das hier war etwas anderes, und so verschwanden sie auch wieder. »Haben Sie eine Erklärung dafür?«, fragte er stattdessen.

»Nein, keine«, lautete die knappe Antwort. »Aber für mich steht fest, dass der Unfall dieses Mannes nur das Ende einer ziemlich üblen Nacht gewesen ist. Alle Wunden, auch die, welche sehr wahrscheinlich nichts mit dem Unfall zu tun haben, sind höchstens einige Stunden alt.« Dr. Gruber machte eine Pause, um seine Worte etwas wirken zu lassen. »Verstehen Sie jetzt, warum ich Sie informiert habe?«

Mike kniff die Lippen zusammen und nickte. »Ja, und das war auch richtig von Ihnen. Wir werden uns die Sache auf jeden Fall genauer ansehen. Bis wann können wir mit einem ausführlichen Obduktionsbericht rechnen?«

»Das kommt darauf an, wann die richtige Obduktion angeordnet wird. Wie Sie wissen, fühlt sich an einem Sonntag keiner zuständig.«

»Ich regle das«, sagte Mike bestimmt, dann fiel ihm noch etwas ein. »Weiß man denn überhaupt, wer er ist?«

»Auch noch nicht«, antwortete Dr. Gruber. »Er hatte nichts bei sich, was ihn ausweisen könnte.«

Mike dachte einen Augenblick lang nach. »Haben Sie seine Kleidung hier? Vielleicht gibt sie uns einen Anhaltspunkt.«

Der Rechtsmediziner ging zu einem offenen Regal, das an der schmalen Seite des Raumes stand, und zog eine größere Plastikschale heraus. Als er den Deckel abhob, mussten sich die beiden Kommissare abwenden. Eine Mischung aus Schweißausdünstungen, Blutgeruch und muffigem Keller schlug ihnen entgegen und blockierte ihren Atemreflex.

Unbeeindruckt nahm Dr. Gruber die Sachen heraus und legte sie in der richtigen Reihenfolge auf einen der freien Tische. Trotz des Schmutzes, der allem anhaftete, konnte man die Qualität des Stoffes erkennen, und in Mikes Kopf entstand ein Bild des Opfers. Er stellte sich vor, wie der junge Mann, lässig an eine Bar gelehnt, dastand und der Damenwelt sein Lächeln schenkte.

»Könnte bei einer Bank oder Versicherung arbeiten«, riss ihn Peter aus seinen Gedanken.

»Oder er ist abends in eine dieser neuen Schickimicki-Diskotheken gegangen«, spann Mike seinen ersten Eindruck weiter. »Auf jeden Fall war er kein Handwerker.«

»Den Eindruck habe ich auch«, brachte sich der Rechtsmediziner wieder ins Spiel, »auch wenn einige seiner Fingernägel abgebrochen sind, zeugen die noch vorhandenen von ständiger Pflege.«

Mike nickte. »Ist mir auch aufgefallen.« Sich zu dem Arzt wendend fragte er: »Haben Sie eine Sofortbildkamera hier? Wir könnten ein paar Bilder von der Kleidung und dem Gesicht des Toten brauchen.«

Jetzt grinste Dr. Gruber überlegen. »Dachte ich mir schon. Kommen Sie mit in mein Büro, dort habe ich schon einiges vorbereitet.«

Als Mike und Peter eine Viertelstunde später aus dem Gebäude traten, hatte sich das Wetter etwas beruhigt. Die Herbstsonne stand tief am Himmel.

»Was hältst du von Gruber?«, fragte Peter, der sich offensichtlich genau so unsicher mit seiner Meinung war wie Mike.

»Fachlich macht er einen recht kompetenten Eindruck und ich glaube, man muss einen gewissen Knall haben, um diesen Job zu machen. Auf jeden Fall werde ich nicht darauf bestehen, dass er die Untersuchungen an Professor Ohler abgeben soll, denn mit dem kann ich gar nicht«, antwortete Mike, und Peter stimmte ihm zu. Professor Ohler hatte zwar auch schon so manch nützliches Detail auf und in einer Leiche gefunden, aber seine arrogante Art konnte einen in den Wahnsinn treiben.

»Und nun?«, fragte Peter und sah auf seine Armbanduhr, die bereits kurz nach fünfzehn Uhr zeigte.

»Willst du nach Hause?«, lautete die Gegenfrage, was Peter verneinte.

»Gut. Ich werde jetzt den Chef anrufen, damit Dr. Gruber offiziell mit seiner Obduktion beginnen kann, und du könntest in der Zwischenzeit in Erfahrung bringen, welche Kollegen heute Morgen den Unfall aufgenommen haben. Wenn ich es richtig verstanden habe, wurde die Unfallstelle nicht als Tatort behandelt, also sollten wir uns dort so schnell wie möglich umsehen. Die Befragung des LKW-Fahrers hat Zeit bis morgen. Der steht sicherlich unter Schock und man lässt uns heute bestimmt nicht mehr zu ihm«, wies Mike Peter an. Als dieser sich bereits abgewendet hatte, um zu seinem Auto zu gehen, rief er ihm noch hinterher: »Ach, und wenn du noch Zeit hast, lass dir bitte die aktuellen Vermisstenanzeigen durchgeben. Du weißt ja, nach welcher Zielgruppe wir suchen.«

»Mach ich«, antwortete Peter über die Schulter und setzte sich auf den Beifahrersitz seines Autos, um in Ruhe telefonieren zu können und ungesehen eine seiner großen Kapseln zu schlucken.

Zehn Minuten später wechselte Peter auf den Fahrersitz und Mike stieg zu ihm in den BMW. »Weißt du, wo es passiert ist?«, fragte Mike.

Peter deutete auf das Navi. »Ist bereits eingespeichert.«

»Na, dann los«, bestimmte Mike.

Peter ließ sich von dem Gerät durch das Gewirr von Erlangens Einbahnstraßen lotsen, schaffte es aber irgendwann, den inneren Kern der Studentenstadt zu verlassen, und von nun an kamen sie zügiger voran.

»Was hat Karl gesagt?«, begann Peter das Gespräch, nachdem jeder eine Zeit lang seinen eigenen Gedanken nachgegangen war.

»Mal abgesehen davon, dass er meinen Geburtstag vergessen hat …«, antwortete Mike gespielt geknickt, »… fand er die Sache ebenfalls ziemlich merkwürdig und hat uns freie Hand gegeben.«

Erst nickte Peter zufrieden, doch dann warf er einen schnellen Blick zu seinem Partner und fragte vorsichtig: »Und er hatte keine Bedenken, dass es dir zu viel werden könnte? Du weißt schon …«

Natürlich wusste Mike, was Peter meinte. Darüber hatte er selbst schon nachgedacht, war aber zu dem Schluss gekommen, diesen Fall als eine Art Bewährungsprobe anzusehen und seine weitere berufliche Zukunft davon abhängig zu machen. Wenn er solche Dinge wie eben in der Gerichtsmedizin nicht mehr ertragen konnte, hatte er nichts mehr bei der Mordkommission verloren. Daher sagte er gelassen: »Das mit der Kopfverletzung des Toten habe ich wohl vergessen zu berichten.« Eigentlich hatte er jetzt mit dem Protest seines Partners gerechnet, doch stattdessen konnte sich Peter ein Grinsen nicht verkneifen. Damit war die Sache für beide erledigt, und nun fragte Mike, was Peters Telefonate ergeben hatten.

»Du hattest recht«, begann dieser zu erzählen. »Da es auf den ersten Blick wie ein relativ normaler Unfall ausgesehen hat, wurden nur die üblichen Spuren des Unfallhergangs gesichert. Die beiden Beamten waren am Ende ihrer Nachtschicht und wollten das Ganze wohl so schnell wie möglich hinter sich bringen. Folglich haben sie wirklich nur das Nötigste getan und solche Sachen wie Bremsweg und die Lage des Opfers dokumentiert.«

Mike atmete hörbar aus. »Aber ich dachte, dem Arzt vor Ort wäre sofort aufgefallen, dass etwas nicht stimmt.«

Peter schüttelte den Kopf. »So habe ich Dr. Gruber auch verstanden, aber man wurde erst im Hersbrucker Krankenhaus darauf aufmerksam und hat den Toten daraufhin nach Erlangen bringen lassen.«

Mike zündete sich eine Zigarette an, reichte diese an Peter weiter und nahm eine weitere aus der Schachtel. »Und was ist mit den Vermisstenanzeigen?«

Peter öffnete das Fenster einen kleinen Spaltbreit, nahm einen tiefen Zug und erzählte bereits beim Ausatmen des Rauches. »Bis jetzt noch nichts, aber bei einem Mann in dem Alter des Opfers kann es durchaus etwas dauern, bis er vermisst wird. Ich habe einige Handyfotos von den Bildern des Opfers gemacht, die uns Dr. Gruber gegeben hat, und an die Zentrale geschickt. Sollte sich jemand melden, geben die uns sofort Bescheid.«

# – 4 –

Laut der Ansage des Navigationsgerätes waren es nur noch fünf Kilometer bis zum Unfallort. Die beiden Kommissare sagten nichts mehr, ohne dass sie sich absprechen mussten, und konzentrierten sich stattdessen mehr auf die Gegend, die draußen vorbeiflog. Nachdem sie eine winzige Ortschaft passiert hatten, wurde Peter von dem Gerät angewiesen, von der breiten Bundesstraße abzufahren und einer merklich schmaleren Landstraße zu folgen. Das schmale Asphaltband zog sich einige hundert Meter an einem abgeernteten Feld entlang und wurde dann regelrecht von der dämmrigen Dunkelheit eines dichten Waldes verschluckt. Nun zeigte das Navi die restliche Entfernung nicht mehr in Kilometern, sondern in Metern an, und Peter ließ den BMW deutlich langsamer werden. Er schaltete das Fahrlicht ein und bemerkte: »Nachts muss es hier stockdunkel sein.«

Tatsächlich konnte man jetzt, etwa eine halbe Stunde vor Sonnenuntergang, schon kaum mehr alles erkennen.

»Und was macht ein LKW am Sonntagmorgen auf diesem Sträßchen?«, fragte Mike zweifelnd.

»Brötchen ausfahren«, lautete die knappe Antwort, dann sprach Peter weiter. »Es war nicht wirklich ein LKW, sondern ein größerer Transporter. Er beliefert hier in der Gegend regelmäßig eine Bäckereikette, die auch am Sonntag geöffnet hat.« Nach einer kurzen Pause fügte er noch hinzu: »Hab ich vergessen, dir zu erzählen.«

Noch bevor Mike darauf eingehen konnte, verkündete die Frauenstimme, dass sie ihr Ziel erreicht hätten, und Peter stoppte den Wagen. »Hier ist nichts«, stellte er fest.

»Fahr mal weiter.« Mike deutete nach vorne. »Da es sich bei dem Ziel nicht um eine Ortschaft handelt, kann das Gerät nicht genau wissen, wo wir hinwollen.«

Peter fuhr wieder an und folgte der immer kurviger werdenden Straße weiter den Hügel hinauf, doch noch immer war nichts von einem Unfallort zu erkennen. Endlich kamen sie zum höchsten Punkt des Hügels, nach dem die Straße erst ein Stück kerzengerade abfiel und dann zu einer nicht einsehbaren Rechtskurve wurde, bei der man aufpassen musste, dass man nicht zu schnell in sie hineinfuhr. »Da ist es«, verkündete Mike, und Peter machte fast eine Vollbremsung. Keine fünf Meter vor ihnen konnte man deutlich die noch frischen Markierungen des Unfallortes auf dem Straßenbelag erkennen. Peter steuerte das Fahrzeug an der Stelle vorbei und stellte es zwanzig Meter weiter am Straßenrand ab.

»Was für eine Stille«, stellte Mike fest, als sie das Auto verlassen hatten und sich umsahen. Beide waren an den immerwährenden Lärm der Stadt gewöhnt; umso intensiver nahmen sie die Ruhe in diesem Wald wahr. Ohne sich absprechen zu müssen, ging Mike links und Peter rechts des Straßenrandes zurück zu der Stelle, an dem sich am Morgen die Tragödie abgespielt hatte. Ihre Streifenkollegen hatten die Bremsspur des Transporters sowie den vermutlichen Aufschlagpunkt und die endgültige Lage des Opfers deutlich markiert, sodass die beiden Kommissare sich auch ohne weitere Erklärungen zurechtfanden.

»Also entweder wollte der Mann sich tatsächlich umbringen oder gerade die Straße überqueren«, stellte Peter fest und deutete auf eine Markierung mitten auf der Straße, die offensichtlich ein Paar Schuhe darstellen sollte. Mike betrachtete die Stelle ebenfalls und trat selbst in die Abdrücke, die in die Fahrtrichtung zeigten, aus der sie gerade gekommen waren. Nachdenklich blickte er die Straße entlang und sagte mehr zu sich selbst: »Er hätte das Fahrzeug sehen müssen, und selbst wenn er schon verletzt gewesen ist, wäre er locker noch weggekommen.« Wie zur Bestätigung hörten sie, wie sich ein Fahrzeug von oben näherte. Mike blieb bewusst so lange stehen, bis er es sehen konnte, und machte ohne Eile einige Schritte bis zum linken Straßenrand, der steil als Böschung abfiel. Der Fahrer des alten Opels bremste etwas ab, musterte die beiden Männer und gab wieder Gas, als er an ihnen vorbei war.

»Also doch Selbstmord?«, fragte Peter. Aber Mike achtete nicht auf die Frage, sondern ging in die Hocke und ließ seinen Blick über den etwa drei Meter tiefen Abhang neben der Straße gleiten.

»Entweder kam das Opfer von hier unten, oder noch jemand anderer war in der Nähe.«

Peter trat neben ihn und sah es ebenfalls. Die Spur durch das hohe welke Gras war eindeutig erst vor Kurzem entstanden und ziemlich sicher nicht von einem Tier. »Er kann nicht von hier gekommen sein«, korrigierte Peter seinen Partner und deutete ein Stück weiter hinunter. »Siehst du? Die Spur endet nach gut zweieinhalb Metern; und dem kleinen Haufen Blättern nach würde ich sagen, da ist jemand hinuntergesprungen und anschließend wieder heraufgeklettert.«

Mike nickte zustimmend und bestimmte: »Lass uns mal die andere Straßenseite anschauen.«

Inzwischen war ein erst weit entferntes Motorengeräusch deutlich näher gekommen, und zwei Lichter tauchten seitlich zwischen den Bäumen auf. Mike hatte den schmalen Schotterweg, der einige Meter unterhalb ihrer Position rechts in den Wald hineinführte, zwar schon gesehen, aber erst einmal nicht weiter beachtet. Jetzt wurde aus dem zunächst von den Bäumen gedämpften Geräusch ein sattes Dröhnen und der vordere Ausleger eines alten Traktors schob sich langsam aus eben diesem Weg hinaus auf die Straße.

»Verfluchte Scheiße«, schrie Mike und rannte los.

Der noch relativ junge Bauer fuhr ein weiteres Stück nach vorne und erblickte den Kommissar erst, als die Vorderreifen bereits auf dem Asphalt standen. Mike hatte zu winken begonnen, was der Bauer offensichtlich so verstand, dass er wieder ein Stück zurückfahren sollte, was er auch tat. Dann erstarb der Motor des Traktors und endlich wurden Mikes Schreie hörbar.

»Was hast du gesagt?«, fragte der Bauer, als der Kommissar ihn erreicht hatte, machte aber keinerlei Anstalten, von seinem Sitz herunterzukommen.

Mike rang etwas nach Atem und wiederholte: »Sie hätten stehen bleiben sollen. Sie machen uns ja alle Spuren kaputt.«

Der Mann sah ihn verständnislos an. »Was für Spuren?«

Inzwischen war auch Peter bei den beiden angekommen und streckte dem Bauern seine Dienstmarke entgegen. »Wir sind von der Kripo Nürnberg und wollten gerade den Weg, auf dem Sie gekommen sind, untersuchen.« Mit einem Blick auf den platt gewalzten Schotterweg stellte er resigniert fest: »Aber das können wir uns jetzt wohl sparen. Wo führt denn dieser Weg hin?«

Der Mann auf dem Traktor drehte sich ebenfalls um und blickte etwas dümmlich in den Wald hinein. Er schien seine Gedanken ordnen zu müssen, bevor er antwortete. »Der Schotterweg geht ungefähr dreihundert Meter hinein und wird dann zu einem Waldweg, der etwas weiter unten wieder auf die Straße trifft.« Und fast schon entschuldigend setzte er hinzu: »Wir brauchen diesen Weg, um das Holz aus dem Wald zu bringen.«

»Willst du noch etwas wissen?«, fragte Peter an Mike gewandt, doch der schüttelte nur den Kopf. Anschließend sah Peter wieder zu dem Bauern hoch. »Sie können jetzt weiterfahren, aber bitte benutzen Sie diesen Weg in den nächsten zwei Tagen nicht.«

Der Mann nickte verständnislos, ließ den Motor seines Traktors an und fuhr grußlos davon. Mike schaute dem Bauern noch kurz hinterher und sah sich dann den Weg an. Das grobe Profil der Traktorreifen hatte sich deutlich in den losen Schotter eingedrückt und alle anderen Spuren unwiederbringlich begraben. »Lass uns einen kleinen Spaziergang machen«, schlug er Peter vor, trat in eine der frischen Reifenspuren und folgte dem Weg tiefer in den Wald hinein.

»Glaubst du, das Opfer kam mit einem Auto hierher? Wenn ja, müsste es doch noch da sein, und das hätte uns der Bauer doch sicher erzählt …«, wunderte sich Peter.

»Ich weiß es nicht«, gab Mike zu, blieb kurz stehen und dachte laut darüber nach.

»Welche Möglichkeiten gibt es denn? Entweder das Opfer ist hierhergelaufen, was ich mir ehrlich gesagt nicht vorstellen kann. Außerdem würde sich dann die Frage stellen, von wo er hierhergelaufen ist. Die zweite Möglichkeit wäre, dass sein Auto noch in der Nähe steht, aber sobald wir seine Identität wissen, lässt sich das sicher relativ leicht feststellen. Und die letzte Variante ist, dass ihn jemand hierhergebracht hat, was mir aufgrund seiner seltsamen Verletzungen sogar ziemlich wahrscheinlich erscheint. Und wenn ihn jemand hierhergebracht hat, dann ja wohl mit einem Fahrzeug.«

»Aber das könnte doch auch einfach oben auf der Straße gehalten haben?«, warf Peter ein.

»Sicher«, antwortete Mike, »aber stell dir vor, du müsstest jemanden ausladen, dem du etwas angetan hast …« Er spann den Gedanken zu Ende: »Würdest du das Risiko eingehen, gesehen zu werden, wenn du auch die Möglichkeit hättest, die ganze Aktion im Schutz des Waldes durchzuführen?«

»Hast recht«, stimmte Peter zu und ging, den Blick immer auf den Boden geheftet, weiter. Das Licht war inzwischen so dämmrig, dass man kaum noch etwas erkennen konnte, und Peter zog seine kleine Minitaschenlampe aus der Gürteltasche. Der Boden zwischen den beiden Traktorspuren schien mit einem Brett glatt gezogen worden zu sein. »Hier ist nichts«, sagte er, nachdem er weitere fünfzig Meter gegangen war.

Plötzlich raschelte es neben ihm im Unterholz. Zuerst erstarrte der kleine Vogel im Schein der Taschenlampe, dann flog er laut schimpfend davon. Peter wollte sich schon abwenden, als ihm ein Muster auffiel, das sich in den unbefestigten Boden gedrückt hatte.

»Ich glaube, ich habe etwas.«

Mike war mit wenigen Schritten bei seinem Partner, ging in die Hocke und verkündete: »Das sind eindeutig Reifenspuren.«

»Und jetzt?«, fragte Peter. »Die können doch auch von Wanderern oder Pilzsuchern sein, die ihr Auto hier abgestellt hatten.«

»Sicher«, pflichtete Mike ihm bei. »Aber neben der Spur oben an der Böschung ist es alles, was wir haben.« Er machte eine kurze Pause. »Und mir reicht das, um die Spurensicherung zu holen.«

Da die Sonne nun endgültig untergegangen war, beschlossen die beiden Kommissare, den Waldweg mit einem Band abzusperren und auf ihre Kollegen zu warten.

Trotz des langen Anfahrtsweges traf der Kleinbus der Spurensicherung bereits nach einer halben Stunde ein. Mike erklärte den beiden Kollegen kurz, um was es ging, anschließend fuhren sie zurück nach Nürnberg. Da sie davon ausgingen, am nächsten Tag noch einmal in die Gerichtsmedizin zu müssen, beschloss Mike, sein Auto dort stehenzulassen und am Montag mit Peter hinzufahren.

Den ganzen Tag über hatte Mike sein Handy ignoriert. Als es sich jetzt erneut mit einem leisen Brummton meldete, nutzte er die Autofahrt, um die Glückwünsche seiner Mutter, die in einem Altersheim wohnte, entgegenzunehmen. Danach sah er die restlichen verpassten Anrufe durch und rief wenigstens seine drei engsten Freunde zurück. Alle anderen mussten sich mit einer kurzen SMS zufriedengeben.

»Hast du Hunger?«, fragte Mike, als sie das Ortsschild von Nürnberg passierten.

»Und wie«, antwortete Peter mit einem Blick auf die Uhr.

»Gut, dann lass uns ein schönes Steak essen. Geht heute mal auf mich«, bestimmte Mike. »Oder hast du heute noch etwas anderes vor?«

»Steak wäre prima«, stellte Peter fest und bog in Richtung Innenstadt ab.

# – 5 –

Kassandra konnte es nicht fassen, sie hatte endlich ein Date. Seit Felix sie vor einem Jahr verlassen hatte, schien sie für alle männlichen Wesen unsichtbar zu sein. Selbst Klaus, das Mauerblümchen ihres Lehrjahres, trank in der Mittagspause nur einen Kaffee mit ihr, wenn es sich gar nicht vermeiden ließ. Bis vor zwei Tagen hatten die Selbstzweifel immer weiter zugenommen. War sie zu fett? Stimmte etwas mit ihrer Frisur nicht? Wirkte sie arrogant?

Weder ihre Mutter noch ihre beste Freundin hatten ihre Zweifel wegwischen können. Es ging sogar so weit, dass sie sich heimlich nackt fotografierte, um den Fehler zu entdecken. Doch bis auf den traurigen Blick ihrer Augen hatte auch sie keinen größeren Makel an sich feststellen können.

Dann kam er. Wie aus dem Nichts stand er plötzlich da, schaute sie mit seinen wasserblauen Augen an – und ihrem lange verschwundenen Lächeln wurde neues Leben eingehaucht.

Zum hundertsten Mal durchlief die Szene ihren Geist. Sie wollte die U-Bahn verlassen, stolperte, und er war da, um sie aufzufangen. Dann half er ihr auch noch, den Inhalt ihres Rucksackes einzusammeln, und nahm dafür sogar in Kauf, seine U-Bahn zu verpassen. Es war wie im Film, als sie beim Aufheben des letzten Stiftes fast mit ihren Köpfen zusammenstießen und anschließend in Gelächter ausbrachen. Und als wäre dies noch nicht genug, hatte er sie für Sonntagabend zu einem Cocktail eingeladen. Vermutlich war er etwas älter als sie selbst, aber wie alt er genau war, würde sie heute bestimmt erfahren, und es spielte ja auch keine Rolle. Auf jeden Fall sah er gut aus und war von seinem Kleidungsstil her auch keiner dieser Möchtegerns, denn für diese Anzugtypen hatte sie überhaupt nichts übrig.

Nach dem fünften Oberteil, einer relativ dünnen Bluse, auf der ihre langen schwarzen Haare gut zur Geltung kamen, zog sie sich ganz aus und ging in das Badezimmer. Da ihre Eltern heute den ganzen Tag unterwegs sein würden, konnte sie sich frei im Haus bewegen, und es war fast so, als würde sie schon alleine wohnen.

Die Luft war bereits empfindlich kalt, als Kassandra aus dem Wagen ihrer Mutter stieg. Zum Glück hatte sie in Nürnbergs Innenstadt eine Parklücke gefunden, die breit genug war, um in einem Zug einparken zu können. Auch nach einem halben Jahr Fahrpraxis hasste sie es immer noch, in eines der engen Parkhäuser zu fahren.

Nervös blickte sie auf ihre Uhr. Trotz ihrer langsamen Fahrweise hatte sie immer noch zwanzig Minuten Zeit. Der Treffpunkt, eine der Brücken, die über die Pegnitz führten, war gleich um die Ecke. Unschlüssig blickte sie sich um. Sie mochte die Stadt zu dieser Jahreszeit nicht sonderlich. Es war dunkel und kalte Windböen zogen durch die vielen engen Gassen, in denen jetzt am Sonntagabend kaum Menschen unterwegs waren. Gerade als sie beschloss, sich noch für ein paar Minuten in das warme Auto zu setzen, hielt ein Kleintransporter direkt hinter ihr.

Fast hätte sie ihn nicht erkannt. Erst als er schon von Weitem rief: »Du bist ja auch zu früh«, war sie sich sicher. Mit einem Schlag war die Kälte vergessen und Hitze stieg ihr in den Kopf. Mit weichen Knien ging sie ihm ein paar Schritte entgegen und stellte dabei fest, dass er noch besser aussah, als sie ihn in Erinnerung hatte. Die hellen Augen kamen in dem fahlen Licht der Straßenlaternen noch mehr zur Geltung und seine kurzen, blonden Haare gaben ihm fast das Aussehen eines Beach Boys.

Beruhigt stellte sie fest, dass auch er offensichtlich etwas nervös war, jedenfalls wirkte sein Lächeln unsicher. »Hallo«, sagte sie schüchtern, »schön, dass du schon da bist, es ist ganz schön kalt heute.«

Er ging die letzten Schritte auf sie zu. Da Kassandra unschlüssig war, ob sie ihn jetzt schon umarmen sollte, gab sie ihm lieber die Hand. Er ließ den Händedruck etwas länger dauern, als es normal gewesen wäre, und bemerkte: »Du bist ja eiskalt, komm, lass uns zu der Bar gehen.«

»O. k.«, antwortete Kassandra knapp, da ihr irgendwie die Worte fehlten.

Es war nicht weit. Sie überquerten die Pegnitz und bewunderten die alten Bauten entlang des Ufers, dann bogen sie in eine kleine Gasse ein und erreichten kurz darauf ihr Ziel. »Oh, Mist«, bestätigte er das, was Kassandra schon befürchtet hatte. An der dunklen Glastür hing ein Schild mit dem Aufdruck »HEUTE GESCHLOSSEN«.

»Und jetzt?«, fragte sie unschlüssig und sah ihn dabei an. *Ist er doch zu alt,* ging es ihr kurz durch den Kopf. Denn jetzt, aus der Nähe betrachtet, hatte er einige Fältchen mehr, als man von Weitem wahrnahm. Doch ein intensiver Blick seiner Augen genügte, um diesen Zweifel auszuräumen. Scheinbar ohne darüber nachzudenken nahm er ihre Hände zwischen seine. »Du zitterst ja.«

Kassandra ließ es sich nicht anmerken, aber die letzte bewusste Berührung eines Mannes war fast ein Jahr her. Umso mehr genoss sie es, seine Hände auf ihren zu spüren.

Plötzlich schoss ihr ein Gedanke in den Kopf. »Sag mal, wie heißt du eigentlich?«, fragte sie. »Wir haben uns noch gar nicht vorgestellt.«

Zu ihrer Enttäuschung nahm er seine rechte Hand weg und schlug sich gespielt gegen die Stirn. »Stimmt, jetzt, wo du es sagst.« Kurz zu Boden blickend sagte er etwas zu leise: »Ich bin wohl etwas aus der Übung, was Dates angeht.« Er hob er den Blick. »Also, ich bin Wotan.«

»Ungewöhnlicher Name«, stellte Kassandra fest und nannte dann ihren eigenen.

Für einige Sekunden blickten sie sich gegenseitig in die Augen, dann schlug Wotan vor: »Ich kenne noch eine andere, sehr gemütliche Bar, die auch sicher geöffnet hat, aber dazu müssten wir ein Stück fahren.«

»Kein Problem«, sagte Kassandra, ohne lange darüber nachzudenken. Sie wollte einfach nur irgendwo ins Warme.

»Fährst du mit mir?«, fragte Wotan, als sie bei den Autos angekommen waren. »Könnte sein, dass es dort mit Parkplätzen etwas knapp werden könnte«, fügte er hinzu.

Eigentlich wollte Kassandra schon ablehnen, aber dieses Argument überzeugte sie. Da Wotan nicht gerade den Draufgänger gab, ließ sie sich darauf ein.

# – 6 –

Der Montagmorgen begann wie so oft mit einem Kater, den Mike auf seiner persönlichen Skala der Stärke vier zuordnete. Eine Tasse schwarzer Kaffee und eine Tablette beseitigten das Problem, sodass er schon eine halbe Stunde später das Haus verlassen konnte. Wie befürchtet war es nicht bei dem Steak und einem Glas Bier geblieben, doch ein endgültiger Absturz konnte vermieden werden.

Wieder einmal stellte es sich als äußerst sinnvoll heraus, dass er sich eine Wohnung in der Nähe des Hauptpräsidiums genommen hatte, denn jetzt schon ein Auto zu lenken wäre ziemlich grenzwertig gewesen. Der kurze Spaziergang tat ihm gut, und als er kurz vor acht sein Büro aufschloss, waren die Kopfschmerzen bereits Vergangenheit.

Wie jeden Morgen startete er erst die Kaffeemaschine, anschließend den Computer, und während beide Geräte warmliefen, hörte er den Anrufbeantworter ab. Da dieser heute aber nur einen verirrten Anruf anzeigte, nutzte Mike die Zeit, um die große Magnettafel abzuwischen. Die handschriftlichen Notizen und angehefteten Blätter hatten keine Bedeutung mehr. Die Gesuchte saß seit zwei Tagen in Haft und wartete auf ihren Mordprozess.

Fast gleichzeitig meldete erst der Computer, dann die Kaffeemaschine mit einem Signalton, dass sie funktionsbereit waren. Mike nahm zwei Tassen, stellte diese nebeneinander in das Gerät und drückte »Start«. Wie in einer perfekten Choreografie öffnete Peter genau in dem Augenblick die Bürotür, als der Kaffeefluss versiegte, und verkündete mit viel zu guter Laune: »Was für ein schöner Morgen.«

Mike sah Peter an, als wäre er nicht ganz dicht. »Ist schon recht …« Er wartete, bis Peter seine Jacke ausgezogen hatte, und fragte: »Hast du über Nacht im Lotto gewonnen?«

Peter setzte ein vielsagendes Gesicht auf. »Nein, aber Susanne kam früher von ihrer Nachtschicht heim.«

Mike, der schon auf dem Weg zum Präsidium über ihren neuen Fall nachgedacht hatte, war jetzt überhaupt nicht nach solchen Dialogen. »Na, dann hoffe ich mal, du hast noch genug Spannung in dir, um einen Fall zu lösen«, sagte er etwas zu scharf.

Peter wollte etwas erwidern, ließ es aber und bedankte sich stattdessen für den Kaffee, in dem er gerade ein Stück Würfelzucker versenkt hatte. Dann fuhr auch er seinen Rechner hoch und beide sahen zuerst schweigend ihre neuen E-Mails durch. Gegen halb neun klingelte das Telefon und Karl, der Leiter des Morddezernates, wollte sie sehen.

»Also, was war gestern los?« Karl saß hinter seinem Schreibtisch und die beiden Kommissare wie Schuljungen davor. Allerdings hatte Karl Steinbach ihnen gegenüber noch nie den großen Boss heraushängen lassen und auch nie vergessen, dass er früher mit Mike Streife gefahren war. Alle drei begegneten sich stets auf Augenhöhe und meistens akzeptierten die beiden Kommissare Karls Entscheidungen.

Mike schilderte in kurzen Worten, was passiert war und was sie in der Zwischenzeit herausgefunden hatten. Einige

Informationen hatte er Karl zwar schon gestern am Telefon geliefert, trotzdem begann er seinen Bericht ganz von vorne mit dem Besuch in der Gerichtsmedizin.

Karl hörte aufmerksam zu und machte sich hin und wieder eine Notiz in seinem kleinen Block, den er immer und überall dabeihatte.

»Und ihr seid euch sicher, dass es kein natürlicher Tod war?«, war Karls erste Frage, nachdem Mike geendet und er eine Weile über die Sache nachgedacht hatte.

Jetzt war es Peter, der antwortete. »Was die Umstände seines Todes angeht, sind wir noch nicht sicher. Sicher ist allerdings, dass der Mann kurz vor seinem Ableben misshandelt wurde.« Peter machte eine kurze Pause. »Auf jeden Fall ist es sehr unwahrscheinlich, dass er sich seine Verletzungen selbst beigebracht hat.«

Wieder machte Karl für einige Sekunden ein nachdenkliches Gesicht, dann beschloss er: »Also gut. Ihr seht zu, dass ihr heute noch mehr Informationen zusammenbekommt, vor allem, was die Umstände des Todes und die Identität des Toten angeht. Ich kann im Moment noch nicht entscheiden, ob das in unsere Zuständigkeit fällt, daher erwarte ich bis siebzehn Uhr einen kurzen Bericht von euch.«

»Alles klar«, sagte Mike und stand mit Peter auf. Beide verließen den Raum.

»Und jetzt?«, fragte Peter, der ihre Tassen erneut mit Kaffee füllte und sich dann an seinen Schreibtisch setzte.

»Das Übliche«, lautete Mikes simple Antwort. »Du kriegst heraus, wo und wann wir den Fahrer des Unfallfahrzeuges befragen können, ich rufe die Jungs von der Spurensicherung an. Danach fahren wir nach Erlangen und hören uns an, was Dr. Gruber noch herausgefunden hat.«

»Verstanden«, sagte Peter, griff zum Telefon und ließ sich mit der Polizeiwache verbinden, die den Unfall aufgenommen hatte.

Mike musste dagegen nur eine interne Nummer wählen und hatte kurz darauf den richtigen Kollegen in der Leitung. »Köstner«, meldete Mike sich knapp. »Habt ihr gestern noch etwas gefunden?«

»Haben wir«, entgegnete der Mann von der Spurensicherung. »Einen Augenblick, ich muss erst das Protokoll aufrufen.« Mike hörte, wie am anderen Ende einige Tasten gedrückt wurden, und nahm derweil einen Schluck aus seiner Tasse. Dann raschelte es in der Leitung und der Kollege meldete sich zurück. »Also, wir konnten drei verschiedene Reifenspuren sicherstellen, wovon aber nur eine ziemlich frisch war. Es handelt sich dabei um ein Reifenfabrikat, das hauptsächlich von Vans oder Kleintransportern verwendet wird.«

»Irgendwelche besonderen Merkmale?«, fragte Mike dazwischen.

»Nicht wirklich«, antwortete sein Kollege, »außer dass es sich um Sommerreifen aus dem Jahr 2005 handelt und gerade noch so viel Profil darauf ist, um den gesetzlichen Bestimmungen zu genügen.«

»O. k.«, sagte Mike, »dann brauchen wir nicht auf eine Zufallsanzeige durch eine Polizeikontrolle zu hoffen. Aber es ist trotzdem ein Ansatzpunkt. Schickt ihr mir bitte die genaue Reifenbezeichnung per E-Mail?«

»Klar, machen wir. Aber es gibt noch mehr …« Wieder klackten einige Tasten. »Außerdem haben wir zwei unterschiedliche, ebenfalls recht frische Schuhabdrücke gefunden. Allerdings machten es die Bodenverhältnisse unmöglich, die genaue Art der Schuhe zu identifizieren. Wir haben nur die Schuhgröße. Der eine Abdruck hat die Größe zweiundvierzig, der andere dreiundvierzig.«

»Und das Profil?«, fragte Mike.

»Die kleineren waren eher grobes Profil und die größeren dürften fast glatt gewesen sein.«

Mike dachte kurz an den Besuch in der Gerichtsmedizin und sagte dann mehr zu sich als in den Hörer: »Dann sind die kleineren vermutlich von dem Täter …, wenn es denn einen gibt.«

»Nun«, unterbrach die Stimme des Kollegen Mikes Gedankenspiele, »alleine war das Opfer mit ziemlicher Sicherheit nicht. Das niedergedrückte Gras an der Böschung neben dem Unfallort sprach Bände. Dort ist mit Sicherheit erst jemand hinuntergesprungen und dann wieder hinaufgeklettert.« Es folgte eine kurze Pause. »Und wenn Sie sagen, dass die kleineren Abdrücke nicht zum Opfer gehören, dann war dort eine weitere Person.«

»Ganz sicher?«, fragte Mike nach.

»Ganz sicher«, bestätigte sein Kollege.

»Gut, dann können wir von Mord ausgehen. Gibt es sonst noch etwas, was ich wissen müsste?« Mike hatte auf die Uhr gesehen und wollte langsam zum Ende kommen.

»Erst einmal nicht, aber wenn wir noch etwas finden, schicke ich eine E-Mail.«

Die beiden beendeten das Gespräch, und als kurz darauf auch Peter den Hörer weglegte, bestimmte Mike: »Lass uns fahren, es ist gleich zehn Uhr und wir haben noch einiges vor uns. Wir tauschen uns im Auto aus.«

»Und?«, fragte Peter, nachdem er ihren Dienst-BMW ausgeparkt und sich in den Verkehr eingereiht hatte.

»Wir können mit hoher Wahrscheinlichkeit davon ausgehen, dass es eine zweite Person am Unfallort gab. Und wenn es keine Frau mit Schuhgröße zweiundvierzig war, dann war es ein Mann. Die Spurensicherung hat zwei verschiedene

Schuhabdrücke gefunden. Außerdem fanden sie frische Reifenspuren in dem Waldweg, die darauf hindeuteten, dass es ein größeres Fahrzeug war, also entweder ein Van oder ein Kleintransporter.« Mike machte eine Pause. »Ach ja, und die Spuren in der Böschung zeigten deutlich, dass dort jemand erst hinuntergesprungen ist und dann wieder hinaufkletterte. Es könnte also tatsächlich so sein, wie du schon vermutet hast. Jemand hat unser Opfer dort platziert und ist bis kurz vor dem Aufprall dabeigeblieben. Wir müssen dringend mit dem Unfallfahrer reden, vielleicht hat er etwas gesehen.«

»Können wir«, sagte Peter. »Man hat ihn tatsächlich mit einem schweren Schock nach Altdorf in das dortige Krankenhaus gebracht. Eigentlich sollte er heute Mittag entlassen werden.«

»Und wo finden wir ihn dann?«, fragte Mike dazwischen.

»Er bleibt so lange dort, bis wir bei ihm waren«, antwortete Peter mit einem Grinsen. »Durch Susanne kenne ich den dortigen Stationsarzt, und der wird so lange mit der Visite warten, bis wir da waren.« Mike sah seinen Partner von der Seite an und fragte sich, ob nicht in einem jeden ein wenig kriminelle Energie steckte. Dann meldete sich offenbar Peters Gewissen. »Komm, lass uns zuerst dorthin fahren«, schlug er vor, »der Tote kann auf seine Visite warten.«

Die Befragung des Fahrers dauerte gerade einmal zehn Minuten und brachte kaum neue Erkenntnisse. Er gab zu, dass er kurz vor dem Zusammenstoß die Innenraumbeleuchtung angemacht hatte, um auf seinen Lieferschein zu blicken, und dadurch absolut nichts gesehen hatte. Er hatte nur den Aufprall gehört und war dann ungefähr zwanzig Meter weiter zum Stehen gekommen. Aus Angst, es könnte vielleicht ein verletztes Wildschwein draußen herumlaufen, war er dann noch einige Minuten in seinem Fahrzeug sitzen geblieben, bis er sich endlich herausgetraut und das Opfer gefunden hatte. Wenn dort also wirklich eine weitere Person gewesen war, hätte diese genug Zeit gehabt, um ungesehen zu verschwinden.

Enttäuscht verließen die beiden Kommissare das Krankenhaus und machten sich auf den Weg zur Gerichtsmedizin. Mike nutzte die Zeit und rief die neuesten Vermisstenanzeigen auf, die per E-Mail-Weiterleitung auf sein Handy kamen, doch keine der fünf neuen Anzeigen passte auch nur annähernd auf ihr Opfer. Drei waren senile Alte, die fast jeden Monat einmal verschwanden. Außerdem noch ein 14-jähriger Teenager, der ebenfalls schon einige Male aus dem Heim geflüchtet war, und letztlich noch eine 18-Jährige, die vermutlich gerade neben einem Typen aufwachte, von dem sie nicht einmal den Nachnamen wusste. Mike wollte die E-Mail schon schließen, als sein Blick auf den Namen der vermissten jungen Frau fiel: *Kassandra Magwart.*

»Haben wir nicht eine Richterin Magwart beim Strafgericht?«, fragte Mike an Peter gewandt.

Peter sah kurz zu seinem Partner und versuchte dabei zu erkennen, was sich Mike auf dem Handy ansah, dann nickte er. »Haben wir. Ich hatte schon einmal das zweifelhafte Vergnügen, bei ihr aussagen zu müssen. Die Frau ist so unnahbar, dass selbst Fliegen einen Bogen um sie machen,«, antwortete er wenig begeistert. Dann runzelte er die Stirn. »Warum fragst du?«

»Hat nichts mit unserem Fall zu tun«, stellte Mike fest, erklärte aber: »Ich habe hier eine Vermisstenanzeige, in der eine Kassandra Magwart gesucht wird, und ich frage mich gerade, ob das vielleicht die Tochter der Richterin ist. Man hat uns schon einmal sämtliche Kollegen abgezogen, weil das Kind eines Richters beschlossen hatte, einen längeren Ausflug zu machen.«

»Ob die Kinder hat, weiß ich nicht, aber wenn ja, kann es nur eine künstliche Befruchtung gewesen sein«, stellte Peter trocken fest. Mike musste lachen, schloss die E-Mail und nahm einen Bissen von dem trockenen Käsebrötchen, das er sich im Krankenhaus gekauft hatte.

Für Montagmittag war auf dem Parkplatz der Gerichtsmedizin immer noch verhältnismäßig wenig los. Peter parkte neben Mikes Wagen, der noch vom Vortag dastand, und beide stiegen aus. »Ich brauche erst eine Zigarette«, beschloss Mike.

»Alles klar, ich geh schon mal rein«, antwortete Peter, der keine Lust hatte, länger als nötig in dem eisigen Wind zu stehen.

Als Mike das Gebäude betrat, hatte es Peter tatsächlich geschafft, innerhalb von fünf Minuten eine Labormitarbeiterin dazu zu bewegen, einen Espresso mit ihm zu trinken. »Kommst du?«, fragte Mike, ohne die Frau weiter zu beachten. Peter verabschiedete sich und folgte seinem Partner bis zum Büro des leitenden Arztes. Da die Tür offen stand, klopfte Mike an den Türrahmen, worauf Dr. Gruber, der hinter einem viel zu kleinen Schreibtisch saß, von seinen Akten hochschreckte.

»Kommen Sie herein, ich habe Sie eigentlich schon früher erwartet«, begrüßte sie der Gerichtsmediziner, ohne Anstalten zu machen, ihnen die Hand zu geben. Dann warf er noch einen letzten Blick in seine Unterlagen und legte ohne weitere Nachfrage los. »Es ist gut, dass Sie jetzt erst kommen. Ich habe gerade die Untersuchungsergebnisse der Körpersäfte des Toten bekommen und kann Ihnen jetzt einen kompletten Bericht liefern.« Dr. Gruber nahm seine Lesebrille ab, setzte sich bequemer in den alten Bürostuhl und wartete, bis auch die Kommissare Platz genommen hatten. Doch noch bevor der Doktor mit seinem Bericht beginnen konnte, fragte Mike, was ihm am dringlichsten erschien. »Kennen wir inzwischen die Identität des Toten?«

Es war Dr. Gruber offensichtlich unangenehm, etwas nicht zu wissen, da er augenblicklich damit begann, mit den Füßen zu wippen. Trotzdem versuchte er, so souverän wie möglich zu antworten. »Noch nicht. Da wir aufgrund der verstümmelten Fingerkuppen keine Abdrücke nehmen können, wird sein Gesicht gerade von einem Computer mit den Bildern uns bekannter Personen abgeglichen. Aber wie Sie sicherlich wissen, ist diese Methode etwas aufwendiger und braucht seine Zeit.« Mike und Peter nickten, worauf der Arzt weitersprach. »Außerdem habe ich ein Foto seines Gesichtes etwas aufbereitet und an Ihre Kollegen bei der Fahndung weitergeleitet. Ich denke, es ist nur eine Frage der Zeit, bis ihn jemand erkennt. Zur Not könnten Sie ja auch noch die Medien bemühen.«

»Das machen wir ungern, aber zur Not wäre es eine Möglichkeit«, warf Mike ein.

Da Dr. Gruber nun zu den gesicherten Fakten kam, beruhigte sich sein Fuß wieder und er begann damit, über die Verletzungen zu reden. Nachdem er gebetsmühlenartig sämtliche Wunden des Opfers in all ihren Formen und Maßen beschrieben hatte und bei den Kommissaren langsam die Konzentration nachließ, kam er endlich zu dem Punkt, der sie wirklich interessierte. »Für mich steht fest, dass der junge Mann vor seiner Begegnung mit dem LKW misshandelt wurde. Bei der Wunde am Schienbein würde ich auf ein Nagelschussgerät tippen und am Rücken habe ich Verbrennungen gefunden, die auf Strom hindeuten. Darüber hinaus war noch Hitze im Spiel. Da nicht nur seine Fingerkuppen, sondern auch noch weitere Stellen der Handfläche verbrannt sind, würde ich sagen, er musste entweder etwas sehr Heißes anfassen oder man hat ihm etwas in die Hand gelegt. Bezüglich seiner Augen habe ich einen hiesigen Facharzt konsultiert und wir können mit Sicherheit sagen, dass hier ein Laser zum Einsatz gekommen ist.«

»Bekommt man Laser dieser Stärke so einfach?«, wunderte sich Peter laut.

»Das habe ich mich auch gefragt«, antwortete der Rechtsmediziner. »Ich habe daraufhin ein wenig recherchiert und herausgefunden, dass vor allem in der Industrie sehr viele Laser im Einsatz sind, welche stark genug wären, um solche Augenschäden herbeizuführen. Noch schlimmer ist aber, dass im Prinzip jeder so ein Gerät kaufen kann.«

»Sackgasse«, stellte Peter resigniert fest, und Dr. Gruber fuhr mit seinem Bericht fort.

»Was mir am meisten Rätsel aufgibt, ist das Stück fehlende Kopfhaut, das Sie gestern ja auch gesehen haben. Fest steht nur, dass die Haut mit einem sehr scharfen Messer, vermutlich einem Skalpell, herausgeschnitten wurde, und dass es keine tieferen Verletzungen an dieser Stelle gibt. Die Sache war zwar schmerzhaft, aber in dieser Form nicht lebensbedrohend, und ich muss zugeben, dass ich mir keinen Reim darauf machen kann.«

»Wie groß ist die Stelle noch mal?«, fragte Mike dazwischen.

»Ziemlich genau fünf mal fünf Zentimeter und sehr geradlinig geschnitten«, antwortete der Arzt und nahm einen Schluck aus seinem Wasserglas.

»Dann muss der Täter doch fast so etwas wie eine Schablone gehabt haben, oder?«

»Frei Hand könnte ich jedenfalls nicht derart exakt schneiden«, lautete die Antwort des Arztes.

»Seltsam. Aber spontan fällt mir dazu auch nichts ein«, gestand Mike und warf dabei einen Blick auf seine Armbanduhr. Sie waren jetzt schon länger hier, als er eingeplant hatte, und wenn Dr. Gruber in der Geschwindigkeit weitermachte, würden sie heute zu nichts anderem mehr kommen. Daher log er ein wenig. »Haben Sie sonst etwas, was wir wissen sollten? Wir müssten dann langsam weiter, unser Chef erwartet in einer Stunde unseren Bericht.«

Der Satz führte zwar zu einem verärgerten Blick des Arztes, aber er schien nun tatsächlich auf den Punkt zu kommen. »Drei

Sachen habe ich noch: Erstens habe ich Holzsplitter und Sand unter den Fingernägeln gefunden. Da dem Holz auch noch andere Stoffe anhafteten, würde ich sagen, dass es sich um Pressspan oder etwas Ähnliches handelt. Ich werde versuchen, die Zusammensetzung noch genauer zu bestimmen.«

»Und der Sand?«, fragte Mike ungeduldig.

Dr. Gruber ließ sich nicht weiter antreiben und antwortete in ruhigem, wissenschaftlichem Ton. »Auch hier handelt es sich um kein reines Material. Im eigentlichen Sinne ist es noch nicht mal Sand, sondern eine Mischung aus Sand, Erde und Gesteinssplittern.«

»Gesteinssplitter?«, wunderte sich Mike.

»Ja«, bestätigte der Arzt, »und so etwas kommt eigentlich nur im Bergbau vor.«

»Das klingt nach einem brauchbaren Hinweis«, warf Peter ein.

»Was haben Sie noch?«, drängte Mike, dem langsam wirklich die Zeit davonlief.

Wieder nahm Dr. Gruber einen Schluck Wasser, bevor er den Rest erzählte. »Das Zweite ist, dass wir eine winzige Menge sogenannter K.-o.-Tropfen feststellen konnten. Normalerweise kann man diesen Stoff nach ein paar Stunden im Körper nicht mehr nachweisen, aber offenbar hatte das Opfer etwas von dem Getränk, in dem die Tropfen enthalten waren, verschüttet. Wir fanden Spuren auf seinem Hemdkragen.« Der Arzt sah die beiden Kommissare erwartungsvoll an. Da Mike diese Tatsache aber nur in seinem Notizblock vermerkte und nichts dazu sagte, fuhr er fort: »Und die letzte Auffälligkeit bezieht sich auf den Wasserhaushalt des jungen Mannes, was vielleicht auf die Länge seiner möglichen Gefangenschaft hinweisen könnte. Ich würde sagen, dass er, je nach Umgebungstemperatur, mindestens sechsunddreißig Stunden nichts zu trinken bekam.«

Mike dachte kurz nach. »Das heißt, er wäre seit ungefähr Freitagabend in den Händen seines Mörders gewesen.«

Der Gerichtsmediziner nickte. »Dafür spricht auch, dass sein Magen so gut wie leer war. Aber wie Sie wissen, kann man es wesentlich einfacher ohne Essen aushalten; fehlende Flüssigkeit führt dagegen recht schnell zu Problemen.«

Mike nickte anerkennend und sagte völlig ernst gemeint: »Gute Arbeit, Herr Doktor.« Dann stand er fast gleichzeitig mit Peter auf und gab dem Arzt die Hand. »Bitte entschuldigen Sie unsere Eile. Würden Sie bitte Bescheid geben, falls es neue Erkenntnisse gibt?« Sie schüttelten sich die Hände und Mike wollte sich schon umdrehen, als ihm doch noch etwas einfiel.

Dr. Gruber sah es ihm an. »Brauchen Sie noch etwas?«

Mike machte ein nachdenkliches Gesicht. »Mir sind gerade noch einmal diese Gesteinssplitter eingefallen. Ich habe einmal eine Dokumentation über Geologie gesehen und dort sagte man so etwas in der Art, dass jeder Fels seinen eigenen Fingerabdruck hat. Und jetzt frage ich mich, ob man von diesen Splittern nicht die Herkunft bestimmen kann?«

Dr. Gruber dachte kurz über die Frage nach und nickte. »Wir hier können das zwar nicht, aber es ist durchaus möglich, dass es jemanden gibt, der das kann.« Er rang kurz mit sich. »Wissen Sie was«, schlug er vor, »ich werde mich einmal umhören. Im Moment haben wir bis auf Ihren Fall sowieso nur langweilige Leichen hier und ich habe gerade etwas Zeit.«

Mike bedankte sich und die beiden Kommissare verließen das Büro. Peter konnte es sich nicht nehmen lassen, noch einen Blick in das Labor zu werfen und sich von der Laborantin zu verabschieden, worauf Mike zynisch fragte: »Ich dachte, du bist so glücklich mit Susanne?«

»Ist doch nur fürs Ego«, antwortete Peter, und Mike schüttelte grinsend den Kopf.

Sie verließen das Gebäude, und da es bereits nach 16 Uhr war, beschlossen sie, zurück ins Präsidium zu fahren. Dieses Mal nahm jeder sein eigenes Auto, wo Mike sich erst eine Zigarette anzündete und dann den Motor startete. Seit der Tragödie vor einem Jahr hatte ihn die Sucht wieder fest im Griff.

# – 7 –

Kassandras erster Gedanke war, dass jemand rhythmisch auf eine Tischplatte klopfte. Dann begann ihr Verstand langsam zu arbeiten, und sie identifizierte das Geräusch als ihren eigenen Puls. Nach einigen Schlägen kam das Rauschen ihres Blutes als weitere Wahrnehmung hinzu und brachte ihren Geist etwas näher an die Oberfläche der Realität. Geschmacks- und Geruchssinn folgten, die einen widerlich metallischen Geschmack in ihrem Mund wahrnahmen und einen kurzen Würgereiz auslösten. Sie widerstand der Reaktion ihres Körpers und schluckte einen Teil der Spucke hinunter. Das Dröhnen des Pulses ließ etwas nach und erleichterte es ihr, sich zu konzentrieren und die Augen aufzuschlagen, was allerdings keinen Unterschied machte. Erst glaubte sie, blind zu sein, dann zeigte ihr das schwache grüne Leuchten der Zeiger ihrer Uhr, dass einfach nur absolute Dunkelheit um sie herum herrschte. Mühsam versuchte sie, ihre Gliedmaßen zu bewegen, doch es fühlte sich so an, wie sie es von schwerem Fieber her kannte, wenn man jede kleine Bewegung bewusst ausführen musste. *Drogen*, schoss es ihr durch den Kopf, *er muss mir Drogen gegeben haben. L*angsam kam ihre Erinnerung zurück. Da war diese geschlossene Bar, dann überredete er sie, mit ihm mitzufahren; auch dass sie sich noch über die seltsame Gegend gewundert hatte, fiel ihr wieder ein. Irgendwann hatte sie Zweifel bekommen und wollte zurückgebracht werden. Er fuhr daraufhin in einen Waldweg und sie dachte, er wollte wenden. Ab da rissen die Erinnerungen ab.

Langsam wurden Kassandras Sinne etwas klarer, was allerdings auch ihre Angst verstärkte. *Was hat der Typ mit mir gemacht? Hat er mich …* Etwas in ihr wollte es gar nicht wissen, und doch brauchte sie Sicherheit. Zögernd schob sie ihre Hand nach unten und fasste sich in den Schritt. Erleichtert stellte sie fest, dass sich alles normal anfühlte und nur ihre Blase drückte. Da selbst diese kleine Bewegung ziemlich viel Kraft gekostet hatte und der Blick in diese vollkommene Dunkelheit immer mehr Panik in ihr auslöste, ergab sie sich noch kurz ihrer Erschöpfung. Sie senkte den Kopf zurück auf ihren Liegeplatz, schloss die Augen und lauschte in das Nichts, das sie umgab.

Schnell begriff sie, dass Zeit hier zu einer Nichtigkeit geworden war. Tatsächlich hätte sie unmöglich schätzen können, wie lange sie schon so dalag. Waren es zehn Sekunden, zwei Minuten, eine Viertelstunde? Auch ihre Uhr half nicht weiter, denn die Zeiger leuchteten zwar kaum sichtbar, aber sie bewegten sich nicht mehr. Kassandra fühlte sich, als hätte man sie in ein dunkles, zeitloses Loch geworfen, in dem nichts außer ihr selbst existierte.

Sie hätte es nicht erklären können, aber die geschlossenen Augen gaben ihr ein subtiles Gefühl der Sicherheit und Kassandra wünschte sich, auch die Ohren verschließen zu können. Jedes noch so leise Geräusch kam von ihr selbst. Sie hörte ihren Atem, das Rascheln ihrer Kleidung, sogar den weit entfernten Puls in ihren Adern, aber sonst hörte sie nichts. Es kostete sie allen Mut und zweimal schloss sie ihren Mund einfach wieder. Dann erst, beim dritten Versuch, brachte sie ein viel zu leises »Hallo?« hervor. Doch auch diese neue Erfahrung stellte sich als erschreckend heraus, denn es war, als würde ihre

Umgebung das gesprochene Wort absorbieren. Ohne es kontrollieren zu können, stellten sich erst sämtliche Härchen ihres Körpers auf, dann begann sie zu zittern.

Es war unmöglich zu bestimmen, wie lange sie so schlotternd dagelegen hatte, aber irgendwann hörte es wieder auf und ihr Verstand meldete sich zurück. Wenn sie sich dem hier einfach nur hingab, würde es sie nicht weiterbringen. Vielleicht konnte sie ganz einfach aufstehen und weggehen.

Trotz dieser Erkenntnis fiel es ihr unsagbar schwer, auch nur eine kleine Bewegung zu machen, heraus aus ihrer trügerisch sicheren, zusammengerollten Körperhaltung. *Ich muss, ich muss*, trieb sie sich selbst an und schaffte es tatsächlich, wenigstens mit dem oben liegenden Arm um sich zu tasten. Das Material, auf dem sie lag, fühlte sich wie eine Zeltplane an, aber diese lag nicht auf dem Boden. Ihre Hand fuhr weiter und stieß auf ein metallisches Rohr. Sie schien auf einer Art Feldbett zu liegen. Noch etwas war ihr zuvor nicht bewusst geworden: Sie war zugedeckt. Die Decke war zwar dünn, reichte aber aus, um sie zu wärmen; denn die Luft um sie herum war zwar kühl, aber ziemlich trocken. *O. k., weiter*, rief ihr Verstand und erreichte, dass sie sich etwas aufrichtete. Jetzt tastete sie auf die andere Seite ihrer Liege, wo ihre Hand auf kalten Stein traf. Kassandra ließ ihre Fingerkuppen einige Male hin und her wandern, konnte die Oberfläche aber nicht identifizieren. Dann wandte sie den Kopf wieder in die Richtung, wo sie den offenen Raum erwartete, und traute sich erneut, ein leises »Hallo?« zu rufen, doch wieder versiegte das Wort im Nichts.

Vorsichtig zog sie sich die Decke herunter und setzte sich vollständig auf. Anschließend drehte sie sich so, dass ihre Beine seitlich herunterhingen, und wollte sich schon über die Kante schieben, als ihr ein Gedanke kam. Wer sagte ihr denn, dass der Boden nur knapp unter ihren Füßen war? Was, wenn sie viel weiter oben saß?

Wieder legte sie sich hin, drehte sich auf den Bauch und schob sich dann immer weiter über das Metallrohr. Erleichtert stellte sie bald fest, dass ihre Sorge unbegründet war, da sie mit ihren Fußspitzen sofort festen Boden spürte. Erneut stieg Panik in ihr hoch. Ihre Hand war direkt vor ihrem Gesicht und doch nicht einmal zu erahnen. Was, wenn noch jemand hier war und sich nur sehr leise verhielt?

Kassandra überwand sich und rutschte noch ein Stück tiefer, als plötzlich etwas Kaltes über ihr Fußgelenk streifte. Panisch riss sie das Bein hoch, kippte durch die abrupte Bewegung zur Seite weg und fiel. Der Aufprall war hart, aber zu ertragen, doch den kurzen Schrei konnte sie nicht mehr verhindern. Trotz des Schreckens stutzte sie, denn dieses Mal wurde ihre Stimme nicht einfach von der Umgebung verschluckt, dieses Mal hallte es nach und das machte ihr Mut. Erneut spürte sie die kalte Berührung an ihrem Bein und es wurde ihr bewusst, dass es einfach nur das Metallrohr der Liege war.

Tastend versuchte sie, sich neu zu orientieren. Rechts von ihr befand sich die Liege, unter ihr sandiger, aber harter Boden, und zur Rechten der augenscheinlich offene Raum. Kassandra verzichtete darauf aufzustehen, da sie Angst hatte, sich irgendwo zu stoßen. Vorsichtig, immer erst mit einer Hand nach vorne gestreckt, bewegte sie sich wahllos in irgendeine Richtung.

Die ersten zwei Meter gingen problemlos und gaben ihr weiteren Auftrieb. Wieder fuhr sie mit ihrer rechten Hand über den dreckigen Boden, als sie plötzlich etwas spürte, von dem sie nur ahnen konnte, was es war. Kreischend riss sie die Hand zurück und rutschte wieder zurück bis zur Liege, gegen die sie unsanft mit dem Rücken stieß. Panisch kletterte sie hinauf, kauerte sich an die Wand gelehnt zusammen und versuchte, ihr Zittern unter Kontrolle zu bringen. Wenn es eine Spinne gewesen war, dann war sie riesig. Und wer wusste schon, ob dieser Irre, der sie hierhergebracht hatte, nicht extra giftige Spinnen freigelassen hatte. Plötzlich spürte sie überall am Körper irgendwelche Berührungen und schlug um sich. Ihr Verstand sagte ihr zwar, dass es nur Einbildung war, aber ihr rationales Denken verlor immer mehr an Kraft. Wieder kitzelte sie ihr eigenes Haar im Nacken und sie schlug danach. Dann brüllte sie aus Leibeskräften: »Lass mich hier raus, du Arschloch. Lass mich hier raus.« Ihre Worte hallten kurz durch den perfekt schwarzen Raum, anschließend herrschte wieder die gleiche erdrückende Stille wie zuvor. Von Kassandras Nerven war nun nicht mehr viel übrig. Noch einmal, aber schon wesentlich leiser, schrie sie verzweifelt: »Lass mich raus«, dann bahnten sich Tränen ihren Weg. Sie legte den Kopf auf ihre Knie und begann, still zu weinen.

# – 8 –

Nina und Sabrina taten, was sie abends immer taten. Mit dem Geld, das sie tagsüber Schülern abgenommen hatten, kauften sie sich ein, zwei Flaschen Sekt und setzten sich damit auf den von außen kaum einsehbaren Waldspielplatz. Seit sie volljährig waren, mussten die beiden etwas besser aufpassen und hatten es sich daher angewöhnt, nur noch Jugendliche aus anderen Stadtteilen abzuziehen. Der letzte Polizist hatte ihnen unmissverständlich klargemacht, dass er ein Auge auf sie haben würde, und in den Arrest wollten die beiden ganz sicher nicht wandern.

»War ein guter Tag heute«, stellte Nina erfreut fest, während sie das restliche Geld zählte. Dann wischte sie ihre langen blonden Haare aus dem Gesicht und nahm einen großen Schluck aus der Flasche. »Wie viel hast du noch?«

Sabrina hatte grundsätzlich mehr als sie. Alleine ihr aggressives Aussehen reichte oft, um auch bei den Jungs für einen gewissen Respekt zu sorgen. Und wenn einer mal gar nicht wollte, hatte sie den Schlagring immer griffbereit in der Tasche. »Ich habe noch einen Zwanziger, aber da ist das Blut dieses Italieners dran. Den Schein kann ich nur noch in einem Automaten benutzen«, antwortete Sabrina emotionslos, worauf sich Nina das Lachen nicht verkneifen konnte und erwiderte: »Das ist der Scheiß bei den Zähnen, die bluten immer gleich wie die Sau.« Jetzt lachte auch ihre Freundin und gönnte sich ebenfalls einen Mundvoll Sekt.

Eine halbe Stunde später flog die erste leere Flasche in das Unterholz und die zweite wurde geöffnet. Sie quatschten, rauchten und tranken und es war schon fast dunkel, als plötzlich zwei Lichter in der einzigen Zufahrt des Spielplatzes erschienen und näher kamen.

»Scheiße, die Bullen«, sagte Nina leise, drückte ihre Kippe aus, verscharrte sie im Sand und sprang auf. Auch Sabrina wollte schon aufstehen, doch plötzlich erloschen die Lichter und das zuvor hörbare Motorengeräusch verstummte. »Was ist jetzt?«, fragte Nina, und ihre Freundin antwortete gelassen und mit Erfahrung in der Stimme: »Die Bullen sind das nicht, die würden ganz reinfahren.« Dann reichte sie Nina die Flasche hoch. »Hier, trink aus.«

Ein paar Sekunden später flog auch die zweite Flasche in das Dunkel des Waldes, und Sabrina stand auf. »Dann lass uns doch mal nachschauen, wer da auf unserem Spielplatz steht.«

»Meinst du wirklich?«, gab Nina zögerlich zurück, wusste aber, dass es bereits beschlossene Sache war.

Da die beiden sich hier ganz gut auskannten, wählten sie einen kleinen Trampelpfad, um von der Seite in die Nähe des Fahrzeuges zu kommen. Als sie dann auf gleicher Höhe mit dem Fahrerhaus des Kleintransporters waren, blieb ihnen nichts anderes übrig, als quer durch das Unterholz zu gehen, was sich angetrunken als nicht gerade einfach herausstellte. Endlich waren sie nahe genug.

Sabrina sagte völlig empört: »Scheiße, der kifft da drinnen.«

»Echt?«, flüsterte Nina und schob sich an ihrer Freundin vorbei, um besser sehen zu können. Der Typ, sie schätzte ihn auf Anfang zwanzig, hatte sich noch nicht einmal die Mühe gemacht, die Innenraumbeleuchtung auszumachen, wodurch man deutlich sah, dass das, an was er ständig zog, mit Sicherheit keine normale Zigarette war.

»Ich will auch«, stellte Sabrina fast trotzig hinter ihr fest.

»Und wie willst du das machen? Willst du ihn auch überfallen?«, antwortete Nina belustigt. Sabrina dachte einen Augenblick über diese Option nach und schlug dann vor: »Nein, aber wozu sind wir denn zwei so hübsche Mädels? Ich werde ihn einfach fragen.«

»Aber du kannst doch nicht …«, setzte Nina an, doch Sabrina war bereits an ihr vorbei und ging nun zielstrebig auf das Fahrzeug zu. Dort angekommen klopfte sie an die Windschutzscheibe, worauf der junge Mann zusammenzuckte. Unsicher beugte er sich vor und versuchte zu erkennen, wer draußen stand. Sabrina stellte sich so hin, dass die Innenraumbeleuchtung ihr Gesicht erfasste und sie gut zu erkennen war.

Der Mann wirkte sichtbar erleichtert und kurbelte seine Scheibe etwas herunter.

»Hast du mich erschreckt, Mädchen. Was brauchst du denn?« Sabrina war kurz hin- und hergerissen. Einerseits gefiel ihr der Typ, andererseits hatte es schon lange niemand mehr gewagt, sie »Mädchen« zu nennen. Da das Gefallen und der Joint in seiner Hand das Wort »Mädchen« locker aufwogen, setzte sie ihr Du-kannst-mich-haben-Lächeln auf und stellte sich ein wenig dumm.

»Ich brauche nichts. Meine Freundin und ich dachten nur, hier braucht vielleicht jemand Hilfe, und da wollten wir einfach mal nachsehen.«

»Deine Freundin?«, wiederholte der Typ und versuchte, in der bereits fortgeschrittenen Dunkelheit des Waldes jemanden zu erkennen. Sabrina machte eine winkende Handbewegung ohne sich umzudrehen, und nur Sekunden später tauchte auch Nina zwischen den Bäumen auf.

»Meine Freundin«, stellte Sabrina fast schon überheblich fest und drehte sich nun doch mit einer vorstellenden Handbewegung zu ihr um. »Darf ich vorstellen … das ist Nina«, danach drehte sie sich wieder zu dem Typen und streckte ihre Hand durch die geöffnete Scheibe, »und ich bin Sabrina.«

»Hallo, ihr zwei, schön, euch kennenzulernen. Ich bin … aber nicht lachen … Wotan.« Dann schien er kurz zu überlegen und schlug vor: »Wollt ihr nicht reinkommen? Es ist ganz schön kalt da draußen.«

»Wer sagt uns denn, dass du kein gesuchter Massenmörder bist?«, fragte Sabrina, die in Wirklichkeit keinerlei Angst vor dem Typen hatte.

Zu ihrer Überraschung setzte dieser Wotan jetzt ein vielsagendes Grinsen auf. »Weil Massenmörder zu ihrer Beruhigung morden und nicht kiffen.« Immer noch grinsend hielt er den Joint ins Licht.

»Das klingt überzeugend, oder was meinst du, Nina? Rein?«, fragte Sabrina lachend über die Schulter, und Nina stimmte ihr zu. Die beiden umrundeten den Transporter, stiegen ein und setzten sich dann auf die durchgehende Sitzbank. Jetzt im Licht stutzte Nina kurz. Auf ganz entfernte Weise sah dieser Wotan aus wie jemand, den sie einmal gekannt hatte. Doch als sie ihn erneut ansah und er sein Gesicht zu ihr drehte, verwarf sie den Gedanken wieder. Es hatte nur an den Augen gelegen; denn der, mit dem sie ihn verwechselte, hatte ebenfalls diese wasserblauen Augen, sonst aber nichts mit ihm gemein.

»Wollt ihr?«, riss Wotan sie aus ihren Gedanken, und Sabrina nahm den ihr angebotenen Joint mit einem zufriedenen Lächeln entgegen. Nach einem kräftigen Zug reichte sie ihn an Nina weiter, ließ aber den Rauch noch in der Lunge.

»Kommen hier ab und zu die Bullen vorbei?«, fragte Wotan, während er zusah, wie die beiden das Gras genossen.

Nina atmete langsam aus und schüttelte dabei den Kopf. »Äußerst selten. Wir sind fast jeden Tag hier und haben sie nur einmal gesehen. Ich glaube, damals wurde gerade ein Kind aus dieser Gegend vermisst.« Dann hielt sie kurz inne. »Was machst du eigentlich hier, wir haben dich noch nie gesehen?«

»Ich hatte in dieser Ecke zu tun, und nach einem Tag im Keller eines Hauses dachte ich mir, ich gönne mir eine kurze Pause, bevor ich wieder heimfahre.«

»Wieso im Keller?«, erkundigte Sabrina sich mit gerunzelter Stirn.

»Ich bin ein ganz unspektakulärer Heizungsmonteur«, lautete die Antwort. Dann griff Wotan hinter die Sitzbank, zog eine bereits angebrochene Flasche Wodka hervor und stellte trocken fest: »Mein Hals kratzt immer so, wenn ich dieses Zeug rauche.«

Sabrinas Augen ruhten einen Augenblick auf der Flasche. »Du gefällst mir«, stellte sie dann mit einem Grinsen fest.

»Ich oder die Flasche?«, fragte Wotan gespielt sauer, worauf sie antwortete: »Ihr beide.«

»Na, wenn es an der Kombination aus beiden liegt, fang mit der Flasche an.« Mit diesen Worten schraubte er den Deckel ab und streckte sie ihr entgegen.

Sabrina nahm den Wodka, wandte den Kopf zu ihrer Freundin und stellte fest: »Heute ist unser Glückstag.« Nach einem großen Schluck wollte sie Nina die Flasche weiterreichen, doch diese lehnte ab. Für einen Sekundenbruchteil verfinsterte sich Wotans Miene, doch nur, um sofort wieder freundlich zu werden. Als wäre Nina überhaupt nicht mehr hier, sagte er möglichst aufreizend an Sabrina gewandt: »Ich habe mir schon gedacht, dass man mit dir am meisten Spaß haben kann. Lass mich auch mal einen Schluck trinken.« Sabrina erwiderte seinen Blick und konnte es nicht fassen: Sie hatte sich gerade in diesen Wotan verliebt. Doch gerade als sie ihm die Flasche reichen wollte, fiel ihr der letzte Streit mit Nina ein. Es war damals eine ähnliche Situation gewesen und den Fehler, Nina jetzt wieder im Regen stehen zu lassen, wollte sie kein zweites Mal machen. Auch wenn es ihr schwerfiel, riss sie sich von Wotans Blickkontakt los und drehte sich zu ihrer Freundin auf die andere Seite. Ninas Gesichtsausdruck gab Sabrinas Vermutung recht, sie war kurz davor auszusteigen. Daher hielt sie ihr die Flasche vor die Nase und sagte möglichst bittend: »Komm, sei kein Frosch, wir können doch auch zu dritt bisschen Spaß haben.« Ninas Blicke wechselten kurz zwischen Wotan, der ihr auch gefiel, Sabrina, auf die sie schon fast wieder eifersüchtig war, und dem Wodka. Dann griff sie zu und nahm beherzt einen langen Schluck.

»Wow, gleich zwei Partygirls. Und das an einem Montagabend«, stieß Wotan aus, klatschte dabei in seine Hände und fügte noch in seltsam erfreutem Tonfall hinzu: »Aber so kenne ich euch beide ja schon.«

Nina sah ihn an, musste aber feststellen, dass ihre Wahrnehmungen nur noch wie in Zeitlupe vorbeiflogen, und brauchte daher eine Weile, bis sie begriffen hatte, was nicht stimmte. *Er kennt uns beide?* Mühsam schwenkte sie den Blick zu Sabrina, deren Kopf bereits nach vorne gesunken war. Als sie die Gewissheit wie ein Faustschlag traf, war es zu spät. Ihre Hand wollte nach dem Türöffner greifen, blieb aber auf halber Strecke liegen, und ihr Bewusstsein driftete in eine andere Ebene des Seins. Sie spürte noch, wie Wotan ihr die Flasche aus der Hand nahm, dann schaltete ihr Kopf ab und ihr Körper gab sich der plötzlich eintretenden Erschöpfung hin.

# – 9 –

Nachdem die beiden Kommissare nach einer einstündigen Besprechung mit ihrem Chef das Hauptpräsidium verlassen hatten, fragte Peter: »Gehen wir noch ein Feierabendbier trinken?« Mike sah in Peters hoffnungsvolles Gesicht, schüttelte aber den Kopf. »Geht heute leider nicht, ich treffe mich gleich mit Jenni. Sie hat für uns gekocht, und wenn ich das absage, war es bestimmt das letzte Mal.«

Peter lachte, erwiderte aber trotzig: »Na, dann viel Spaß. Ich hole mir jetzt einen lauwarmen Döner und ein schales Dosenbier.«

Mike ließ sich nicht auf die Stichelei ein, verabschiedete sich und ging in Richtung Hauptmarkt davon. Da er heute für den Wein zuständig war, blieb ihm nichts anderes übrig, als noch einen kleinen Umweg zu laufen. Allerdings hatte er heute so viel im Auto gesessen, dass er für etwas Bewegung an der frischen Luft ganz dankbar war.

Gegen 18 Uhr klingelte er an Jennis Tür und versuchte, während er darauf wartete, dass sie ihn hineinließ, den Job etwas in den Hintergrund zu drängen. Den ganzen Spaziergang über waren ihm die einzelnen Erkenntnisse über den Tod dieses jungen Mannes durch den Kopf gegangen, doch einen Fall mit so wenig greifbaren Fakten hatten sie schon lange nicht mehr gehabt. Wenn man genau darüber nachdachte, kam man zu dem Schluss, dass praktisch alles fehlte. Es war kein Motiv zu erkennen, sie wussten nichts darüber, wie oder warum der Mann in den Wald gekommen war, ja, nicht einmal, wer der Tote überhaupt war, wussten sie.

Als Jenni ihm lächelnd die Tür öffnete, zuckte Mike ertappt zusammen, und ihm wurde klar, dass das mit dem Verdrängen nicht geklappt hatte.

»Du siehst etwas fertig aus«, war nicht die Begrüßung, die er sich vorgestellt hatte. Doch dann gab Jenni ihm doch noch einen Begrüßungskuss, und der Fall war vergessen. Trotz der Kälte draußen war sie ziemlich luftig angezogen, was seiner Aufmerksamkeit einen anderen Fokus gab. Er trat ein, zog sich Jacke und Schuhe aus und folgte ihr in die kleine, aber gut ausgestattete Küche. Sie warf einen Blick in den Backofen und stellte fest: »Das Essen braucht noch ein bisschen, machst du uns den Wein auf?« Statt zu antworten, nahm er Jenni in den Arm und gab ihr einen langen Kuss. Dann erst öffnete er die Flasche und goss etwas in die bereitgestellten Gläser.

Als sie angestoßen und einen Schluck getrunken hatten, fragte Jenni: »Du hast am Telefon einen neuen Fall erwähnt. Kommt ihr voran?«

Mike winkte ab. »Sei mir nicht böse, aber lass uns lieber von etwas anderem sprechen. Ich zermartere mir schon den ganzen Tag das Hirn, aber wir haben so gut wie nichts außer einer Leiche, von der wir noch nicht einmal wissen, wer es ist.« Mike nahm noch einen größeren Schluck. »Wie läuft es bei dir, was macht die Spielebranche?«

Jenni setzte sich auf die Anrichte. »Geht so. Im Augenblick gibt es kaum neue Spiele, die kommen alle erst kurz vor Weihnachten raus. Das einzig Spannende ist ein Film auf

YouTube. Das heißt, eigentlich ist es mehr die Vorschau auf ein ziemlich gestörtes Reality-Game.«

Mike runzelte die Stirn. Im Grunde konnte er diesen ganzen Hype, der um Computerspiele gemacht wurde, nicht nachvollziehen; trotzdem fragte er nach. »Was heißt ›gestört‹? Worum geht es dabei?«

»Nun, so wie ich es verstanden habe«, antwortete Jenni, die jetzt in ihrem Element war, »geht es darum, dass die Mehrheit der Spieler darüber entscheiden kann, wie man die Wahrheit aus einem Menschen herausbringt. Am Ende soll herausgefunden werden, welche der Spielfiguren schuldig ist. Kurz gesagt: Jeder der Mitspieler wird zum Richter erhoben.«

»Und das macht Spaß? Ich meine, es sind doch nur virtuelle Spielfiguren. Wo ist da der Reiz?«, zweifelte Mike.

»Das ist ja das Neue daran. Sicher ist alles Fake, aber die Spielfiguren sind echte Menschen. Man steuert quasi Schauspieler«, erklärte Jenni.

»Wer lässt denn so was mit sich machen?«, fragte Mike kopfschüttelnd.

»Keine Ahnung, aber ich denke, es wird schon ein paar Euro dafür geben. Jedenfalls wirkt der YouTube-Trailer sehr professionell, für meinen Geschmack ist er allerdings viel zu hart. Ich glaube nicht, dass sich sehr viele Frauen für so ein Folterspiel finden werden.«

Mike stellte sein Glas beiseite, sagte: »Lass uns nicht über Folter reden«, und gab Jenni noch einen Kuss, diesmal jedoch fordernder. Doch Jenni zog ihren Kopf zurück, rutschte neben Mike von der Anrichte und blickte erneut in den Ofen.

»Wir können essen, nimmst du den Wein mit rüber?«

Die beiden genossen den Abend mit Jennis Essen, tranken noch eine zweite Flasche Wein und liebten sich anschließend. Gegen 23 Uhr zog Mike sich wieder an, verabschiedete sich und ging durch den leichten Nieselregen zurück zu seiner Wohnung. Für ein paar Stunden hatte er es tatsächlich geschafft, den Fall zu vergessen, doch jetzt kam alles wieder zurück. Nicht dass er sonderlich schockiert gewesen wäre, es wurmte ihn einfach, dass sie so wenig wussten. Im Grunde war es ja genau das, was seinen Job ausmachte, allerdings mit der Konsequenz, dass kaum etwas anderes daneben Platz hatte.

Als er das Wohnhaus erreicht hatte, stellte er wieder einmal fest, wie fremd sich alles noch anfühlte. Er wohnte nun schon ein Dreivierteljahr hier, aber die Geister seiner Vergangenheit waren kaum blasser geworden. Wenn er die Wohnung betrat, wartete er immer noch darauf, dass sein Sohn um die Ecke gelaufen kam und ihm aufgeregt alles Neue erzählte. Er hörte immer noch, wie seine Frau in der Küche mit einem Topf klapperte und wie seine Tochter einen Discobesuch auszuhandeln versuchte.

Er drehte den Schlüssel in der Wohnungstür um, trat in das Dunkel des Flurs und musste wieder einmal akzeptieren, dass er umsonst auf all das wartete. Alles, was ihn empfing, war gnadenlose Stille. In den ersten Wochen war er darüber fast wahnsinnig geworden. Hatte die Wohnung manchmal mitten in der Nacht fluchtartig verlassen und war stundenlang durch die Stadt gelaufen. Dass es langsam besser wurde, war vermutlich auch Jennis Verdienst. Einen verständnisvolleren Menschen hätte er wahrscheinlich kaum finden können. Sie ließ ihm den Schmerz um seine Frau – ohne das geringste bisschen Eifersucht – und nahm ihn einfach, wie er war.

Mike machte den Fernseher an, um wenigstens fremde Stimmen in der Wohnung zu haben, schenkte sich ein Glas seines sündhaft teuren Whiskys ein und versuchte, sich etwas zu entspannen. Nach dem zweiten Glas fielen ihm tatsächlich die Augen zu, und er schlief, wie so oft, in seinem Sessel ein.

# – 10 –

Halsschmerzen, war Kassandras erstes Gefühl, nachdem sie aufgewacht war. Noch immer saß sie an die Wand gelehnt, mit dem Kopf auf ihren Knien, in dieser undurchdringlichen Dunkelheit. Sie brauchte einige Sekunden, um zu realisieren, wo sie war. Dann meldete sich auch schon die Angst zurück und zog den Knoten um ihren Magen enger. Trotz des elenden Durstes, der auch für ihre Halsschmerzen verantwortlich war, war der Schmerz ihrer nun übervollen Blase stärker. Jetzt fiel ihr auch wieder ein, dass sie sich bereits vor der Begegnung mit der Spinne erleichtern wollte, es vor Schreck und Angst aber verdrängt hatte. Aber was sollte sie tun? Von der vermeintlich sicheren Pritsche heruntersteigen oder den einzig sicheren Platz einnässen?

Noch bevor sie eine Entscheidung treffen konnte, ertönte ein weit entfernt klingendes Geräusch, das am ehesten dem Quietschen einer schweren Tür gleichkam und wie durch eine lange Röhre hallte. Ohne dass Kassandra dem etwas entgegensetzen konnte, begann ihr Körper erneut zu zittern. Nach kurzer Stille setzte ein schleifendes Geräusch ein, das unweigerlich näher kam. Starr vor Angst und Hilflosigkeit konzentrierte sie sich darauf, das, was sie hörte, einzuordnen. Das Schleifen kam kontinuierlich näher, aber war da nicht auch das schwere Atmen eines Menschen zu hören? Sie starrte in den schwarzen Raum, bis ihre Augen brannten, doch da war absolut nichts zu erkennen. Dann ertönte ein metallisches Klicken und einen Sekundenbruchteil später wurde sie von drei ultrahellen Halogenstrahlern regelrecht auf ihrem Platz fixiert. Tausend Nadelstiche malträtierten ihre Augen, die es nicht geschafft hatten, sich rechtzeitig zu schließen. Trotz der neuen Schmerzen filterte ihr Gehirn erst das erneute Quietschen einer Tür heraus. Nach wenigen Sekunden den Schlag, wie diese wieder geschlossen wurde, anschließend das scheppernde Geräusch von Metall auf Metall. So sehr sie es wollte, es war ihr unmöglich, die Augen zu öffnen. Wieder ertönte das leise Klicken, dann verschwand das Licht hinter ihren geschlossenen Augenlidern, und alles war still.

»Hallo?« Kassandras leise Stimme verebbte ungehört, und doch hatte sie das Gefühl, nicht mehr allein zu sein. Erneut rief sie: »Hallo, ist da wer?« Nichts regte sich. *Was, wenn er neben mir steht,* ging ihr durch den Kopf, und das Zittern verstärkte sich. Plötzlich drang ein leises Stöhnen an ihr Ohr. Sie versuchte, ihren Kopf so auszurichten, dass sie besser hören konnte. Und tatsächlich: Da war wieder ein Stöhnen, die Person konnte nicht allzu weit von ihr entfernt sein. Vorsichtig schob Kassandra ein Bein nach vorne. Das Stöhnen klang nicht nach einer Bedrohung, sondern nach einem Menschen, der Hilfe brauchte.

Jetzt ließ sie das zweite Bein folgen, doch im selben Augenblick, als ihre Füße den Boden berührten, setzten erneut die Schritte und das schleifende Geräusch ein. Reflexartig zog sie sich wieder auf ihren Platz an der kalten Steinwand zurück, doch dieses Mal war sie gewarnt. Als die Scheinwerfer erneut aufglühten, schützte sie ihre Augen mit vorgehaltener Hand und blinzelte seitlich heraus. Es dauerte einige Augenblicke, bis das Bild scharf wurde.

Ihr erster Gedanke war, dass sie sich in einem Tierkäfig befand. Die Wände bestanden aus rohem, aber sauber beschlagenem Fels, welcher ihre Zelle seitlich und hinter ihr begrenzte. Vor ihr, in etwa drei Meter Entfernung, spannte sich ein massives Gitter von einer Wand zur nächsten. Den Zugang bildete eine schmale Gittertür, die mit einer dicken Kette und einem Schloss gesichert war. Das einzige Inventar waren ihre Pritsche und ein Blecheimer, der links von ihr in der Ecke stand und vermutlich als Toilette dienen sollte.

Kassandra nahm all ihren Mut zusammen, ging zu der Wand rechts von ihr, und da sie sich nun unter den Scheinwerfern befand, fiel es ihr leichter, etwas zu erkennen.

Ihr Käfig befand sich an der Stirnseite eines Gewölbes, das insgesamt drei dieser Käfige beherbergte. Direkt gegenüber bildete eine weit offen stehende Stahltür den Zugang, hinter dem sich, soweit sie erkennen konnte, ein weitläufiger Stollen in der Dunkelheit verlor.

Der Käfig rechts von ihr war ebenso fest verschlossen wie ihr eigener, und von dort kam auch das leise Stöhnen, dessen Ursprung sie aber nicht sehen konnte.

Links von ihr stand die Käfigtür dagegen weit offen. Als plötzlich das Geräusch schwerer Schritte ertönte, zog sich Kassandra zurück und beeilte sich, auf ihre Pritsche zu kommen. Alles, was sie von hier aus noch gegen das gleißend helle Licht sehen konnte, war der dunkle Umriss eines Menschen, der die linke Zelle verließ und dann durch die Stahltür verschwand. Mit einem lauten Schlag wurde das Verlies geschlossen und das Licht gelöscht. Kassandra fühlte sich wieder lebendig begraben.

# – 11 –

Der Dienstagmorgen begann für Mike ausnahmsweise ohne Kopfschmerzen, dafür aber mit einem völlig verspannten Nacken. Eine heiße Dusche linderte die Schmerzen, und nach einigen Dehnübungen schaffte er es sogar, sein Pistolenhalfter über den Rücken zu ziehen. Zehn Minuten später klingelte sein Partner und trat in die Wohnung.

»Einen wunderschönen guten Morgen«, verkündete Peter, der genau wusste, dass Mike so viel Euphorie um diese Uhrzeit nicht leiden konnte. Er warf einen Blick in das offen stehende Schlafzimmer mit dem unberührten Bett. »Hast du bei Jenni geschlafen?«, lautete die erste Frage, dann sah er die Decke und das Whiskyglas neben dem Sessel und warf einen skeptischen Blick zu Mike.

Dieses Mal dämpfte er seine Stimmlage etwas. »Ist es immer noch so schlimm?«, fragte er vorsichtig.

Da Mike den Mund voll Kaffee hatte, schüttelte er nur seinen Kopf. Dann schluckte er, drückte Peter eine zweite Tasse in die Hand und antwortete: »Nein. Ich hatte gestern einen sehr schönen Abend mit Jenni und bin dann hier vor dem Fernseher eingeschlafen.«

»Gut«, stellte Peter jetzt wieder etwas lockerer fest, nahm ebenfalls einen Schluck und erkundigte sich nach dem weiteren Vorgehen bezüglich des Toten.

»Ich würde sagen, wir gehen ins Präsidium und machen eine Aufstellung von dem, was wir haben. Vielleicht hat ja auch Dr. Gruber inzwischen etwas herausbekommen.«

Eine halbe Stunde später hatte Peter alle Fakten an der großen, weißen Tafel ihres Büros zusammengetragen und Mike hatte mit Erlangen telefoniert.

»Und? Hat die Gerichtsmedizin etwas in Erfahrung bringen können?«, fragte Peter, als Mike aufgelegt hatte. Mike stand auf, warf einen Blick auf die Landkarte und schüttelte den Kopf. »Der Dreck unter den Fingernägeln des Toten könnte von überall hier in der Gegend stammen. Die Zusammensetzung deutet zwar eindeutig auf unseren Landkreis beziehungsweise auf das hier vorkommende Gestein hin, aber es fand sich nichts darin, was die Suche danach eingrenzen würde.«

»Scheiße«, stieß Peter aus. »Und die Gesichtserkennung?«

»Auch kein Treffer«, lautete die knappe Antwort. Mike wollte sich gerade wieder an seinen Computer setzen, um erneut die Vermisstenanzeigen durchzugehen, als die Tür aufgerissen wurde und ihr Chef, Karl Steinbach, den Kopf ins Zimmer streckte. Statt zu grüßen, klang sein Befehlston deutlich zu ernst. »Seid ihr auch schon da. In zwei Minuten im Verhörzimmer.« Dann wurde die Tür wieder zugezogen, und die beiden Kommissare sahen sich achselzuckend an. Beide wussten, dass es eigentlich nicht Karls Art war, so aufzutreten, doch offensichtlich brannte die Luft.

»Dann eben kein Kaffee«, sagte Peter, nahm seinen Notizblock und folgte Mike eine Etage höher. Die Tür zu dem sterilen Raum stand weit offen und um den einzigen Tisch hatte man vier statt der sonst üblichen drei Stühle gestellt. Die einzige anwesende Person war ein junger Typ, den Mike schon vom Aussehen her nicht leiden konnte. Alles an ihm war zu glatt, zu gepflegt, und der Gesichtsausdruck war, dazu passend, zu arrogant. *Jurastudent*, schoss es Mike durch den Kopf. Es war eine Angewohnheit von ihm, schon vor dem ersten Wort, das ein Mensch sprach, seinen Beruf zu erraten.

Die beiden Kommissare betraten den Raum, als Karl gerade sein Telefon wegsteckte. Nachdem sich alle gegenseitig vorgestellt hatten, nahmen auch die beiden Kommissare Platz, und Karl ergriff das Wort. »Also gut, dann erzählen Sie bitte noch einmal, was Sie dem Kollegen der Notrufzentrale erzählt haben.«

Die Körperhaltung des jungen Mannes, der tatsächlich Jurastudent war, passte überhaupt nicht zu seinem restlichen Erscheinungsbild. Lustlos und ohne jede Spannung hing er in seinem Stuhl. »Nun ja, ich bin mir nicht sicher, ob er es ist, aber Folgendes … Wie ich gerade sagte, studiere ich seit etwa zwei Jahren Jura in Erlangen. Und seit dieser Zeit teile ich mir eine kleine Wohnung mit Leon.«

»Leon, was?«, fragte Karl, der für Mikes Geschmack immer noch zu angespannt war.

»Leon Magwart«, antwortete der Student. Mike spürte, wie ihn sein Chef prüfend ansah, kam aber nicht gleich darauf, warum. Dann half ihm Peter auf die Sprünge.

»Magwart? Ist er der Sohn der Richterin Juliane Magwart, die hier in Nürnberg arbeitet?«

Der Mann nickte. »Ihren Vornamen kenne ich nicht, aber ja, seine Mutter ist hier Richterin.«

»Und weiter?«, drängte Karl.

Nun besann sich ihr Gegenüber offenbar auf seine Haltung, setzte sich gerade hin und erzählte. »Leon ist Freitagnacht nicht nach Hause gekommen, was eigentlich nichts Ungewöhnliches ist, da er immer mal wieder mit zu einer Frau ging, und ich dachte mir auch nichts dabei. Auch dass er zwei Tage wegblieb, kam ab und zu mal vor. Was allerdings nie vorkam, war, dass er nicht Bescheid sagte, wenn er eine Verabredung nicht einhalten konnte. Wir hatten für Sonntagnachmittag einen Platz in der Tennishalle gebucht, und als Leon auch dort nicht auftauchte, versuchte ich, ihn anzurufen. Leider vergebens, denn sein Handy war entweder ausgeschaltet oder hatte keinen Empfang.«

»Hatten Sie ihn da schon als vermisst gemeldet?«, erkundigte sich Peter, der schon einige Notizen auf seinem Block stehen hatte.

Der Student schüttelte den Kopf. »Nein. Als Jurastudenten wissen wir ja, dass Erwachsene erst nach frühestens 48 Stunden als vermisst gelten, und ich wollte auch nicht gleich die Pferde scheu machen. Ich nahm mir vor, noch bis Montagabend zu warten, und wenn ich ihn dann immer noch nicht erreicht hätte, bei seinen Eltern anzurufen.«

»Aber das hätten Sie doch auch schon früher machen können. Die Polizei und seine Eltern sind doch zwei Paar Stiefel?«, hakte diesmal Mike nach.

»Sicher«, antwortete der Student, »aber deren Verhältnis war etwas angespannt und Leon wäre es sicher nicht recht gewesen, dass ich dort nach ihm fragte.«

»O. k., weiter«, drängte Karl, was Mike entgegenkam, da er sich langsam fragte, was sie hier eigentlich sollten.

Endlich schien der Student auf den Punkt kommen zu wollen und sprach etwas schneller. »Nun ja, was soll ich sagen …«, begann er. »Am Montagabend habe ich Leon dann ein wenig vergessen. Ich lernte eine ziemlich aufgeschlossene Medizinstudentin kennen, die mich sozusagen auf andere Gedanken brachte.« Der junge Mann konnte sich ein leichtes Grinsen nicht verkneifen. Als er jedoch in die schon etwas genervten Gesichter der Kommissare blickte, sprach er schnell weiter. »Auf jeden Fall war ich bis heute Morgen bei ihr, und bevor wir uns trennten, wollte sie mir noch unbedingt einen ziemlich üblen Trailer zu einem neuen Reality-Game zeigen, das in Kürze beginnen soll. Der Film zeigt einen Mann, der erst in einem Verhör gequält wird, anschließend freikommt und am Ende stirbt.« Es folgte eine kurze Pause, in der die Gesichtszüge des Studenten deutlich ernster wurden, dann sagte er gedämpft: »Und ich glaube, diesen Mann hat Leon gespielt.«

Mike lehnte sich zurück und dachte nach. Er war sich fast sicher, dass es sich um den gleichen Film handelte, von dem auch Jenni gesprochen hatte. Noch bevor er etwas sagen konnte, ergriff Peter das Wort. »Ja, aber was ist so schlimm daran, dass sich ihr Freund ein paar Euro als Schauspieler verdient?« Mike machte eine Armbewegung, die Peter zum Schweigen brachte. Dann zog er ein Foto aus seiner Mappe, legte es auf den Tisch und sah den Studenten dabei an. Dieser beugte sich etwas vor und erstarrte.

»Scheiße, das ist Leon.« Und als wollte er es nicht begreifen, fragte er mit stockender Stimme: »Ist er …?«

Mike kniff den Mund zusammen und nickte. Jetzt erst begriff er, warum sein Chef so aufgelöst gewesen war. Bei dem Sohn der Richterin wäre Erfolgsdruck ein zu banales Wort. Eine weitere Erinnerung schoss ihm durch den Kopf und diesmal erstarrte er selbst. Er wandte den Blick zu Karl und sagte ausdruckslos: »Die Tochter der Richterin ist ebenfalls als vermisst gemeldet. Ich habe ihren Namen gestern bei den Vermisstenanzeigen gelesen.«

Karl nahm seine Hände vor das Gesicht und stieß ein leises »Scheiße« aus. Dann fing er sich wieder und tat so, als wäre alles ganz normal.

»Vielen Dank für Ihre Hilfe. Wenn Sie noch einen Augenblick Zeit haben, würde ich Ihnen einen Beamten hereinschicken, der alles noch einmal genau zu Papier bringt«, sagte er zu dem Studenten. Ohne auf eine Antwort zu warten, stand der Leiter der Mordkommission auf, drehte sich zu seinen Kommissaren und wies sie an, in einer Viertelstunde in seinem Büro zu sein.

Mike und Peter nickten, verabschiedeten sich von dem Studenten und Peter begleitete Mike zu dem Raucherplatz auf dem Innenhof des Präsidiums.

»Nehmt bitte Platz.« Karls Stimme war nun etwas freundlicher, aber seine Anspannung war deutlich zu spüren. Schon während sich Mike und Peter setzten, begann er zu reden. »Du hattest recht, Mike. Die Tochter von Richterin Magwart ist tatsächlich als vermisst gemeldet. Die Kollegen haben dies bisher nur nicht allzu ernst genommen, da die junge Frau bereits achtzehn ist und man in dem Alter schon mal eigene Wege geht.« Karl stockte und sah seine Kommissare fragend an. »Was für eine Scheiße läuft da?«

»Bei Richtern liegt ein Racheakt nahe«, wagte Peter eine erste Prognose, erzählte damit aber nichts Neues.

»Ist mir schon klar«, erwiderte Karl dann auch und spann den Faden weiter. »Aber was macht das für einen Sinn, erst den Sohn umzubringen, das Ganze dann offenbar im Internet zu zeigen und anschließend die Tochter zu entführen?«

Noch vor einem Jahr hätte sich Mike auch keinen Reim darauf machen können, aber durch Jennis Arbeit bei einem Onlinemagazin hatte er mittlerweile gelernt, dass es haufenweise Psychopathen gab, die entweder Computerspiele entwickelten oder solche zum Teil wirklich kranken Spiele spielten. »Ich glaube …«, begann er, »dass der Täter nicht nur Rache nehmen möchte, sondern auch auf öffentliche Demütigung aus sein könnte.«

»Weiß die Richterin schon Bescheid?«, fragte Peter dazwischen. Karl schüttelte den Kopf und wollte gerade antworten, als sein Telefon läutete. Er hob ab, sagte ein paar Worte und legte dann wieder auf. Wortlos drehte er seinen Monitor so, dass ihn auch Mike und Peter sehen konnten, und klickte auf eine noch ungelesene E-Mail. Nach einem weiteren Klick öffnete sich ein Medienprogramm, das zunächst ein völlig schwarzes Bild zeigte. Wenige Sekunden passierte nichts, dann wurde das Bild endlos langsam heller und die Silhouette eines großen Holzstuhles, der sehr an einen elektrischen Stuhl erinnerte, zeichnete sich ab. Im gleichen Tempo, wie der Lichtkegel heller wurde, fuhr die Kamera, beginnend von der Rückseite des Stuhles, langsam drum herum. Doch auch als die Kamera vorne angekommen war, reichte das Licht noch immer nicht aus, um Details zu erkennen. Egal, wie angestrengt man darauf starrte, es blieb eine vage Vermutung. Wieder vergingen Sekunden und es wurde schon fast langweilig, als der Lichtkegel plötzlich derart hell aufleuchtete, dass es direkt in den Augen wehtat. Mit einem Schlag saß er vor ihnen und es gab keinen Zweifel: Es war der Tote aus dem Wald. Schwere Eisenbänder fixierten ihn an den übergroßen Holzstuhl und dunkle Flecken auf seiner Kleidung zeugten davon, dass er bereits misshandelt worden war. Was einem nicht sofort auffiel, war die Tatsache, dass der Mann scheinbar völlig unbeeindruckt von der Helligkeit des Scheinwerfers blieb, was der ganzen Szenerie einen noch unheimlicheren Ausdruck verlieh. Erst störte sich Mike daran, dann stellte er leise fest: »Da muss er schon fast blind gewesen sein.«

Alle drei schauten weiter gebannt auf das, was sich da am Monitor abspielte. So widerwärtig der Anblick auch war, man musste einfach zusehen.

Genauso plötzlich, wie es hell geworden war, erlosch das Licht auch wieder, und erneut wurde der Bildschirm komplett schwarz. Dann folgte eine Einstellung, die offensichtlich aus der Egoperspektive gefilmt wurde. Im dämmrigen Licht eines Herbstabends bahnte sich der Träger der Kamera seinen Weg durch einen nebligen Wald. Immer wieder stürzte er über herumliegende Äste, rutschte kurze Abhänge hinab, rappelte sich wieder auf und torkelte weiter. Ab und zu kamen die geschundenen Hände oder die blutdurchtränkte Hose ins Bild, dann ertönte das einzige Geräusch des ganzen Filmes. Der Schrei hallte erschreckend realistisch durch Karls Büro und allen drei Beamten zog sich der Magen zusammen. Als letzte Sequenz wurde das Bild wieder dunkel, und wie zum Hohn erschienen langsam die Worte »LASST UNS SPIELEN«, gefolgt von dem viel kleiner geschriebenen Satz: »Wir sehen uns am 1. Dezember hier auf YouTube.« Der Film endete und das Logo des Medienprogrammes erschien. Alle drei ließen sich in ihre Stühle fallen und versuchten zu begreifen, was sie gerade gesehen hatten.

Dann dauerte es eine geschlagene Minute, bis jeder seine Gedanken sortiert hatte und Karl das Wort ergriff. »Natürlich lasse ich das Video gerade von unseren Spezialisten untersuchen, aber ich habe so eine Ahnung, dass es uns der Täter sicher nicht so leicht machen wird.«

Ohne darauf einzugehen, stellte Peter fast schon bewundernd fest: »Das Ding ist wirklich gekonnt gemacht. Wüsste ich nicht, dass es so schrecklich real ist, der Typ hätte mein Interesse geweckt.«

»Und das ist das Problem«, stellte Mike nachdenklich fest. »Offensichtlich will er seine Rache, oder was immer er auch will, in die Öffentlichkeit tragen. Und wenn es wirklich so weit kommt, dass er in zwei Tagen damit online geht, können wir unsere Ermittlungen nur noch in Begleitung sämtlicher Nachrichtensender durchführen.«

»Nur, wenn er preisgibt, dass die Show bittere Realität ist«, gab Karl zu bedenken.

Mike fiel das Gespräch mit Jenni wieder ein und er nickte. »Stimmt, jetzt, wo du es sagst. Meine Freundin arbeitet doch für dieses Spielemagazin. Auch sie hat mir gestern von diesem Film erzählt. Da ich mich aber normalerweise nicht für so etwas interessiere, gingen wir nicht weiter darauf ein. Aber eine Sache hat sie dann doch erwähnt. Und zwar, dass es sich um eine neue Art von Reality-Game mit Schauspielern handeln soll.«

Karl machte eine Geste, die Mike zum Schweigen brachte. »Aber das würde ja bedeuten, dass er sogar schon Kontakt mit der Presse aufgenommen hat. Denn laut meinen Informationen gibt es bisher nur diesen Film und sonst keinerlei Informationen im Internet. Folglich muss er es irgendjemand anderem erzählt haben.« Karl wollte schon zum Hörer greifen, ließ die Hand aber wieder sinken. Dann sah er Mike an und sagte fast schon beschwörend: »Du versuchst jetzt, deine Freundin zu erreichen. Vielleicht weiß sie mehr darüber.« Dann wechselte sein Blick zu Peter. »Du nimmst dir noch einmal die Vermisstenanzeige vor. Der Titel lautet ›Die Drei‹, also müssen wir davon ausgehen, dass er nicht nur die Tochter der Richterin hat.« Karl ließ sich etwas zurücksinken. »Und ich werde wohl oder übel mit Richterin Magwart reden müssen.«

Die beiden Kommissare verließen Karls Büro und eilten schweigend durch die Gänge des Präsidiums. Als Mike wieder an seinem Schreibtisch saß, warf er einen Blick auf die Uhr. Da Jenni um die Mittagszeit meistens nicht in ihrem Büro war, wählte er gleich die Nummer ihres Diensthandys, gab aber nach dem zehnten Freizeichen auf und versuchte es doch an ihrem Arbeitsplatz. Die Anzeige seines Telefons zeigte schon nach dem zweiten Ton eine Weiterleitung an und kurz darauf hatte er Claudia, eine von Jennis Kolleginnen, am Apparat. Da sein Tonfall offenbar ziemlich dienstlich klang, wunderte sich Claudia. »Hi, Mike, was ist denn mit dir los?«

Jetzt erst kam Mike in den Sinn, dass Claudia keine Fremde war. Er und Jenni waren schon öfter mit ihr und ihrem Freund ausgegangen, daher entschuldigte er sich. »Tut mir leid, wir haben gerade einen ziemlich üblen Fall und ich war wohl noch in Gedanken. Ist denn Jenni bei dir?«

»Kein Problem«, erwiderte Claudia lachend, ging dann aber auf seine Frage ein. »Leider nein. Sie hat ein Interview außerhalb.«

Mike stockte eine Sekunde und fragte dann: »Weißt du, wann sie das Interview hat? Ans Handy geht sie nämlich auch nicht.«

»Einen Augenblick, ich schaue in ihren Kalender«, antwortete Claudia, und Mike hörte, wie einige Tasten gedrückt wurden. Dann war sie wieder am Apparat. »Hörst du?« Mike bejahte und sie sprach weiter: »Also, hier steht ›Interview – Die Drei – zwölf Uhr – Dunkelcafé Nürnberg‹.«

Mike zuckte zusammen. Sein erster Gedanke war: *Nicht schon wieder!* Dann brüllte er fast ins Telefon: »Hast du eben ›Die Drei‹ gesagt?« Claudia bestätigte, und Mike zwang sich zur Ruhe. »Dieses Dunkelcafé ist doch das, was zum ›Erlebnisfeld der Sinne‹ gehört, oder?«

Durch Mikes Stimme fast schon eingeschüchtert antwortete Claudia nun, als würde man sie verhören. »Ja, dort drinnen herrscht absolute Dunkelheit. Man soll erfahren, wie man sich ohne Augenlicht fühlen würde.«

Mike hatte keine Zeit mehr für eine weitere Unterhaltung. Ein kurzes »Danke« musste reichen, dann knallte er den Hörer auf das Telefon – doch nur, um ihn gleich wieder abzunehmen. Peter, der ihn erschrocken ansah, wollte etwas sagen, aber Mike brachte ihn mit einer deutlichen Geste zum Schweigen. Nun drückte er auf eine der Schnellwahltasten und stand mit dem Hörer in der Hand auf. Sich unruhig hin und her drehend, wartete er darauf, dass endlich jemand sein Gespräch entgegennahm. Nach drei unbarmherzig langen Freizeichen meldete sich eine Beamtin der Notrufzentrale, und noch bevor sich die Frau vorstellen konnte, begann Mike unfreundlich: »Ja, ja, ich weiß, wer Sie sind. Hier ist Hauptkommissar Köstner. Schicken Sie sofort alle verfügbaren Wagen zum Dunkelcafé in Nürnberg. Wir suchen …« Mike stockte, da ihm erst jetzt einfiel, dass er keine Ahnung hatte, wen sie überhaupt suchten. Nach fünf Sekunden sprach er etwas ruhiger und sachlicher weiter. »In dem Café befindet sich eine Frau, ca. eins fünfundsechzig groß, langes rotes Haar, sportliche Figur. Ihr Name ist Jenni Flick, neunundzwanzig Jahre alt. Wir müssen davon ausgehen, dass diese Frau in ernster Gefahr ist. Sollte sich jemand in ihrer Begleitung befinden, muss der Zugriff sofort erfolgen. Kein Besucher des Cafés darf das Haus verlassen, bevor wir nicht mit ihm gesprochen haben. Das Gleiche gilt natürlich auch für die Mitarbeiter. Haben Sie das verstanden?«

Die Beamtin der Notrufzentrale wollte gerade alle Daten wiederholen, doch Mike fiel ihr ins Wort. »Jetzt geben Sie erst den Einsatzbefehl raus, danach können wir immer noch alles durchgehen.« Mike hörte im Hintergrund, wie die Frau den Funkspruch durchgab, und da sie alles Nötige sagte, verzichtete er auf eine Wiederholung der Angaben und verabschiedete sich. Ohne ein weiteres Wort griff er nach seiner Jacke und verließ mit Peter, der alles mitgehört hatte, das Büro. Stumm eilten sie durch die Gänge des Präsidiums, verzichteten darauf, den langsamen Fahrstuhl zu nehmen, und stiegen kurz darauf in den Dienstwagen.

Erst als sie den Innenhof verlassen hatten, fragte Peter, der wie immer am Steuer saß: »Glaubst du, Jenni trifft sich mit unserem Täter?« Dann stockte er und drehte den Satz um. »Besser gesagt: Glaubst du wirklich, der Täter ist so dreist und trifft sich mit der Presse?«

»Wenn es nicht noch ein weiteres Spiel mit dem Namen ›Die Drei‹ gibt, dann ja«, antwortete Mike angespannt.

# – 12 –

Jenni war nervös. Eigentlich hatte sie mit der Zustimmung zu diesem Treffen schon gegen die Sicherheitsvorschriften ihrer Agentur verstoßen. Da dieser Wotan jedoch einen belebten, wenn auch ungewöhnlichen Treffpunkt vorschlug, stimmte sie trotz der unterdrückten Rufnummer zu. Außerdem erwarteten ihre Leser endlich mehr Informationen zu diesem neuen Spiel, dessen Trailer schon jetzt mehr Fans im Internet hatte als so mancher Prominente.

Kurz vor dem Dunkelcafé stellte sie die Handyweiterleitung ein und den Klingelton auf stumm; dann machte sie, trotz des Versprechens, es nicht zu benutzen, das Diktiergerät bereit und verstaute es in der oberen Tasche ihre Bluse. Unsicher, was sie erwarten würde, betrat sie das Foyer des Cafés, wo sie auch sofort von einem offensichtlich blinden Angestellten angesprochen wurde. »Möchten Sie eine Führung durch den Dunkelgang?«

Jenni schüttelte erst nur mit dem Kopf, bis ihr einfiel, dass der Mann dies nicht sehen konnte, dann antwortete sie: »Eigentlich wollte ich nur in das Café. Ist das möglich?«

»Aber sicher«, bestätigte der Mitarbeiter freundlich und streckte ihr dann die Hand entgegen. »Mein Name ist Paul. Bleiben Sie einfach dicht hinter mir. Sie können auch Ihre Hand auf meine Schulter legen, wenn es Ihnen zu unsicher wird.« Jenni drückte die hingehaltene Hand und stellte sich ebenfalls vor. Dann drehte sich Paul um und forderte sie auf, ihm zu folgen.

Bereits nach wenigen Metern, die sie tiefer in das Gebäude hineingingen, herrschte absolute Dunkelheit, und Jenni nahm das Angebot, die Hand auf Pauls Schulter legen zu dürfen, gerne an. Entgegen ihrer Hoffnung war es hier nicht nur ein bisschen dunkel, sondern so absolut, dass man glaubte, selbst blind zu sein. Auch wenn es nur ein kurzer Weg bis zu dem Café war – ihr kam er viel zu lang vor, und sie war froh, als endlich ein Gewirr an Stimmen lauter wurde. Das Gefühl, zwischen lauter fremden Menschen zu stehen, aber keinen von ihnen sehen zu können, löste seltsame Gefühle in ihr aus, und für einen kurzen Moment stieg sogar Panik in ihr hoch.

Paul blieb stehen, nahm zielsicher ihre Hand und legte sie auf ein sich sehr glatt anfühlendes Holzbrett. »Das hier ist die Theke, Jenni. Unser heutiger Barkeeper heißt Wolfgang. Er wird dir gerne einen unserer alkoholfreien Cocktails mixen.«

Prompt meldete sich eine Stimme, die Jenni etwa einen halben Meter vor sich vermutete, zu Wort. »Hallo, Jenni, ich bin Wolfgang. Was kann ich dir bringen?« Dann zählte er alles auf, was auf der nicht vorhandenen Karte stand, und sie bestellte einen schlichten Eiskaffee. »Kommt sofort«, bestätigte der Mann hinter der Bar, und Paul verabschiedete sich mit dem Versprechen, sie in einer halben Stunde wieder abzuholen.

Verunsichert blieb Jenni alleine zurück und legte zur Sicherheit auch noch die andere Hand auf den Tresen vor sich. Rechts neben ihr schienen zwei weitere Menschen zu stehen, die sich darüber unterhielten, welch tolle Erfahrung das hier doch sei. Ob links von ihr auch jemand war, wusste sie nicht, glaubte aber, die Nähe eines weiteren Gastes zu spüren. Einige Minuten lang passierte einfach nichts, dann kam Wolfgang zurück, bat darum, dass sie ihren Arm vorstreckte, und gab ihr dann ein Glas in die Hand. Sie bedankte sich und nahm einen Schluck des kalten, süßen Kaffees. Gerade als sie sich zu fragen begann, wie sie dieser Wotan hier finden wollte, bestätigte sich ihr Verdacht, dass der Platz links neben ihr nicht leer war. Eine tiefe, sympathische Stimme fragte wie aus dem Nichts: »Sind Sie Jenni Flick?« Nachdem sie den ersten Schrecken überwunden hatte, machte sie den gleichen Fehler wie schon bei Paul und nickte einfach nur.

»Hallo?«, fragte die Stimme, und jetzt antwortete sie richtig: »Ja, bin ich. Und Sie sind?«

»Namen sind unwichtig«, lautete die knappe Antwort und verursachte eine leichte Gänsehaut auf ihrem Rücken.

Jenni bemühte sich um eine ruhige, professionelle Stimme. »Schön, Sie kennenzulernen, auch wenn ich Sie nicht sehen kann.« Doch statt einer Antwort tastete eine fremde Hand nach ihrer eigenen, und erst nach einigen Augenblicken wusste sie, was an der Berührung nicht stimmte. Das, was sie fühlte, war keine Haut, sondern so etwas wie ein Latexhandschuh. Nun drückte die fremde Hand ihre Finger mit sanfter Gewalt auseinander und legte einen kleinen, kühlen Gegenstand hinein. »Was ist das?«, fragte sie mit einer Stimmlage zwischen Angst und Neugierde, aber die Hand war verschwunden. Vorsichtig griff Jenni in die Dunkelheit neben sich, doch der Platz war leer.

Keine zehn Sekunden später brach das Chaos los. Erst hallten einige erschrockene Schreie durch die Räume und Gänge des Dunkelcafés, dann wurde es schlagartig so hell, als hätte man die Sonne eingeschaltet. Verzweifelt gegen das Licht blinzelnd, erkannte Jenni, dass vier uniformierte Männer in den Raum gestürmt kamen und sich hektisch umsahen. Dann fragte einer der Beamten: »Frau Flick? Ist eine Jenni Flick hier?«

»Das bin ich«, antwortete Jenni, worauf sich zwei der Beamten regelrecht auf den Mann, der links von ihr stand, stürzten und ihm die Arme nach hinten bogen. Seine lauten

Protestschreie ignorierend, führten sie den Mann ab und ließen seine weibliche Begleitung entsetzt zurück. Ein weiterer Beamter kam auf Jenni zu. »Alles in Ordnung?«

Langsam hatten sich Jennis Augen an das Licht gewöhnt und erstaunt stellte sie fest, dass gerade einmal fünf Gäste mit ihr in dem Café gewesen waren. Von den Geräuschen her hätte sie auf wesentlich mehr Menschen getippt.

»Ist bei Ihnen alles in Ordnung?«, wiederholte der Beamte, worauf Jenni nickte.

»Ja, sicher. Aber was ist denn eigentlich los?« Erst dann kam ihr ein Gedanke in den Sinn. »Und warum haben Sie so gezielt nach mir gefragt?«

»Ein Kollege von uns hat einen Notruf abgesetzt. Es hieß, Sie könnten von einem Mann bedroht werden.« Unsicher sah der Beamte in Richtung Ausgang und erklärte dann: »Darum haben meine Kollegen den Mann neben Ihnen festgenommen.«

Jenni stellte klar, dass der Festgenommene nichts mit ihr zu tun hatte, und sie den, den sie offenbar suchten, um wenige Sekunden verpasst hatten. Der Beamte gab die Information über sein Funkgerät weiter und bat die anderen Gäste und den Barkeeper, nach vorne in den Eingangsbereich zu gehen. Fünf Minuten später stürmte Mike in das Café und nahm erleichtert seine Freundin in den Arm.

»Dann kam der Notruf von dir?«, fragte Jenni, die noch immer nicht wusste, um was es eigentlich ging.

»Ja«, antwortete Mike und drehte sich zu dem Streifenbeamten. »Konnten Sie den Gesuchten festnehmen?«

»Leider nein. Frau Flick meinte, dass sie ein Mann angesprochen hatte, er aber kurz vor unserem Eintreffen verschwand.«

»Haben Sie das Gebäude durchsucht?« Mikes Stimme klang gehetzt, und als sein Kollege das verneinte, befahl er ihm, bei Jenni zu bleiben. Ohne dass er zu Peter etwas sagen musste, folgte ihm dieser durch die einzige weitere Tür des Raumes, die hinter dem Bartresen gleichzeitig zu einer kleinen Küche führte und als Notausgang diente. Mit gezogenen Waffen durchquerten sie die Küche, passierten eine weitere Tür, die in einen kurzen Gang führte und schließlich an einer nur von innen zu öffnenden Nottür endete. Schon wegen des leichten Luftstroms wussten beide, noch bevor sie die Tür erreicht hatten, dass diese geöffnet worden war. Ohne den Türöffner zu berühren, drückte Mike die Tür nach außen auf und musste enttäuscht feststellen, dass der Ausgang auf eine belebte Hauptstraße führte. Sie steckten ihre Waffen weg und traten hinaus.

»Der ist mit Sicherheit weg«, stellte Peter unnötigerweise fest, sah sich aber trotzdem um.

Eine Stunde später hatten sie alle anwesenden Personen verhört, jedoch keinerlei Hinweise auf den Gesuchten bekommen. Da die zu dem Zeitpunkt anwesenden Angestellten ausnahmslos blind waren und keiner der Gäste dem Mann bei Licht begegnet war, wussten sie nur, dass es sich der Stimme nach um einen jüngeren Mann handeln musste. Das einzig Verwertbare war der kleine Gegenstand, den er Jenni in die Hand gelegt hatte und der sich als USB-Stick herausstellte. Am liebsten hätte sich Mike den Inhalt des Sticks gleich an dem Computer des Cafés angesehen, mahnte sich dann aber selbst zur Geduld und beschloss, ihn erst zusammen mit einem Fachmann der Polizei auszulesen.

# – 13 –

»Herein.« Karls Stimme klang nicht nur wegen der geschlossenen Tür verändert, sie klang irgendwie traurig. Mike öffnete die Bürotür seines Chefs und wusste sofort, was los war. Mit dem Rücken zu ihm saß eine Frau, die sich gerade die Nase putzte, sich aber nicht zu Peter und ihm umdrehte. Ihr gegenüber saß Karl in seinem schweren Bürostuhl und machte ein ernstes Gesicht. »Stören wir?«, fragte Mike gedämpft und nickte in Richtung der Frau. Doch Karl reagierte nicht auf diese Geste. »Habt ihr etwas Neues? Ansonsten: Ja.«

Mike überlegte einen Augenblick, wie er beginnen sollte, und sagte dann wirkungsvoll: »Wir hätten den Täter heute fast gehabt.«

Als hätte man sie aufgeweckt, zuckte der Kopf der Frau nach oben und sah die beiden Kommissare hoffnungsvoll an. Obwohl Mike genau wusste, wen er da vor sich hatte, fragte er erst seinen Chef, ob er offen sprechen konnte. Daraufhin stellte Karl die Frau als Richterin Magwart vor, und als sich auch Mike und Peter vorgestellt hatten, berichteten sie von dem Vorfall im Dunkelcafé.

»Was ist mit diesem USB-Stick?«, fragte Karl, nachdem Mike zu Ende erzählt hatte.

»Den habe ich, bevor wir zu dir rauf sind, in der EDV-Abteilung abgegeben. Check mal deine E-Mails. Der Kollege hatte versprochen, den Inhalt sofort auf Viren zu kontrollieren und dann an dich zu schicken.«

Karl drehte sich zu seinem Computer und öffnete das entsprechende Programm. Fast im selben Augenblick traf die erwartete E-Mail ein.

Der Film begann wieder mit dem Trailer, den alle Anwesenden schon kannten. Während die drei Beamten noch einmal zusahen, drehte sich die Richterin weg. Es musste unerträglich sein zuzusehen, wie der eigene Sohn seinem Tod entgegenlief. Mike konnte das mehr als verstehen und am liebsten hätte er die Frau in den Arm genommen. Überhaupt war Frau Magwart nicht so, wie Peter sie ihm beschrieben hatte. Statt einer unnahbaren, hässlichen Richterin saß hier eine Frau, die sehr zerbrechlich wirkte. Mike schätzte sie auf Mitte vierzig und man sah ihr an, dass ihr Amt nicht spurlos an ihr vorübergegangen war.

Als der Trailer endete, drehte sich auch die Richterin wieder zu dem Bildschirm. Alle warteten gespannt, wie es nun weiterging.

Nachdem sich das Bild auf dem Monitor für eine kurze Zeit verdunkelt hatte, begannen nun langsam einige Lampen zu glimmen, und die Konturen eines Stuhls schälten sich aus der Dunkelheit. Langsam, wie in Zeitlupe, wurde das Licht so weit verstärkt, bis man gerade so erkennen konnte, dass auf dem Stuhl eine in Schwarz gekleidete Person saß.

Die Art dieser Inszenierung erinnerte Mike an Szenen von Hinrichtungen, wie man sie aus Mittelalterfilmen kannte, denn nach einigen Sekunden wurde deutlich, dass der Mann nicht einfach schwarze Kleidung, sondern die typische Kutte eines Henkers trug. Eine nach oben spitz zulaufende Kapuze verhüllte den gesamten Kopf und das einzig Sichtbare waren zwei stechend blaue Augen, die kalt durch schmale Sehschlitze blickten.

Nach einigen Sekunden absoluter Stille begann der Mann ohne jede Gestik, dafür mit sonorer Stimme zu reden.

»Willkommen in meinem Reich. Einem Reich, in dem ihr an die Grenzen eures Gewissens stoßen werdet.« Die Stimme verhallte und zeitgleich schien sich die Kamera etwas zu entfernen, was ihren Blickwinkel breiter machte. Erst sah es aus, als hätten ein paar Glühwürmchen ihr Licht eingeschaltet, dann wurde aus den glimmenden Punkten eine durchgehende, wenn auch schwache Beleuchtung. Der Mann in seiner Henkerskutte hatte sich nun erhoben und machte mit beiden Armen eine ausladende Bewegung. Dann donnerte seine jetzt herrisch klingende Stimme durch den gewölbeartigen Raum. »In dieser Arena werdet ihr zu Richtern erhoben. Es wird eure Stimme sein, die über Glück oder Leid richten wird.«

Weitere Lichter kamen dazu und nun fand man sich inmitten eines Schrecken versprechenden Platzes wieder. An allen drei Seiten des Gewölbes befanden sich käfigartige Nischen, in denen nichts als jeweils eine einfache Pritsche stand. Das Licht wurde wieder heruntergedimmt und der Mann sprach weiter.

»Früher wie heute wurden Menschen durch Irrtümer, Falschaussagen und Folter zu Unrecht beschuldigt und verurteilt.« Er machte eine kurze Pause. »Viele von euch kennen die fassungslose Wut, wenn so etwas passiert, aber kaum einer hat eine Vorstellung davon, wie es ist, die Macht über andere Menschen zu haben. Dieses Reality-Game gibt euch diese Macht.«

Nun fuhr die Kamera so weit an ihn heran, dass nur noch das schwarz verhüllte Gesicht und die stechenden Augen zu sehen waren, dann wurde seine Stimme fast zu einem Flüstern. »Drei Frauen werden eines schweren Verbrechens beschuldigt. Schafft ihr es, die Schuldige zu identifizieren, oder werden alle drei in die Hölle fahren? Es liegt an euren Entscheidungen, ob ein unschuldiger Mensch bis an die Grenze seines Verstandes gequält wird. Doch nicht nur ihr, sondern auch die drei Gefangenen haben es in der Hand, ihr Schicksal zu lenken. Zeigen sie Mitgefühl, haben sie eine Chance, neigen sie dagegen zu Egoismus und Hass, wird es für keine ein gutes Ende geben.«

Während sich die Kamera im Zeitlupentempo zurückzog, erfolgte die Einladung zum Spielstart mit den Worten: »*DIE DREI* erwarten dich am kommenden Donnerstag um 23.59 Uhr unter diesem Link. Alles, was die Frauen am Leben erhält, sind deine Entscheidungen … triff sie mit Bedacht.«

Nun wurde noch eine Internetadresse eingeblendet, dann verdunkelte sich der Bildschirm immer mehr, bis schließlich nur noch ein einzelnes weißes Pixel in der Mitte übrig blieb.

Das Medienprogramm verkündete das Ende des gezeigten Films.

Was nun folgte, war sekundenlanges Schweigen. Keiner in Karls Büro fand die richtigen Worte, um als Erster etwas zu sagen. Erst als die Richterin ihre Gefühle halbwegs unter Kontrolle hatte, sah sie Karl an. »Hat dieser Wahnsinnige auch noch meine Tochter?«

Karl sah Frau Magwart in die Augen, kniff erst die Lippen zusammen und antwortete dann schon fast entschuldigend. »Nachdem es sicher ist, dass er Ihren Sohn …«, man sah, wie Karl nach den richtigen Worten suchte, »… benutzt hat, müssen wir davon ausgehen.«

Nachdem die Worte etwas gesackt waren, fragte er: »Haben Sie den Mann erkannt, vielleicht an den Augen? So wie er sein Spiel beschrieben hat, glaube ich, dass er sich an Ihnen rächen will.« Wieder musste Karl eine kurze Pause machen, denn das, was er nun zu sagen hatte, war schon fast eine Anschuldigung. Er räusperte sich, seine Worte kamen gepresst. »Bitte verstehen

Sie mich nicht falsch, aber ich glaube, dass Sie diesen Mann zu Unrecht verurteilt haben.«

Das Gesicht der Richterin zeigte keine Emotion, während sie über das Gesagte nachdachte. Mike und Peter warteten gespannt, wie sie darauf reagieren würde. Dann folgte eine Überraschung. Fast schon abgeklärt lehnte sich Richterin Magwart zurück. »Ausschließen kann ich das nicht.« Dann beugte sie sich wieder nach vorne. »Wie geht es nun weiter? Dieses Spiel muss im Internet unterbunden werden, und ich möchte, dass Sie alles daransetzen, diesen Irren zu finden. Dieses Gewölbe, das in dem Film gezeigt wird, muss doch Aufschlüsse darüber geben, wo sie sich befinden. Einen so markanten Schauplatz gibt es doch sicher nicht so oft.«

Karl nickte zustimmend. »Wir werden jetzt erst einmal alle neuen Fakten sortieren und prüfen … natürlich mit Hochdruck … außerdem müssen wir herausfinden, wer die anderen beiden sind, denn offensichtlich gibt es ja drei Protagonisten. Vielleicht bekommen wir darüber auch weitere Anhaltspunkte, wer dieser Irre ist, und warum er tut, was er tut.« Karl sah der Richterin noch einmal in die Augen und sagte mit fürsorglicher Stimme: »Glauben Sie mir, ich werde alles daransetzen, dass wir ihn bis übermorgen haben, wenn dieser Wahnsinn beginnen soll. Um eine Sache müsste ich Sie allerdings noch bitten …«

Wieder füllten sich die Augen von Kassandras Mutter, trotzdem schaffte sie es, den Satz selbst zu beenden. »Ich weiß, ich muss meinen Sohn identifizieren.«

Karl nickte. »Ich werde jemanden von der Fahrbereitschaft ordern, der Sie nach Erlangen fährt.«

Nachdem Richterin Magwart den Raum verlassen hatte, besprachen Mike und Peter das weitere Vorgehen mit ihrem Chef.

Karl rief den Chef des Teams für Internetkriminalität an und veranlasste ihn, alles zu tun, um den ersten Film aus dem Netz zu bekommen und möglichst viel über die Herkunft in Erfahrung zu bringen. Die beiden Kommissare sollten versuchen herauszufinden, wer noch vermisst wurde und in das Profil passte. Auch wenn sich dieser Typ vermutlich die Tochter der Richterin ausgesucht hatte, waren die anderen beiden, die er offensichtlich für sein Spiel brauchte, nicht weniger gefährdet. Außerdem mussten sie sich eingestehen, dass ihre Spurenlage nur auf den ersten Blick gut war, denn genauer betrachtet hatten sie nichts Greifbares.

# – 14 –

Der für die Schrottpresse zuständige Russe nahm Wotan die Geldscheine aus der Hand und drückte anschließend auf den rot umrandeten Knopf. Mit einem durchdringenden Ächzen setzte sich die Maschine in Gang und vernichtete das letzte Bindeglied zwischen den drei jungen Frauen und der Außenwelt. Zuerst hatte er überlegt, den alten Kastenwagen einfach anzuzünden, aber wenn er all den Kriminalreportagen, die er während seines Gefängnisaufenthaltes gesehen hatte, glauben konnte, fanden sich selbst nach so einem Feuer noch genug auswertbare Spuren in der Asche. Darauf, nach einem Würfel aus Blech zu suchen, würde sicher niemand kommen.

Nachdem die Maschine ihre Arbeit beendet hatte, ging Wotan zur nächsten Haltestelle und fuhr mit dem Bus zum Nürnberger Bahnhof. Dort kaufte er sich noch eine Prepaidkarte für sein Handy und stieg in den nächsten Zug, der ihn in die Fränkische Schweiz bringen sollte.

Fünf Monate waren vergangen, seit sich das große Stahltor der Vollzugsanstalt hinter ihm geschlossen und man ihn in sein neues Leben entlassen hatte. Er konnte noch immer nicht begreifen, warum dieser bescheuerte Gutachter nicht gesehen hatte, was mit ihm los war. Im Grunde gab es nur zwei Möglichkeiten: Entweder war noch so viel von dem alten, unschuldigen Wotan übrig und er hatte es bei den Gesprächen geschafft, diesen in den Vordergrund zu schieben, oder aber der neue Wotan war so abgebrüht, dass er das perfekte Schauspiel bot.

Die Welt flog hinter den Zugscheiben vorbei und sie war ihm immer noch so fremd wie am ersten Tag nach seiner Entlassung. Wieder einmal kam ihm der erste Satz seines Bewährungshelfers in den Sinn, der desinteressiert von seinen Unterlagen hochgesehen und gesagt hatte: »Ach, bei Ihnen waren es ja nur fünf Jahre. Da findet man schnell wieder zurück ins echte Leben.«

Hätte er damals, vor dem Termin, nicht eine ordentliche Menge Gras geraucht gehabt, wäre dieser Typ vermutlich nicht mehr am Leben und er wieder im Knast. Aber er wollte sich um jeden Preis beherrschen; wollte, dass die Richtigen leiden mussten. In den ersten Wochen seiner Gefangenschaft dachte er noch daran, nach dem Knast noch einmal ganz von vorne anzufangen. Doch dann begann sein eigenes Martyrium, und aus Vernunft wurde zuerst Verzweiflung, die dann über den Umweg eines Selbstmordversuches schließlich zu grenzenlosem Hass wurde.

Vom ersten Tag an war er für die anderen Häftlinge weniger wert als der Dreck in einer Kloschüssel und es verging kein Tag, an dem ihm das die Gefangenen und die Wärter nicht klarmachten. Wie immer bei diesen Gedanken begannen die kleinen kreisrunden Verbrennungen, welche er an allen erdenklichen Körperstellen hatte, zu jucken und der widerwärtige Geschmack von fremdem Morgenurin breitete sich in seinem Mund aus.

Angewidert spuckte er auf den Boden des Regionalzuges, schob die Gedanken weg und schaltete sein Handy ein. Die Sache mit der Reporterin war verdammt eng gewesen und er war sich ziemlich sicher, dass der USB-Stick in den Händen der Polizei gelandet war. Im Grunde änderte das nichts an seinem

Plan, es machte ihn nur ein wenig umständlicher. Er hatte die jetzt nötige E-Mail gerade fertig geschrieben, als der Zug hielt und er aussteigen musste.

Mit tief in das Gesicht gezogener Kapuze verließ er den Bahnhof des kleinen Ortes und suchte sich eine ruhige, windgeschützte Ecke. Dann überflog er noch einmal den Text auf seinem Handydisplay und drückte schließlich auf »Senden«. Sollte sein Film, den er der Reporterin gegeben hatte, nicht spätestens morgen früh auf deren Spieleportal online sein, würden auf dem nächsten Trailer Dinge zu sehen sein, die sicherlich keiner so schnell vergessen würde.

Zufrieden steckte er das Gerät zurück in die Jackentasche und begann mit seinem Fußmarsch. Obwohl es gerade einmal 17 Uhr war, herrschte schon völlige Dunkelheit, und auch die Temperaturen waren deutlich zurückgegangen. Doch das störte ihn nicht. In seinem persönlichen Reich spielte das alles keine Rolle, denn dort herrschte immer absolute Schwärze und auch die Temperaturen änderten sich das ganze Jahr über nicht.

Dass ausgerechnet ein alter Nazi sein bester Freund werden würde, hätte er sich vor dem Knast nicht vorstellen können, doch dessen Tipp, wo er sein Vorhaben durchführen könnte, war wirklich Gold wert gewesen. Wotan steckte seine Hände in die Taschen und folgte weiter dem Wanderweg, der ihn bis tief in den Wald und damit in die Nähe seines Reiches bringen würde.

# – 15 –

Erneut in absolute Finsternis gehüllt, blieb Kassandra noch einige Zeit auf ihrer Pritsche sitzen und lauschte den neu hinzugekommenen Atemtönen fremder Menschen. Irgendwann traute sie sich dann, leise zu rufen, doch niemand antwortete ihr. Sie ging davon aus, dass er auch diese Opfer irgendwie betäubt hatte, denn inzwischen war von dem leichten Kater, den sie nach dem Aufwachen gehabt hatte, nur noch quälender Durst übrig geblieben. Da sie, während das Licht brannte, auch Ausschau nach Spinnen gehalten hatte, aber nur das kleine Stück eines Hanfseiles am Boden bemerkt hatte, traute sie sich nun, ihren Platz zu verlassen und nach dem Blecheimer zu tasten. Als sie diesen endlich gefunden hatte, gab es für ihre Blase kein Halten mehr, und sie erleichterte sich trotz des lauten Plätscherns so lange, bis der Druck endlich aufhörte. Aus Angst sich zu verletzen kroch sie auf allen vieren zurück auf ihren Platz, zog sich die dünne Decke über den Körper und versuchte, sich etwas zu entspannen. Beherrscht von dem Gedanken, warum er ausgerechnet sie ausgesucht hatte, fiel sie schließlich in einen Halbschlaf und erwachte erst wieder, als das Stöhnen in der Nachbarzelle lauter wurde.

»Verdammt«, war das erste Wort, das Kassandra nach scheinbar endlos langer Zeit hörte und für das sie so dankbar war, weil es ihr zeigte, dass sie jetzt nicht mehr alleine in diesem Loch saß.

»Hallo?«, fragte sie leise in das schwarze Nichts. Ein kaum wahrzunehmendes Geräusch, vermutlich das leichte Knarren einer weiteren Pritsche, zeigte ihr, dass sich etwas rührte. Doch noch bekam sie keine Antwort. Sie wartete noch einige Augenblicke. »Hallo, wer ist da?«

Es folgte ein weiteres Knarren und endlich bekam sie eine Antwort. Die Stimme, vermutlich die einer jungen Frau, fragte: »Wo bin ich?«

Kassandra nahm erneut ihren Mut zusammen, ließ sich auf den Boden herunter und ging auf Knien gerade nach vorne, bis sie auf das kalte Gitter ihres Käfigs stieß. Da die Worte aus der rechten Zelle gekommen waren, versuchte sie, in die richtige Richtung zu blicken, und sagte: »Ich weiß nicht, wo wir sind, aber du bist vermutlich auch betäubt worden. Warte noch ein bisschen, dann wird es dir besser gehen.« Sie ließ eine kurze Pause folgen. »Jedenfalls war es bei mir so.«

»Scheiß-Wodka. Was will der Typ von uns?« Wer auch immer dort drüben in der Zelle war, in der Stimmlage der Fremden schwang eine Aggression mit, die Kassandra nicht gefiel. Auf der einen Seite war sie natürlich froh, nicht mehr alleine zu sein, aber es gab vermutlich angenehmere Zeitgenossen als diese. Nach einer kurzen Pause erklang wieder die Stimme. »Bin ich alleine hier, oder hat er Sabrina auch mitgenommen?«

»Ich weiß nicht, ob es diese Sabrina ist, aber in der dritten Zelle ist noch jemand«, antwortete Kassandra.

»Zelle?«, lautete die nächste Frage.

»Ja, wir sind in Zellen eingeschlossen. Wenn du noch auf deiner Pritsche sitzt, ist ungefähr drei Meter vor dir ein Gitter.«

»Was soll die Scheiße? Hat der Typ eine Macke?« Die Stimme klang immer unsympathischer und der nächste Satz zerschlug Kassandras Hoffnung, dass diese Sabrina angenehmer sein könnte. Deutlich lauter und fast schon wie eine Drohung verkündete die Stimme: »Da hat er sich aber die Falschen ausgesucht. Typen wie den verspeist Sabrina zum Frühstück.« Die Worte hallten kurz durch das Gewölbe. »Wer bist du denn eigentlich, Schätzchen, und warum bist du hier?«

Kassandra beschloss für sich, dass es nichts half. Die beiden Neuen waren ihre einzige Hoffnung, auch wenn sie sich draußen niemals mit dieser Art Mensch umgeben hätte. Also antwortete sie in möglichst freundlichem Ton. »Ich bin Kassandra. Warum er mich ausgesucht hat, weiß ich nicht. Welchen Tag hatten wir, als er euch erwischt hat?«

»Montagabend«, lautete die knappe Antwort.

»Dann bin ich mindestens schon seit einem Tag hier. Mich hat er Sonntagabend entführt. Und wer bist du?«

Die Stimme schien einen Moment über das Gesagte nachzudenken und klang dann deutlich näher. »Du kannst mich Nina nennen.« Offenbar war Nina bis vor zum Gitter gegangen, da Kassandra fast den Eindruck hatte, ihr gegenüberzustehen.

»Hast du irgendwas zu trinken? Mein Hals fühlt sich an, als hätte ich Sand geschluckt.«

»Geht mir auch so«, erwiderte Kassandra. »In meiner Zelle ist nichts und dieser Wotan war nur einmal hier, um euch zu bringen, aber da hat er nicht mit mir gesprochen.«

»Verdammte Scheiße«, zischte Nina, doch gerade als sie weitersprechen wollte, regte sich auch in der dritten Zelle etwas. Wie schon bei Nina klapperte zuerst die Pritsche. Dann hörten sie Sabrinas fragende Stimme, die – wie Nina auffiel – lange nicht mehr so souverän wie auf der Straße klang. »Hallo, ist da wer?«

»Auch schon wach, Schätzchen?« Kassandra fragte sich, ob diese Nina wirklich so abgebrüht war, oder ob sie selbst in dieser Lage noch eine Show abzog.

»Verdammt, wo sind wir?« Auch Sabrina war fast nicht zu verstehen.

»Das wüssten wir auch gerne. Dieser Wotan hat uns offensichtlich entführt«, lautete Ninas Antwort.

Sabrina versuchte, den Kloß in ihrem Hals wegzuräuspern, und stellte jetzt, da sie sicher war, nicht alleine zu sein, deutlich selbstsicherer fest: »Wenn ich den Arsch in die Finger bekomme …« Ihre Stimme stockte: »Aber wer ist ›wir‹? Du sagtest: ›Das wüssten wir auch gerne.‹ Ist noch jemand hier?«

»Ich bin noch hier«, antwortete Kassandra anstelle von Nina. »Mein Name ist Kassandra und ich bin schon einen Tag länger hier.«

Wieder ertönte das schon bekannte »Verdammte Scheiße«, anschließend herrschte eine Weile Stille.

Alle drei unterhielten sich noch eine Weile, erkannten aber keinen gemeinsamen Grund für ihre Lage. Kassandra tat es gut, nicht mehr alleine zu sein, und wurde etwas ruhiger. Auch wenn die Schwärze ihres Verlieses immer noch bedrohlich auf ihr lastete, hatte sie doch etwas von ihrem Schrecken verloren, denn zu dritt hatten sie vielleicht die Möglichkeit, etwas gegen diesen Wotan auszurichten. Allerdings schob sich langsam, aber sicher der brennende Durst immer weiter in den Vordergrund ihres Denkens und blockierte damit alles andere. Kassandra wusste, dass es nach drei Tagen ohne Flüssigkeit langsam kritisch wurde, beruhigte sich aber damit, dass dieser Verrückte sie sicher nicht entführt hatte, um sie letztlich verdursten zu lassen. Irgendwann würde er kommen und ihnen etwas bringen. Die Frage war nur: Wann?

# – 16 –

Obwohl es schon kurz nach 16 Uhr war, machten sich Mike und Peter noch einen Kaffee. »Was denkst du über die Sache?«, fragte Peter, als beide an ihren Schreibtischen saßen.

Mike sah über den Rand seines Monitors zu ihm herüber und antwortete: »Ich ertappe mich immer wieder dabei, es nicht ernst genug zu nehmen. Dadurch, dass es immer nur auf dem Monitor passiert, habe ich eine komische Distanz zu dem, was passiert.«

Peter dachte einen Augenblick nach, dann nickte er. »Stimmt, jetzt, wo du es sagst. Ich denke, wir fühlen ähnlich wie ein Soldat, der eine dieser neuen Drohnen steuert und vom Schreibtisch aus Menschen in Afghanistan abschießt. Es ist alles irgendwie nicht wirklich greifbar.« Wieder unterbrach Peter kurz, bis ihm ein weniger schönes Detail einfiel. »Und ich fürchte, wenn wir ihn bis zum Start dieses kranken Spiels nicht stoppen können, wird es den Leuten, die im Internet mitspielen, nicht anders ergehen. Sie sind es gewohnt, ihre virtuellen Spielfiguren durch die Hölle zu jagen, und warum sollten sie es hier anders machen? Selbst wenn wir veröffentlichen, dass es sich um echte Menschen in echter Gefahr handelt, würde das nur wenige abschrecken. Ganz im Gegenteil: So, wie unsere Gesellschaft drauf ist, würden sicherlich noch wesentlich mehr

Menschen die Chance nutzen, um das zu tun, was sie im echten Leben nicht können. Erinnerst du dich an diese Fernsehshow, bei der eine Gruppe von Menschen in einem Haus eingeschlossen war und der letzte einen Haufen Geld gewinnen konnte?«

»Ja, sicher«, bestätigte Mike. »Was ist damit?«

»Die besten Einschaltquoten hatte diese Sendung, wenn angekündigt wurde, dass etwas Krasses passieren würde. Streit, Sex oder sogar Handgreiflichkeiten. Und jetzt stell dir vor, was passiert, wenn die Leute mitbekommen, dass sie das sogar noch selbst steuern können. Das Spiel dieses Irren würde das Spiel der Spiele werden.«

»Und darum werden wir verhindern, dass es überhaupt noch im Netz zu finden ist«, lautete Mikes banale Antwort. Anschließend griff er zum Telefon und wählte die Nummer der Abteilung für Internetkriminalität, wo ein schon ziemlich genervter Kollege abhob. »Na, auch Überstunden?«, begann Mike das Gespräch und erntete dafür nicht gerade Sympathien.

»Was wollen Sie diesmal?«, lautete dann auch Schmitts genervte Frage.

»Sie haben sich doch sicher auch schon den Film von diesem USB-Stick angesehen?«, antwortete Mike mit einer Gegenfrage.

»Ja, sicher«, brummte Schmitt ohne Wertung in der Stimme.

»Gut. Dann möchte ich Sie bitten, ein Einzelbild daraus zu erstellen. Mir geht es darum, dass man das Gewölbe möglichst gut erkennen kann. Allerdings wäre es prima, wenn Sie den Typen in der Mitte wegretuschieren könnten. Geht das?«

Erst herrschte für ein paar Sekunden Stille in der Leitung, und gerade als Mike schon fragen wollte, ob Schmitt überhaupt noch am Apparat war, sagte dieser: »Klar geht das. Aber muss es noch heute sein? Wir haben mit der Sperrung des ersten Filmes alle Hände voll zu tun.«

Mikes Stimme wurde verständnisvoll, trotzdem beharrte er darauf. »Ich weiß, dass Sie viel Arbeit haben, aber es wäre wirklich wichtig. Vermutlich sitzen jetzt drei junge Frauen in diesen Zellen, und wer weiß, was der Irre gerade mit ihnen anstellt.«

Diesmal dauerte es nur zwei Sekunden, dann lenkte Schmitt ein. »Also gut, es ist ja eigentlich keine große Sache. In ungefähr einer halben Stunde haben Sie Ihr Bild auf dem Rechner.«

»Vielen Dank, Kollege«, schmeichelte Mike und schickte noch hinterher: »Bitte denken Sie daran, dass nur möglichst wenige Leute diesen neuen Film zu sehen bekommen. Wir wollen auf jeden Fall die Presse raushalten.«

»Alles klar.« Mike wollte schon auflegen, als Schmitt doch noch eine Frage hatte. »Aber haben wir den Stick nicht von dieser attraktiven Reporterin bekommen? Die hat das Material doch bestimmt schon gesehen.«

Mike musste schmunzeln. Natürlich wusste er, dass Jenni attraktiv war, aber das so zu hören tat auch gut. Er konnte es nicht lassen und antwortete: »Keine Sorge, diese Reporterin ist meine Freundin und ich habe sie angewiesen, Stillschweigen zu bewahren.«

Das saß. Mike hörte nur noch ein erstauntes »Oh. O. k.«, dann wurde aufgelegt.

»Was hast du vor?«, fragte Peter, der mitgehört hatte.

»Ich will das Bild an alle Polizeidienststellen schicken. Vielleicht hat jemand eine Idee, wo dieses Gewölbe sein könnte. Allerdings will ich nicht mehr Informationen als nötig in Umlauf bringen. Wie du schon sagtest, das würde alles nur noch interessanter machen. Was machen die Vermisstenanzeigen?«

»Nichts Brauchbares«, antwortete Peter resigniert.

Mike stand auf und übertrug alle Informationen, die neu hinzugekommen waren, auf die große Tafel, die in ihrem Büro hing. Als er damit fertig war, zeigte ein blinkendes Symbol auf seinem Monitor, dass Schmitt mit dem Bild fertig war und es an ihn geschickt hatte. Mike öffnete es, wählte als Adressaten alle Dienststellen in und um Nürnberg und leitete es dann mit dem Hinweis weiter, dass jeder, der auch nur glauben sollte, den Ort zu kennen, sich umgehend bei ihm melden sollte. Inzwischen war es kurz vor halb sechs und Peter schlug vor, für heute Feierabend zu machen. Mike wollte gerade zustimmen, als sein Telefon klingelte. Er hob ab, stellte sich vor, und alles, was er im weiteren Verlauf von sich gab, war: »Ja. Ich habe verstanden. Wir stoppen das und Sie schicken die Mail an unsere Kollegen.«

»Wer war das?«, fragte Peter, der aus den Worten seines Kollegen nicht schlau geworden war.

Mike ließ sich in seinen Stuhl fallen und atmete hörbar aus. »Das war Richterin Magwart, die gerade eine E-Mail des Entführers bekommen hat.«

»Was?«, warf Peter ein.

»Du hast richtig gehört, und wenn es nicht schon vorher sicher war, dass er es ernst meint, dann wissen wir es jetzt. Offensichtlich hat er unsere Aktion in diesem Dunkelcafé mitbekommen und geahnt, dass wir Jenni den USB-Stick abgenommen haben. Auf jeden Fall will er, dass sein zweiter Film spätestens morgen früh auf der Seite des Onlinemagazins, bei dem Jenni arbeitet, veröffentlicht wird, sonst … Zitat: ›… werden Sie, Frau Richterin, Ihre Tochter als kleine Fleischportionen zurückbekommen. Und die ersten zehn Portionen haben noch gelebt, als sie von ihrem Körper abgetrennt wurden.‹«

»Noch was?«, fragte Peter, als Mike nicht weiterredete.

»Ja«, antwortete Mike bitter. »Das Gleiche gilt für den Fall, dass wir eine seiner Aktivitäten im Internet blockieren oder nachverfolgen.«

Peter überlegte einen Moment: »Gibt es eigentlich irgendeine Forderung? Ich meine, will der Typ Geld oder etwas anderes?«

»Bis jetzt nicht. Wenn es schlecht läuft, macht er das alles nur aus einem persönlichen Motiv heraus, und dann wird es gefährlich. Ohne Forderung ist unsere einzige Chance, dass wir ihn finden.«

»Und jetzt?«, fragte Peter.

Mike dachte einen Augenblick nach. »Jetzt werde ich diese E-Mail mit Karl besprechen und dann vermutlich mit Jenni zu ihrem Chef fahren, damit das Material online geht. Mach du mal Feierabend, damit morgen wenigstens einer von uns fit ist.« Mike hatte kaum zu Ende gesprochen, als erneut das Telefon klingelte. Da er schon auf dem Weg zur Tür war, wies er Peter an, das Telefonat anzunehmen, und verließ dann das Büro.

Weiter, als seinem Chef das Nötigste über die Droh-E-Mail des Entführers zu erzählen, kam Mike nicht. Er hatte noch nicht einmal richtig Platz genommen, als Peter, ohne anzuklopfen, in Karls Büro gestürmt kam. Dessen verärgerte Miene ignorierend, verkündete er etwas atemlos: »Wir haben vielleicht eine heiße Spur. Ein älterer Kollege, der sich in seiner Freizeit mit dem Dritten Reich beschäftigt, glaubt, das Gewölbe erkannt zu haben. Unter der Kongresshalle auf dem alten Reichsparteitagsgelände soll es Kellerbereiche geben, die genau so aussehen wie auf dem Bild, das du verschickt hast.«

Als Peter zu Ende geredet hatte, sahen die beiden Kommissare Karl fragend an. Dieser dachte kurz nach, griff dann zum Telefon und forderte ein Sondereinsatzkommando an.

»Hätten wir uns die Sache nicht erst einmal ansehen sollen?«, fragte Mike verwundert, doch sein Chef schüttelte den Kopf.

»Wenn unser Täter dort tatsächlich seine Opfer gefangen hält und etwas passiert, weil wir zu leichtfertig damit umgegangen sind, muss ich das der Richterin erklären. Ihr beide fahrt jetzt auch dorthin und koordiniert den Einsatz. Die Jungs vom

Sondereinsatzteam werden sich so lange zurückhalten, bis ihr dort seid.«

Dann sah er seine Kollegen an, und als diese sich nicht rührten, befahl er: »Auf geht's, worauf wartet ihr? Ich werde trotzdem in der Zwischenzeit mit dem Chefredakteur von diesem Onlinemagazin telefonieren. Sollte sich das Ganze als falsche Spur herausstellen, müssen wir den Film veröffentlichen lassen.«

Trotz Blaulicht und Peters rasanter Fahrweise brauchten sie zwanzig Minuten, um durch den Berufsverkehr bis zum Reichsparteitagsgelände zu kommen. Wie versprochen parkten die beiden schwarzen Vans der Spezialkräfte etwas abseits des Geländes. Peter stoppte den Wagen direkt neben einem der Kleinbusse, wo auch schon die Schiebetür geöffnet wurde. Die beiden Kommissare wechselten das Fahrzeug und erklärten dem Chef der Gruppe, worum es ging. Keine fünf Minuten später traf auch der Beamte ein, der ihnen den Tipp gegeben hatte und ihnen zeigen sollte, wie sie in das Gebäude kamen. Nachdem auch die Männer im anderen Fahrzeug über alles informiert waren, näherten sich die beiden Kleinbusse dem monumentalen Bau aus dem Dritten Reich und hielten möglichst dicht an dessen Fassade neben einem eher unscheinbaren Eingang.

Wie verabredet stand auch hier schon ein Mitarbeiter der Stadt bereit, um die insgesamt neun Mann in das Innere zu lassen.

»Wie weit ist es?«, fragte Peter den Streifenpolizisten, der sie durch einen der langen Gänge führte.

»Ungefähr noch fünfzig Meter, dann kommt links eine Brandschutztür, hinter der es in den Keller hinuntergeht. Von der Stadt werden nur die oberen Räumlichkeiten benutzt, der Keller wurde in Wirklichkeit als Bunker für den Führer eingerichtet und eigentlich ist der Zutritt verboten.«

Jetzt mischte sich der Chef der Einsatzgruppe ein. »Sie gehen mit bis zu dieser Tür, danach übernehmen wir die Führung.«

Schweigend und so leise wie möglich bewegten sie sich weiter. Mike war regelrecht enttäuscht vom Inneren des von außen so prächtigen Baus. Offensichtlich war nach dem Krieg alles so billig wie möglich saniert und nutzbar gemacht worden, denn das, was er bis jetzt gesehen hatte, besaß den Charme einer alten Fabrikhalle.

Wenig später hatten sie die Tür erreicht und der alte Streifenpolizist überreichte Mike den Schlüssel, den er selbst zuvor von dem Mitarbeiter der Stadt bekommen hatte.

Mike prüfte zuerst vorsichtig, ob die Tür verriegelt war, stellte dann aber fest, dass er den Schlüssel nicht brauchte. So leise wie möglich öffnete er die schwere Stahltür und drei der vermummten Polizisten gingen in Stellung. Ohne dass etwas passierte, zog Mike die Tür so weit es ging auf – und wie in einem schwarzen Schlund verschwanden die Treppenstufen in der absoluten Dunkelheit des Bunkers.

Zwei der vermummten Polizisten hatten ihre Taschenlampen schon im Anschlag, als sich ihr Chef noch einmal an den Streifenpolizisten wandte. »Wie weitläufig ist das da unten?«

»Nicht sehr.« Er dachte einen Moment nach. »Wenn ich mich nicht irre, gibt es einen langen Gang, von dem …«, noch einmal zählte er im Geiste durch, »… sechs Türen zu relativ kleinen Räumen abzweigen. Der Raum, in dem das Foto entstanden sein könnte, ist der letzte auf der rechten Seite.«

»Alles klar.« Der Chef der Gruppe warf einen Blick zu seinen Männern. »Ihr habt es gehört.« Als jeder der Männer genickt hatte, gab er ein kaum merkliches Zeichen, und die ersten beiden Männer tasteten sich mit Waffe und Taschenlampe im Anschlag die Treppen hinunter. Der Rest ließ einen einstudierten Abstand und erst zum Schluss folgten Mike und Peter.

Als die Ersten unten angekommen waren, versperrte ihnen eine diesmal originale Bunkertür den Weg. Wie gelernt hoben sie kurz die Hand, und alle anderen blieben sofort stehen. Vorsichtig zog einer der beiden leicht an der Tür, die fast wie schwerelos in eine Aussparung im Mauerwerk zur Seite glitt. Zwei Lichtstrahlen tasteten sich durch die nächsten Meter der Anlage; und als alles in Ordnung schien, folgte ein Zeichen, das auch die anderen aufrücken konnten.

Nun änderte das eingespielte Team seine Taktik. Die beiden Anführer warteten, bis alle das Ende der Treppe und die Tür erreicht hatten und jeder die nächste Örtlichkeit gesehen hatte. Wie der Beamte gesagt hatte, lag ein etwa vierzig Meter langer, völlig schmuckloser Gang aus nacktem Stahlbeton vor ihnen, von dem in unregelmäßigen Abständen zu jeder Seite drei Türen abgingen.

Mike und Peter mussten nichts sagen, beide hatten noch zu deutlich die Bilder ihres völlig missglückten Einsatzes vor circa eineinhalb Jahren vor Augen und waren froh, heute die Spezialeinheit dabeizuhaben.

Wie besprochen hielten sich die Kommissare im Hintergrund, als das Team sich um die erste Tür herum versammelte und auf ein Zeichen ihres Chefs wartete. Erst als dieser seine Hand hob, stieß einer der Männer geräuschlos die Tür auf – und fast schien es, als passierten alle sechs dieser jungen Kollegen gleichzeitig die Öffnung. Selbst die beiden erfahrenen Kommissare waren immer wieder beeindruckt von der Choreografie dieser Spezialkräfte. Völlig lautlos tauchte der erste Mann nur fünf Sekunden später wieder in dem Gang auf und schüttelte den Kopf zum Zeichen, dass der Raum leer war. Die anderen folgten ihm und sammelten sich vor der nächsten gegenüberliegenden Tür, als sie ein leises Geräusch wahrnahmen. Als hätte man einen Film angehalten, erstarrten alle Männer gleichzeitig – und tatsächlich: Wieder ertönte aus dem hinteren Bereich des Bunkers das leise Stöhnen einer Frau. Wie abgesprochen lösten sich die sechs Polizisten aus ihrer Starre, und aus den zuvor gebündelten Taschenlampenlichtern richtete sich jeweils ein Strahl auf jede einzelne Tür, die von dem Mittelgang abzweigte. Nun gab der Chef der Truppe einige unterschiedliche Handzeichen, worauf sich zwei Mann links und rechts des Ganges postierten und offenbar für Deckung sorgen sollten. Die anderen vier folgten dem Gang weiter in Richtung der Geräusche. Wieder, jetzt aber lauter, hallte ein Stöhnen durch die Anlage, diesmal begleitet von der leisen, unverständlichen Stimme eines Mannes. Mike und Peter folgten ihren Kollegen, die sich auf eine Tür geeinigt hatten und sich auf den Zugriff vorbereiteten, blieben aber in einigem Abstand dazu stehen.

Nach dem nächsten Schrei, der ihnen zeigte, dass sie vor dem richtigen Raum standen, zählte einer des Teams mit den Fingern bis drei, dann ging alles ganz schnell. Dieses Mal achtete niemand darauf, kein Geräusch zu machen. Nach einem gezielten Fußtritt flog die Tür nach innen auf, dann verschwanden alle vier in dem Raum und brüllten ihre Befehle und Warnungen. Nachdem es wieder stiller wurde, bewegten sich auch Mike und Peter zu der Tür und glaubten, nicht richtig zu sehen. Mitten auf dem Boden lag – umringt von unzähligen Teelichtern – eine große Luftmatratze, neben der ein nacktes, junges Pärchen mit auf den Rücken gebundenen Händen stand.

»Was zum Teufel ist das?«, fragte Peter und betrat den Raum. Mike folgte ihm bis zu der jungen Frau, die am ganzen Körper zitterte.

»Machen Sie sie los«, befahl Mike dem Beamten, der sie festhielt. Dann nahm Mike eine der Decken von der Matratze und reichte sie der Frau.

Anschließend wartete er, bis sich die Frau darin eingehüllt hatte, bevor er fragte: »Wer sind Sie? Hat er Sie bedroht?« Der

Mann wollte sich sofort rechtfertigen, bekam aber umgehend einen Stoß in den Rücken, was ihn zum Schweigen brachte.

Die Frau sah Mike ängstlich an, schüttelte dann aber den Kopf. »Wir gehören zum Nürnberger Symphonieorchester, das oben seinen Übungsraum hat, und da wir beide …«, nun sah sie schüchtern zu Boden, »na ja, es ist so … wir sind beide in einer Beziehung, und da war dieser Raum hier unten ganz praktisch …«

»Sie wurden also nicht entführt oder bedroht?«, versicherte sich Mike, ohne dass man ihm seine Enttäuschung anmerkte.

Wieder schüttelte die Frau den Kopf. »Felix würde mir doch nie etwas tun«, sagte sie nun etwas sicherer. Dann folgte eine kurze Pause und mit Angst in der Stimme fragte sie: »Nehmen Sie uns jetzt fest?«

Mike schaffte ein Lächeln. »Nein, natürlich nicht.«

Er nickte dem Beamten zu, der diesen Felix festhielt, und kurz darauf zog sich auch der Mann eine Decke über seinen immer noch nackten Körper. Diesmal fragte Peter: »Haben Sie hier unten schon einmal jemanden anderen gesehen? Ich meine, sind Sie sicher, dass Sie hier alleine sind?«

»Ja, sind wir«, antwortete der Mann. »Warum sind Sie überhaupt hier? Doch wohl nicht wegen uns, oder?«

»Nein, so, wie es aussieht, sind wir nicht Ihretwegen hier. Mehr kann ich aber nicht sagen«, gab Peter etwas unterkühlt Auskunft.

»Was machen wir jetzt?«, mischte sich der Chef des Sonderkommandos ein.

»Ich würde vorschlagen, Sie schauen zur Sicherheit noch in die anderen Räume und ziehen sich danach zurück«, antwortete Mike. Mit ehrlich klingender Stimme fügte er noch hinzu: »Danke. Sie haben einen guten Job gemacht.«

Der Polizist nickte und Mike glaubte, ein Lächeln hinter seiner Maske erkennen zu können. Dann gab der Mann seinen

Kollegen einen Wink. Wenig später waren sie alleine in dem Keller.

»Wie sind Sie überhaupt hier reingekommen? Die Tür oben ist doch bestimmt immer abgeschlossen?«, fragte Peter ohne echtes Interesse. Im Gegensatz zu Mike merkte man ihm seine Enttäuschung über den erfolglosen Einsatz deutlich an.

»Ein Freund von mir arbeitet bei dem Wartungsteam, das diese Anlage instand hält. Er hat mir einen Schlüssel beschafft«, klärte sie der junge Mann auf und sah sie ängstlich dabei an. »Gibt das Ärger?«

Mike sah erst der Frau, dann diesem Felix noch einmal ins Gesicht, setzte dann ein süffisantes Lächeln auf und meinte: »Da dies hier …«, er machte eine Geste zu der Matratze, »… keine Straftat darstellt, haben Sie nichts zu befürchten. Und wie Sie hier hereingekommen sind, habe ich leider schon wieder vergessen.« Abschließend gab er den beiden die Hand, entschuldigte sich für den Schrecken, den sie ihnen eingejagt hatten, und verließ mit Peter das Gebäude.

Im Wagen telefonierte er noch kurz mit Karl, wobei er sich einige Flüche anhören musste, und ließ sich dann von Peter nach Hause fahren, wo Jenni schon auf ihn wartete.

# – 17 –

Trotz der sich leise öffnenden Tür riss es alle drei Frauen sofort aus ihrem Halbschlaf. Dieses Mal verzichtete ihr Entführer auf die starken Scheinwerfer und nur der einfallende Lichtschein beleuchtete das Verlies ein wenig. Soweit Kassandra erkennen konnte, war der Mann ganz in Schwarz gekleidet und hatte eine fast schon albern wirkende Kapuze mit Sehschlitzen über den Kopf gezogen. In der einen Hand hielt er einen kleinen viereckigen Gegenstand, den sie nicht identifizieren konnte, und in der anderen eine Art Essensbox.

Anders als die zurückhaltende Kassandra war Sabrina sofort bis an das Gitter gestürmt und begann, ihn schwer zu beschimpfen, doch er ignorierte dies, stellte sich einfach in die Mitte des Raumes und schwieg. Nachdem Sabrina offenbar all ihre verfügbaren Schimpfwörter und Beleidigungen von sich gegeben hatte, beruhigte sie sich ein wenig, und eine seltsame Stille beherrschte das Gewölbe. Wotan sah eine nach der anderen einige Sekunden lang an, ging dann vor bis zu Kassandras Zelle, öffnete die Box und legte ein Sandwich vor das Gitter.

»Hey, du Schwuchtel, ich will auch etwas zu essen«, protestierte Sabrina sofort.

»Und etwas zu trinken«, forderte Nina, die sich durch das freche Verhalten ihrer Freundin etwas sicherer fühlte.

Wotan ignorierte Sabrina, drehte sich nach links, legte auch Nina etwas vor die Zelle und stellte die kleine Box in der Mitte des Raumes ab. Anschließend ging er zu Sabrinas Zelle, blieb zwei Meter davor stehen und schien einfach abzuwarten. Zum ersten Mal zeigte die junge Frau so etwas wie Unsicherheit.

»Was ist?«, spie sie ihm nach einigen Sekunden entgegen, doch er rührte sich nicht. Er stand einfach da und sah sie mit seinen stechend blauen Augen an. Sabrina versuchte, den Blick zu halten. Sie wusste von der Straße, dass man schon halb gewonnen hatte, wenn das Gegenüber dem nicht standhielt, doch im Augenblick war sie diejenige, die einzuknicken drohte. Nicht nur, dass sie Hunger hatte, es konnte auch nicht angehen, dass dieser Typ sie unter Kontrolle hatte.

Nachdem sie alle Möglichkeiten kurz im Kopf durchgespielt hatte, löste sie den Blick, sah scheinbar geläutert zu Boden und sagte versöhnlich: »Kann ich bitte auch eins haben?«

Wotan deutete ein Nicken an, holte das letzte Sandwich und legte es gerade so weit entfernt vom Gitter ab, dass sie es eben noch erreichen konnte. Auf diesen Augenblick hatte Sabrina nur gewartet. Mit einer schnellen Bewegung griff sie durch das Gitter und versuchte, Wotans Arm zu erreichen, was ihr tatsächlich auch gelang. Scheinbar unbeeindruckt ließ er sich ein Stück weit bis zu den kalten Gitterstäben ziehen, dann kam seine andere Hand zum Einsatz. Die Berührung dauerte nicht sehr lange, sorgte aber dafür, dass sich jeder von Sabrinas Muskeln zusammenzog und den Dienst versagte. Nach einem kurzen Schrei sackte sie kraftlos zusammen und fiel auf den staubigen Boden. Die Wirkung des Elektroschockgerätes hielt nicht lange an, fast schon panisch robbte sie vom Gitter weg und sah ihn hasserfüllt an.

Gelassen schob Wotan ihr das Essen bis knapp vor die Zelle. »Netter Versuch, aber du unterschätzt mich.« Er verließ den Raum, und die drei Frauen sahen ihm unsicher hinterher.

Erst nach einer Weile löste sich Nina aus ihrer Schockstarre und fragte leise: »Glaubt ihr, da ist Gift drin?«

Kassandra wusste nicht, ob ihr vor Hunger und Durst schlecht war, oder weil ihr der Vorfall wieder einmal gezeigt hatte, dass das hier tödlicher Ernst war. Komischerweise hatte sie, als einige Zeit nichts passiert war, das Ganze hier schon nicht mehr ganz so ernst genommen. Doch jetzt war die Angst wieder da und immer neue Schreckensbilder tauchten vor ihrem inneren Auge auf.

»Kassandra, ich rede mit dir«, motzte Nina, als sie einige Sekunden keine Antwort bekommen hatte, und holte sie damit aus ihren Gedanken. Verwirrt stotterte sie: »Was hast du gesagt?«

Genervt wiederholte Nina ihre Frage. »Glaubst du, dass er die Sandwiches vergiftet hat?«

Kassandra dachte kurz darüber nach. »Nein, das würde keinen Sinn machen. Er entführt uns doch nicht erst und bringt uns dann so unspektakulär um.« Selbst erschrocken über diese Erkenntnis spürte sie, wie sich eine Träne ihren Weg bahnte; sie wischte sich diese aber schnell von ihrer Wange, da sie vor den beiden anderen nicht wie ein Weichei dastehen wollte.

»Wie geht es dir?«, fragte Nina Sabrina, während sie sich dem Sandwich näherte, als wäre es eine Bombe, die jeden Moment explodieren könnte.

»Geht schon wieder«, antwortete ihre Freundin immer noch etwas geschockt und rappelte sich langsam auf. Inzwischen hatte Nina das Essen erreicht und sah es sich misstrauisch an. Dann hob sie den Deckel und roch daran. »Sardellen«, stellte sie schließlich angewidert fest.

Nun ging auch Kassandra bis ans Gitter und bestätigte Ninas Worte.

»Bei mir auch«, stellte Sabrina als Letzte fest und fügte dann etwas geläutert hinzu: »Aber ich fürchte, wir haben keine Wahl. Vielleicht hilft ja das Salatblatt ein wenig gegen den

Geschmack.« Dann wandte sie sich an Kassandra. »Los, du fängst an. Wir müssen uns ja nicht alle gleichzeitig vergiften.«

Für Kassandra bestätigte sich, was sie schon als ersten Eindruck von den beiden gehabt hatte; und inzwischen war sie ganz froh, dass sie nicht alle zusammen in einem offenen Raum eingesperrt waren. Zum Feind sollte man diese Frauen ganz sicher nicht haben, daher ging sie nicht auf die Provokation ein und biss ein kleines Stück des Weißbrotes ab. Nina und Sabrina sahen ihr offen dabei zu. Fast schien es, als würden sie erwarten, dass sie jeden Moment umfallen würde. Doch Kassandra befand das Sandwich für gar nicht mal so schlecht, und da sie schon mehr als Hunger hatte, nahm sie einen weiteren Bissen zu sich.

Als sie alles aufgegessen hatte, informierte sie die beiden, die immer noch glotzten. »Alles gut. Es hat geschmeckt und mir geht es gut.« Nun traute sich auch Nina und biss in ihr Brot, wenige Sekunden später tat es ihr Sabrina gleich, und bald darauf hatten sie alles aufgegessen.

Es dauerte ungefähr eine halbe Stunde, dann erkannte Kassandra als Erste die Falle. Ihr zuvor brennender Durst war nun durch die Sardellen zu einem unbarmherzigen Durst angeschwollen. Offenbar hatte ihr Peiniger genau das geplant, denn was sie zuerst verwundert beobachtet hatten, stellte sich jetzt als Foltermethode heraus.

Nachdem sie gegessen hatten, war er noch einmal zurückgekommen, hatte genau in die Mitte des Raumes drei mit Wasser gefüllte Gläser gestellt und war dann wortlos wieder verschwunden.

Kassandra leckte sich über die schon spröden Lippen, doch ihre Zunge vermochte nicht, ihnen Feuchtigkeit zu spenden. »Wir hätten das nicht essen sollen, er wollte, dass wir Durst bekommen«, stellte sie mit rauer Stimme fest.

»Der Gedanke kam mir auch schon. Kommen wir irgendwie an die Gläser?«, meldete sich Nina zu Wort, deren Stimme fast genauso kratzig klang.

Als wäre das sein Kommando gewesen, trat Wotan durch die Tür und verkündete mit gebieterischer Stimme: »Das habt ihr selbst in der Hand. Folgt ihr meinen Anweisungen, bekommt jede von euch ein Glas. Widersetzt sich eine von euch, bekommt keine etwas.«

»Und was müssen wir dafür tun?«, wagte sich Kassandra aus der Deckung.

»Schweig.« Sein Schrei ließ sie zusammenzucken und bis an die Rückwand ihrer Zelle zurückweichen. Dann fuhr er mit ruhiger, aber fester Stimme fort. »Jede von euch bekommt jetzt einen Zettel, auf dem steht, was ihr zu sagen habt. Lernt es auswendig. Anschließend werde ich jede von euch filmen. Ihr werdet euch auf die Pritsche setzen und das vortragen, was auf dem Zettel stand. Sagt ihr etwas anderes, wird es euch nichts nutzen und das Wasser hier …«, er deutete auf die Gläser in der Mitte, »… wird im Boden versickern.«

# – 18 –

Nach dem erfolglosen Einsatz war Mike froh, endlich nach Hause zu kommen. Kurz vor seiner Wohnungstür machte er noch einmal kurz halt. Da er es für sicherer gehalten hatte, ließ er Jenni nach der Sache in dem Dunkelcafé von einer Streife zu seiner Wohnung fahren. Keiner hatte Ahnung, wie viel dieser Typ von ihr wusste, und er wollte nicht riskieren, dass der Irre bei ihr in der Wohnung auftauchte. Trotzdem überkam ihn jetzt ein seltsames Gefühl. Er war es einfach nicht gewohnt, dass jemand bei ihm zu Hause auf ihn wartete, und wieder blitzten die Bilder seiner früheren Familie in ihm auf. Mike atmete einmal tief durch, versuchte, die alten Gedanken wegzuwischen, und schloss seine Wohnungstür auf. Jenni stand fast genauso wie seine verstorbene Frau in der Küche und bereitete das Abendessen vor. Als sie ihn im Flur hörte, kam sie heraus, nahm ihn in den Arm, und Mike spürte ein leichtes Zittern, das von ihrem Körper ausging. Flüsternd fragte sie mit erstickter Stimme: »Was ist das für ein Fall, den ihr da habt, und was hat das mit diesem Spiel zu tun?« Dann machte sie eine kurze Pause. »Das ist gar kein Spiel, oder? Er will sie wirklich quälen.«

Mike hatte die Frage befürchtet, trotzdem wehrte er ab. »Ich kann dir das nicht sagen.«

Jenni löste sich ein Stück von ihm und sah ihm in die Augen. Fast schon beleidigt sagte sie: »Mike, ich bin nicht blöd, und du weißt, dass du dich auf mich verlassen kannst. Ihr stürmt doch kein Café, nur weil ein Computerfreak über seine Spielidee reden möchte, und beschlagnahmt dann auch noch die Informationen, die er weitergegeben hat. Ich hatte den ganzen Nachmittag Zeit zum Nachdenken und da fiel mir ein, dass du vorgestern, am Sonntagabend, von diesem mysteriösen Toten gesprochen hast.« Jenni stockte einen Augenblick. »Das ist der Tote aus dem Trailer für das neue Spiel, oder?«

Mike presste die Lippen zusammen, wusste aber, dass es keinen Sinn mehr hatte, Jenni anzulügen. Er nickte leicht. »Du darfst das absolut niemandem erzählen, auch nicht deinem Chef. Wenn herauskommt, dass es sich bei den angeblichen Spielfiguren nicht um Schauspieler, sondern um echte Opfer handelt, werden sich all die kranken Gestalten da draußen auf das Spiel stürzen, und wir verlieren das letzte bisschen Kontrolle darüber. Es ist alles wahr, du hast richtig kombiniert.«

»Scheiße«, stieß Jenni aus und drückte sich die Hand auf den Mund. »Und warum macht der das?«

Mike zuckte mit den Schultern. »Wissen wir noch nicht, es gibt keine Forderung. Wir denken aber, es geht um Macht und Rache. Irgendetwas könnte im Leben des Entführers schiefgelaufen sein und jetzt schlägt er zurück … aber wie gesagt, das ist alles noch Spekulation.«

»Aber ihr lasst das Spiel doch nicht wirklich online gehen. Ich meine, es gibt doch sicher genug Möglichkeiten, um so etwas zu verhindern?«, fragte Jenni, nachdem sie kurz über das Gesagte nachgedacht hatte.

»Hast du noch gar nicht mit deiner Redaktion gesprochen?«, antwortete Mike mit einer Gegenfrage, sprach dann aber weiter. »Auf dem USB-Stick, den er dir heute gegeben hat, war ein weiterer Trailer. Und wenn der Film nicht morgen früh auf eurer Seite erscheint, wird er den Frauen etwas antun.«

»Frauen?«, fragte sie, und er nickte erneut. »Ja, es wird um drei junge Frauen gehen.« Fast hätte er ausgesprochen, dass eine davon die Tochter einer Richterin war, konnte sich aber gerade noch zurückhalten. Alles konnte und wollte er auch Jenni nicht erzählen; das würde nicht nur sie selbst, sondern auch die Opfer gefährden.

»Ihr müsst diesen Verrückten finden.« Mehr fiel Jenni nicht dazu ein und im selben Augenblick meldete der Kurzzeitmesser in der Küche, dass das Essen fertig war.

Während des Abendessens versuchten beide, das Thema zu meiden, und redeten über möglichst belanglose Dinge. Jenni stimmte Mikes Bitte zu und entschied, die ganze Nacht bei ihm zu bleiben. Trotz der erschreckenden Umstände, die sie im Hinterkopf hatten, schafften sie es, sich einen halbwegs schönen Abend zu machen.

Am Mittwochmorgen fuhr Mike Jenni zu ihrer Arbeit und anschließend in Nürnbergs Hauptwache, wo er allerdings nur leere Büros vorfand. Erst bei einem Anruf auf Peters Handy erfuhr er, dass Karl und alle anderen unten in der Abteilung für Internetkriminalität waren und auf den Artikel im Onlinemagazin warteten. Da nach Peters Aussage noch nichts passiert war, beschloss er, noch kurz in den Innenhof zu gehen und eine Zigarette zu rauchen.

Zu seiner Überraschung stand auch Richterin Magwart in einer windgeschützten Ecke und versuchte, sich mit zitternden Händen eine Zigarette anzuzünden. Mike ging zu ihr und bot etwas Windschutz, worauf es endlich klappte.

»Wie geht es Ihnen?«, fragte Mike vorsichtig, provozierte aber alleine damit feuchte Augen.

Die Richterin blickte kurz zur Seite, hatte sich aber sofort wieder unter Kontrolle. »Es muss ja«, antwortete sie dumpf. »Wir hoffen, dass wenigstens Leon bald von der Gerichtsmedizin freigegeben wird.« Dann folgte ein leises Schluchzen. »Aber Sie müssen dafür sorgen, dass Kassandra mit zu seiner Beerdigung gehen kann.« Nach einer kurzen Pause fügte sie hinzu: »Ob sie schon weiß, dass ihr Bruder tot ist?«

Wieder hatte Mike das Gefühl, die Frau in den Arm nehmen zu müssen, tat es aber natürlich nicht. Stattdessen sagte er mitfühlend: »Es tut mir wirklich sehr leid für Sie. Glauben Sie mir, ich weiß, was Sie gerade durchmachen. Ich verspreche Ihnen, dass ich alles tun werde, um Ihrer Tochter zu helfen. Wenn dieser Irre mit seiner Seite online geht, bekommen wir mit Sicherheit mehr Anhaltspunkte darüber, wer er ist, und hoffentlich auch, wo er ist. So langsam müssten auch die anderen beiden Frauen als vermisst gemeldet werden, was in aller Regel wieder mehrere Spuren hervorbringt.«

Die Richterin sah ihm jetzt trotz ihrer Verfassung in die Augen. »Ich weiß, dass Sie alles tun werden, ich kenne Ihre Vergangenheit und habe wirklich Vertrauen zu Ihnen. Es ist nur so verdammt schwer, nichts tun zu können. Ich zermartere mir seit zwei Tagen den Kopf und komme nicht darauf, wem ich etwas angetan haben könnte, was eine solche Reaktion hervorruft.«

»Es muss ja auch nicht zwangsläufig etwas mit Ihrem Amt zu tun haben. Sie wissen doch selbst, wie viele Irre da draußen herumlaufen«, entgegnete Mike und warf seinen Zigarettenstummel in eine der Sandkisten. »Kommen Sie mit rein?«

Die Richterin nickte und wenige Minuten später betraten sie die Kellerräume, wo bereits fünf seiner Kollegen gespannt auf zwei Monitore blickten. Karl begrüßte beide mit einem

Handschlag, sah dann auf die Uhr und klärte sie darüber auf, dass der Artikel in fünf Minuten, um neun Uhr, erscheinen sollte.

»Und warum der zweite Monitor?«, fragte Mike mit einem Blick auf das noch leere Browserfenster.

»Weil wir erwarten, dass er zusammen mit dem Erscheinen seiner Spielpräsentation auch seine Website online stellt. Bisher hatte er ja alles nur über Fremdkanäle wie YouTube gemacht, aber irgendwann muss er anfangen, seine eigene Seite zu zeigen«, erklärte Karl so, dass es auch die Richterin mitbekam.

»Es ist so weit«, unterbrach Peter Karls Ausführungen, und alle Blicke wandten sich in die gleiche Richtung. Zwei Minuten vor 9 Uhr aktualisierte sich die Seite des Onlinemagazins automatisch und die komplette obere Hälfte wurde von dem markanten Schriftzug »*DIE DREI*« ausgefüllt.

Karl Steinbach nickte dem Kollegen, der an der Tastatur saß, kurz zu, worauf dieser auf das »Start«-Symbol klickte. Wieder begann der Film, den Mike, Peter und die Richterin bereits in Karls Büro gesehen hatten, und jedes Gespräch im Raum verstummte. Alle sahen wie gebannt auf den Monitor, wo der verhüllte Entführer gerade seine Show abzog. Dann, kurz vor Schluss der kranken Vorstellung, erwachte auch der andere Monitor zum Leben und der exakt identische Schriftzug erschien.

»Er ist online«, stellte Peter leise und fast schon ehrfürchtig fest. Mike wusste nicht, ob es den anderen ebenso erging, aber es war ein seltsames Gefühl zu wissen, dass dieser Typ genau in diesem Augenblick irgendwo an einem Rechner saß und sein makabres Spiel spielte.

Der Kollege an der Tastatur betätigte auch auf der echten Internetseite des Täters das »Start«-Symbol, doch als sich für einen kurzen Augenblick nichts rührte, wanderten alle Blicke wieder auf den Werbetrailer, bei dem das letzte Bild gerade dunkel wurde.

Ein plötzlicher Schrei ließ jeden im Raum zusammenzucken und sämtliche Köpfe wandten sich ruckartig der Internetseite zu, in deren oberer rechter Ecke *LIVE* eingeblendet war. Zur Erleichterung aller erschien, immer heller werdend, ein Bild des gesamten Gewölbes mit seinen drei Zellen und nach wenigen Sekunden waren auch deren Insassen zu erkennen, die zumindest keine offensichtlichen Verletzungen hatten. Irgendwann wurde das Licht nicht mehr heller und die schon bekannte Stimme hallte durch das dämmrige Verlies. »Willkommen bei ›*DIE DREI*‹. Noch stammte der Schrei nicht von einer eurer Gefangenen, aber ich bin mir sicher, ihr werdet dafür sorgen, dass sich das bald ändert.« Nun trat der wieder in eine schwarze Robe gehüllte Mann mit dem Rücken zur Kamera in den Raum, streckte die Arme aus und verkündete: »Was glaubt ihr, wie viel können diese drei Frauen ertragen, bevor sie ihre dunkelsten Geheimnisse herausschreien? Es ist an euch, jedes Detail ihrer Vergangenheit an die Oberfläche zu bringen.« Jetzt drehte er sich so, dass er über seine Schulter zu den elektronischen Augen blicken konnte, und fuhr mit beschwörender Stimme fort. »Aber passt auf, dass ihr nicht die Falsche quält, denn deren Mutter würde sicher darüber verzweifeln.«

Mike spürte, wie neben ihm ein Ruck durch die Richterin ging, bewunderte aber ihre Fassung. Dann wurde seine Aufmerksamkeit wieder auf den Bildschirm gelenkt, wo nun die Perspektive wechselte. Die weite Perspektive über das gesamte Gewölbe wurde unschärfer, stattdessen schälte sich die erste Zelle aus dem Bild heraus. Nun wurde langsam hineingezoomt und eine der drei Frauen kam auf einer Pritsche sitzend ins Bild. Eigentlich hatten alle Anwesenden erwartet, einen völlig eingeschüchterten Menschen zu sehen, doch stattdessen blickte die junge Frau angriffslustig in die Kamera. Mike schätzte sie auf höchstens Anfang zwanzig und erkannte schon auf den ersten Blick die Art Mensch, die sie vermutlich war. Er hatte lange genug als Streifenpolizist auf der Straße gearbeitet und war dabei immer öfter solchen meist äußerst aggressiven Mädchen und Frauen begegnet, die nicht selten in Banden auftraten.

Fast schon gelangweilt sah die Gefangene zu Boden und leierte einen Text herunter, den ihr ziemlich sicher der Entführer vorgegeben hatte. Auch dieses Bild wurde ausgeblendet und als Nächste war Kassandra an der Reihe, was die Richterin mit einem leisen Schluchzen bestätigte. Kassandra war deutlich mehr gezeichnet und hatte offenbar Mühe, deutlich zu sprechen. Ihr ehemals weißes Oberteil wies einige hässliche braune Flecken auf und das lange Haar wirkte, als käme sie gerade aus dem Bett. Soweit man erkennen konnte, waren ihre Lippen so trocken, dass man befürchten musste, dass diese jeden Moment aufplatzen könnten. Mit müden, roten Augen blickte sie in den Raum und sagte mühevoll fast den gleichen Text auf. »Ich bin Nummer zwei. Bitte, habt Erbarmen mit mir, denn ich habe nichts getan.« Dann schloss sie kurz die Augen und sprach ein möglichst gefühlvolles »Danke«. Wenn Mike es richtig deutete, wussten die drei bereits, worum es ging, und die Tochter der Richterin machte es in seinen Augen genau richtig, denn sie versuchte, die Menschen für sich zu gewinnen. Das war etwas, wofür Nummer eins noch viel zu viel falschen Stolz hatte.

Nummer drei konnte Mike nicht wirklich zuordnen. Auch sie hatte etwas Aggressives an sich, das allerdings anders als bei der ersten Frau mehr aufgesetzt als echt wirkte. Mit ihren langen blonden Haaren und den Resten von Schminke konnte man sich gut vorstellen, dass ihr normaler Anblick den einen oder anderen Mann nicht kalt ließ. Jetzt war davon allerdings nicht mehr viel übrig. Auch ihre moderne, leichte Kleidung hatte schon einige Schmutzflecken und Teile ihrer Schminke hatten sich mit dem Staub des Bodens vermischt, was dazu führte, dass sie irgendwie krank aussah. Psychisch schien sie noch relativ stabil zu sein, da ihre Stimme fest und entschlossen klang.

Als auch sie den Spruch aufgesagt hatte, verschwand ihr Bild und das der Startsequenz, in der man das ganze Gewölbe sah, erschien. Noch immer stand ihr Entführer in der Mitte des Raumes, hatte nun aber drei Gläser mit Wasser vor sich auf einem niederen Tischchen stehen. Mit gebieterischer Stimme verkündete er: »Nun, meine lieben Freunde des morbiden Spiels, zeige ich euch, welche Macht ihr ab morgen bekommen werdet.« Durch eine kurze Pause ließ er seinen Worten Zeit zum Wirken. »Jede dieser drei jungen Frauen wirkt auf den ersten Blick unschuldig und schutzbedürftig, doch jede von ihnen hat ihre Geheimnisse.« Jetzt schwoll seine Stimme an. »Jede von ihnen hat auch eine dunkle Seite, die nicht davor zurückschreckte, Hohn und Schmerz über andere Menschen zu bringen. Und das, meine lieben Freunde da draußen, das können wir nicht durchgehen lassen.« Wieder folgte eine kurze Phase der Stille. »Ab morgen werdet ihr entscheiden, was ich jetzt noch ein letztes Mal für euch entscheide.« Nun drehte er sich in Richtung der drei Käfige. »Jede dieser drei hat wirklich grässlichen Durst und ich befürchte, wenigstens eine von ihnen wird bald ernsthafte Probleme dadurch bekommen.« Nun nahm er eines der Gläser und schüttete seinen Inhalt in den Staub des Bodens, der es fast dankbar aufnahm; dann redete er weiter. »Aber was will man machen, wenn man nur zwei Gläser für drei Gefangene hat?« Es folgte eine gespielt verzweifelte Geste. »Ich will es euch sagen. Da es darum geht, Wahrheiten zu erfahren, nutzt man diesen unsagbar brennenden Durst für eine kleine Befragung.« Nun drehte er sich zum Käfig von Nummer eins, wo die Frau immer noch auf ihrer Pritsche saß und ihn hasserfüllt und kampflustig ansah. Dann fragte er laut und deutlich: »Hast du schon einmal jemanden zu Tode geprügelt?«

Mike und Peter sahen sich fragend an. Keiner von beiden hatte eine solche Frage erwartet. Gespannt starrten sie wieder auf den Monitor, wo die junge Frau langsam aufstand und zwei Schritte in Richtung des Gitters machte, aber eine Armlänge davon entfernt stehen blieb.

»Du wirst der Erste sein.«

Ihre Worte waren mehr gezischt als gesprochen, trotzdem konnte sie jeder der Anwesenden in dem kleinen Büro deutlich verstehen.

Ohne darauf einzugehen, ließ der Entführer seine Gefangene stehen und trat vor Kassandras Zelle.

»Hast du schon einmal jemanden zu Tode geprügelt?«

Die junge Frau war offensichtlich am Ende ihrer nervlichen Belastbarkeit. Schluchzend schüttelte sie den Kopf und wiederholte dabei dreimal »Nein«. Der Entführer nickte, drehte sich mit einem zufriedenen Gesichtsausdruck um, nahm ein Glas von dem Tisch und stellte es vor ihre Zelle. Anschließend wandte er sich zu Nummer drei, die gespielt lässig an der Wand lehnte.

»Und wie ist es mit dir?«

Die dritte Frau schien einen Moment über die Situation nachzudenken und schüttelte dann ebenfalls den Kopf. Nachdem er sich nicht regte, sagte sie mit kontrollierter Stimme: »Nein, habe ich nicht.«

Erneut sah der Entführer in die Kamera.

»Ihr seht, meine Freunde, die Sache ist nicht einfach«, sagte er gespielt unentschlossen. »Wem kann man glauben und wem nicht? Da auch ich mir diese Entscheidung nicht zutraue, überlassen wir es doch Nummer zwei, einer der beiden anderen zu helfen.«

Nun nahm er auch das zweite Glas und stellte es ebenfalls vor den mittleren Käfig, dann sah er Kassandra an. »Du kannst das Glas selbst trinken oder an eine der beiden weitergeben … aber nur an eine der beiden. Du darfst es nicht erst der einen und dann der anderen geben. Du hast die Wahl. Ich verlasse jetzt diesen Raum und rate dir, dich meiner Anweisung nicht zu widersetzen, sonst weißt du ja, was Nummer eins passiert ist.«

Er drehte sich um und kurz darauf ertönte der Schlag einer zufallenden Tür.

# – 19 –

Für Kassandra wirkte alles, was um sie herum vorging, als gehörte sie nicht dazu. Verzerrt erreichte seine Stimme ihren Geist, in dem der einzig beherrschende Gedanke etwas zum Trinken war. Irgendetwas passierte um sie herum, doch sie konnte nicht wirklich aufnehmen, was. Er sprach mit dieser Frau in der Zelle neben ihr, doch sie schien ihm zu drohen. Dann stand er plötzlich vor ihrem Gitter und stellte eine Frage, die ihr völlig abstrus vorkam, und sie antwortete einfach mit »Nein«. Nun stellte er ihr ein Glas Wasser vor die Zelle, doch ihr Hirn weigerte sich, diesem Anblick zu trauen. Statt auf ihn zu achten, wunderte sie sich darüber, dass ihr Körper noch in der Lage war, eine Träne hervorzubringen, schaffte es aber nicht, diese mit ihrer Zunge einzufangen, und musste zusehen, wie sie ungenutzt auf ihre Kleidung fiel und darin versickerte.

Als sie wieder nach oben sah, war er verschwunden; doch nun stand ein weiteres Glas neben dem ersten, und er schien ihr etwas zu sagen, was fast wie ein Auftrag klang. Erst der Schlag einer zufallenden Tür holte ihren Verstand etwas aus der Lethargie, und als sie zweimal weg- und wieder hingesehen hatte und die Gläser immer noch dort standen, glaubte sie langsam daran.

»Na los, mach schon«, hörte sie die Stimme der Frau links von ihr, wusste aber nicht, was sie machen sollte.

»Gib uns endlich die Gläser, ich verdurste«, kam es nun von der rechten Seite und in wesentlich schärferem Ton. Eine Hand erschien am Boden seitlich vor ihrer Zelle, schaffte es allerdings nicht, die Gläser zu erreichen. Wieder folgte ein Fluch, dann verschwand die Hand.

»Kassandra?« Dieses Mal kam die Stimme von links und klang etwas freundlicher. Sie versuchte, einen Ton hervorzubringen, aber es ging nicht. Völlig benebelt schob Kassandra ihre Beine von der Pritsche, doch der Raum drehte sich zu schnell, als dass sie aufstehen konnte. Stattdessen ließ sie sich auf die Knie hinunter und begann, auf allen vieren den Gläsern entgegenzukrabbeln. Endlich am Gitter angekommen griff sie mit ihrer zitternden Hand nach dem ersten Glas und zog es so vorsichtig wie möglich durch eine der Lücken.

»Wage es ja nicht, alles für dich zu behalten«, drohte Sabrina nur zwei Meter neben ihr, doch Kassandras Geist kramte die Worte ihres Entführers aus der Erinnerung. *Du kannst das Glas selbst trinken oder an eine der beiden weitergeben … aber nur an eine der beiden. Du darfst es nicht erst der einen und dann der anderen geben. Du hast die Wahl. Ich verlasse jetzt diesen Raum und rate dir, dich meiner Anweisung nicht zu widersetzen, sonst weißt du ja, was Nummer eins passiert ist.*

Eigentlich kam ihr der Gedanke, überhaupt etwas von dem kostbaren Wasser abzugeben, völlig abstrus vor. Ihr Körper schrie mit jeder Zelle danach, ihr Hals brannte wie Feuer. Zitternd brauchte sie beide Hände, um das Glas an ihren Mund zu führen, und trotzdem schwappte etwas von seinem Inhalt über den Rand und tropfte ungenutzt in den Staub unter ihr. Dann hatte sie ihre spröden Lippen erreicht und musste all ihre Willenskraft zusammennehmen, um ihre Gier zu zügeln. Schluck für Schluck rann das Wasser ihren Rachen herunter und fast augenblicklich ging es ihr etwas besser. Doch ihr Körper gab sich mit dem einen Glas nicht zufrieden. Zu lange hatte man ihm dieses Elixier verweigert und das salzige Sandwich hatte sein Übriges getan.

Als alles bis auf den letzten Tropfen ausgetrunken war, stellte sie das Glas zurück auf den Boden und verharrte einige Sekunden. Langsam trat ihre Umgebung – und damit auch die beiden anderen Frauen – wieder in den Vordergrund.

»Scheiße, sie hat es tatsächlich ausgetrunken«, stellte Nina links neben ihr aggressiv fest, und Sabrina forderte von rechts: »Los jetzt, gib mir das andere Glas herüber.«

»Warum dir?«, fauchte Nina. »Ich komme um vor Durst.«

»Weil ich ihr sonst die Nase einschlage, wenn wir hier wieder herauskommen«, antwortete Sabrina bedrohlich ruhig.

»Dann lass es uns teilen. Dieser Idiot kann doch unmöglich merken, dass wir beide davon getrunken haben«, versuchte Nina, die Situation für sich zu gewinnen.

Kassandra hörte den beiden einfach nur zu. Mit den immer klarer werdenden Gedanken wurde ihr auch immer bewusster, dass sie ein Problem hatte. Wenn sie das Glas nur der einen gab und sie tatsächlich ohne diese Gitter aufeinandertreffen sollten, hätte sie keine Chance gegen diese Aggro-Tussen. Trank sie es selbst, hätte sie ein Problem mit beiden, und gab sie es beiden, würde er sie bestrafen. Die einzige Lösung wäre, es zu verschütten, aber das ließ ihr Selbsterhaltungstrieb nicht zu.

»Also, dann los, wer weiß, wann der zurückkommt. Gib erst mir das Glas und dann Nina«, befahl Sabrina und streckte ihren Arm zu Kassandras Käfig hinüber.

»Aber ihr habt ihn doch gehört. Ich darf es nicht euch beiden geben«, versuchte diese, sich zu wehren.

»Stell dich nicht so an und mach endlich«, schrie Sabrina fast, und ihre Stimme hallte von den Wänden wider. »Tu, was sie sagt«, forderte nun auch Nina.

Kassandra sah sich in dem Gewölbe um. Tatsächlich gab es nichts, was darauf hinwies, dass er mitbekommen konnte, was hier geschah. Jetzt etwas sicherer nahm sie das zweite Glas, zog es zu sich in die Zelle und ging damit zur rechten Wand. Dann reichte sie es durch das Gitter zu der immer noch wartenden Hand. Ohne sich zu bedanken, nahm ihr Sabrina das Wasser ab und nahm einen kräftigen Schluck. Nina stand auf der anderen Seite und sah zu ihr hinüber. Bei dem Anblick ihrer trinkenden Freundin wurde ihre Gier noch stärker.

»Lass mir bitte etwas drin,«, sagte sie fast flehend. Sabrina sah sich das Glas in ihren Händen an, nahm noch einen Schluck und reichte es an Kassandra zurück, deren Durst ebenfalls noch lange nicht gestillt war. Ohne auf Ninas Aufschrei zu hören, setzte sie an und gönnte sich selbst noch einen kleinen Schluck, dann ging sie zu der anderen Wand und streckte es Nina entgegen, die es ihr fast aus der Hand riss.

Doch noch bevor sie das Glas bis an ihren Mund geführt hatte, wurde die Stahltür aufgerissen. Nina erstarrte erst, wich dann aber bis zu der Wand hinter sich zurück. Das Glas umklammerte sie dabei so, als wäre es etwas Heiliges, das sie um keinen Preis hergeben durfte.

»Los, trink ruhig«, fauchte ihr Entführer. »Trink und erlebe mit, was du damit Nummer zwei antust. Bis jetzt hat sie meinen Befehl nur teilweise missachtet, da sie das Wasser an dich weitergegeben hat. Aber solltest du jetzt davon trinken, würdest du mir keine andere Wahl lassen, und ich müsste sie bestrafen.«

Kassandra hörte es in seiner Stimme. Sie wusste, dass er es ernst meinte … absolut ernst. Ohne auf ihn zu achten, drückte sie sich an das Gitter und versuchte, etwas von Nina zu sehen, doch diese stand zu weit hinten und damit außerhalb ihres Blickfeldes. Flehend rief sie »Nina, bitte trink nicht« hinüber.

Ruckartig drehte er sich um und seine Stimme donnerte durch das Gewölbe. »Verdammt noch mal, sprecht euch gefälligst mit euren Nummern an.« Keine der drei hatte mitbekommen, dass er eine Peitsche unter dem weiten Ärmel seiner Robe gehalten hatte. Der Schlag war gezielt und präzise. Erst hörte Kassandra den Knall, dann setzte das Brennen auf ihrem Arm ein und aus einem feinen Schnitt bahnten sich einzelne Blutstropfen ihren Weg. Irgendwie schaffte sie es, ihre Wut hinunterzuschlucken und noch einmal an Nina zu appellieren, doch deren Spruch machte ihr keine Hoffnung. Mit Hass in der Stimme brüllte diese: »Du glaubst wohl, nur weil du hier den Cowboy spielst, habe ich Angst vor dir?« Dann folgten laut hörbare Schluckgeräusche.

Kassandra begann zu zittern. »Seid ihr beide ein bisschen bescheuert?«, rief sie verzweifelt. Dann streckte sie ihren blutenden Arm aus dem Gitter. »Sieht das hier wie Spaß aus? Begreift ihr denn nicht, dass wir nur zusammen weiterkommen?« Nun wandte sie ihren Blick zu ihm, hielt einen Augenblick inne und fragte dann mit einem Kloß im Hals: »Was wollen Sie eigentlich von uns? Wollen Sie Geld?«

Er ging bis dicht vor ihr Gesicht und antwortete flüsternd. »Geld ist mir scheißegal. Ich will, dass ihr und die Welt da draußen versteht, wie es ist, wenn man sich über andere erhebt. Wie es sich anfühlt, hilflos ausgeliefert zu sein. Ich werde euer Innerstes nach außen kehren und dafür sorgen, dass ihr alles, was ihr anderen angetan habt, herausschreien werdet. Ich werde der Welt vor Augen führen, zu was Menschen fähig sind, und glaube mir, noch ahnst du nicht im Ansatz, was für ein Tier in dir steckt.«

Als seine Stimme verklungen war, zog er sich wieder ein Stück zurück, sah Kassandra in die Augen und verkündete fest: »Und jetzt bereite dich auf deine Strafe vor.« Danach verließ er das Gewölbe und zog die Tür hinter sich zu. Im selben Augenblick erlosch das Licht. Für eine Sekunde war Kassandra froh, dass die beiden anderen ihre Tränen in der Dunkelheit nicht sehen konnten. Schreckliche Angst streckte ihre eisigen Krallen nach ihr aus.

Wotan ließ sich rücklings gegen die geschlossene Stahltür fallen und atmete tief durch. Alles, was bisher geschehen war, hatte er mit Bedacht getan. Alles, bis auf den Moment, als er den Sohn der Richterin getötet hatte. Doch dieser kurze Moment hatte ihm einen Vorgeschmack auf die Macht geliefert, die er jetzt hatte. Die drei Frauen waren ihm nun vollkommen ausgeliefert. All die Jahre im Gefängnis, wo er ganz unten in der Nahrungskette gestanden hatte, war dies sein Traum gewesen. Jetzt war er es, der über allem stand. Und dass ab morgen die Öffentlichkeit an seinem Traum teilhaben durfte, machte das Ganze noch befriedigender und würde am Ende diejenigen bestrafen, die glaubten, unantastbar zu sein.

Für einen Augenblick blitzte so etwas wie ein Gewissen in ihm auf, da er wusste, dass es Nummer zwei am wenigsten verdient hatte, aber hey, scheiß drauf. Wer wusste besser als er selbst, dass das Leben nicht gerecht war. Nummer zwei hatte seine Ansage ignoriert und das bedeutete eine Demonstration seiner Macht.

Er hatte das Ritual tausendmal in seinem Kopf durchgespielt, jetzt würde er es zum ersten Mal praktizieren. Bereits als er seinen kleinen Privatstollen betrat, vergiftete Wut das Blut, welches durch seine Adern floss. Fast augenblicklich waren all die Bilder wieder da. Erst raste die Kindheit, dann die Jugend durch seine Gedanken. Er war behütet aufgewachsen, ein guter Schüler und in seiner Ausbildung zum Elektroniker einer der besten gewesen. Er lebte das Leben eines ganz normalen jungen Erwachsenen, bis er zur falschen Zeit am falschen Ort gewesen war und man ihn zu einer Marionette gemacht hatte.

Geistesabwesend schaltete er das Licht in dem Stollen ein, der eigentlich mehr eine große Ausbuchtung im Fels war. Zwei kleine Lichtkegel fielen genau auf die Stelle seines Schreins, wo Fotos mit den Gesichtern der beiden Menschen hingen, die er vernichten wollte. Seine Wut hatte inzwischen eine Intensität erreicht, dass es in seinen Adern brannte. Sekundenlang starrte er auf das Bild der Richterin, dann ging er bis knapp davor, brachte seinen Mund bis wenige Millimeter vor das Bild und sagte laut: »Du und deine kleine Tochterschlampe werden nun erleben, was es heißt, wenn man gebrochen wird.« Langsam und genussvoll ließ er seine Zunge über das Bild gleiten und schloss dabei die Augen. Anschließend wandte er sich wie in Trance davon ab, ging zu einer Art Werkbank und suchte zusammen, was er für die erste Lektion brauchte. Eigentlich hatte er vorgehabt, es nur für sich zu tun, entschied sich aber anders und band sich die kleine Nachtsichtkamera um die Stirn. Nachdem er das Nachtsichtgerät aufgesetzt hatte, nahm er vier Paar Handschellen von einem Haken an der Wand. Als alles eingeschaltet und funktionstüchtig war, löschte er alle Lichter und trat vor die Stahltür zum Verlies.

Noch einmal lief ein kurzer Film durch seinen Kopf, dann öffnete er die Tür und ging hinein. Nummer eins und drei hatten sich auf ihre Liegen gelegt und schienen zu dösen, Nummer zwei saß dagegen zusammengekauert in einer Ecke ihrer Zelle und weinte leise vor sich hin, was ihn noch wütender machte.

Kassandra hörte die Tür. Doch so sehr sie in die Dunkelheit starrte, es war nichts zu erkennen. Da ihre Augen sowieso nutzlos waren, schloss sie sie, lauschte den leisen Geräuschen und war sich schon nach wenigen Augenblicken sicher, dass er sich in dem Gewölbe befand. Sand knirschte unter den Sohlen seiner Schuhe und dieses Knirschen kam eindeutig näher. Kassandra zog die Beine noch enger an ihren Körper und versuchte einmal mehr, unhörbar zu atmen. Da er sie unmöglich sehen konnte, war ihre einzige Hoffnung, dass er sie nicht fand.

Nun verharrten die Schritte nicht weit von ihr entfernt, und das Geräusch von Metall auf Metall endete mit einem ziemlich lauten »Klick«. Angst stieg in ihr hoch und schnürte ihr die Kehle zu. Er war in ihrer Zelle. Was sollte sie tun? Die Käfigtür war genau gegenüber von ihr, und wenn sie sich an der Wand entlangtastete, könnte sie diese auch finden. Vielleicht hatte er sie offen gelassen und sie hatte die einmalige Chance zu entkommen. Dem Geräusch seiner Schritte nach zu urteilen, war er nicht auf sie zu, sondern erst an das andere Ende der Zelle gegangen, von wo erneut und mehrmals das Geräusch von Metall auf Metall ertönte. *Was trieb dieser Irre?*

Es war ihre einzige Chance und jetzt, wo sie hörte, wo er war, musste sie es wagen. Kassandra nahm allen Mut zusammen und fasste nach der Wand. Als sie diese berührt hatte, gab es kein Zurück mehr. Ohne darauf zu achten, besonders leise zu sein, sprang sie auf die Beine und folgte der Wand bis zu den schweren Gitterstäben. Da sie sich das Bild ihrer Zelle ziemlich gut eingeprägt hatte, war die Tür schnell gefunden. Und tatsächlich: Als sie daran zog, gab diese nach innen nach. Wild nach dem Durchgang tastend, entdeckte sie ihn und machte einen Schritt in die Richtung, von der sie dachte, dass sie hinausführe. Dann drehte sie sich um und wollte das Gitter hinter sich zuziehen, doch anstatt das kalte Metall zu erreichen, wurde ihre Hand gepackt und ihr Körper fast mühelos in die Zelle zurückgeschleudert. Sich zweimal überschlagend blieb sie schließlich mit dem Gesicht im Staub liegen und rang nach Luft. Doch noch bevor sie sich halbwegs erholen konnte, spürte Kassandra, wie sie am Kragen ihrer Bluse gepackt und am Hals nach oben gezogen wurde. Endlich auf den Beinen wurde sie von ihm bis zum Gitter mitgezogen, das sie unsanft stoppte, als sie dagegen stieß. Verzweifelt versuchte sie, um sich zu schlagen, und ihre Schreie brachen sich mehrfach in der Dunkelheit des Gewölbes, doch seine Hände hatten sich wie Schraubstöcke um ihre Handgelenke gelegt und ließen kaum eine Bewegung zu.

»Was läuft da? Lass sie in Ruhe, du Arsch«, hörte Kassandra Nina aus der Nachbarzelle brüllen, und auch Sabrina stimmte in die Verfluchungen ein. Doch Kassandra wusste, dass ihr niemand helfen konnte. Nun wurden ihre Arme unbarmherzig nach oben gezogen und das kalte Metall von Handschellen legte sich um ihre Handgelenke. Seine Hände ließen von ihren Armen ab, doch nur, um eine Sekunde später ihre Fußknöchel zu umgreifen und auch hier die Metallringe anzubringen. Nun hörten seine Berührungen auf, aber jede kleine Bewegung wurde sofort und schmerzhaft von den vier Handschellen gestoppt. Mit dem Gesicht voran an ihr Zellengitter gefesselt, überkam sie das Gefühl, völlig ausgeliefert zu sein. Zuerst völlig mit sich selbst beschäftigt dauerte es eine Weile, bis sie mitbekam, dass absolute Ruhe eingekehrt war. Trotz der totalen Dunkelheit glaubte sie, eine Bewegung neben sich wahrzunehmen, musste sich aber geirrt haben. Leise fragte sie: »Nina? Sabrina? Seid ihr noch da?«

Statt einer Antwort folgte ein leises Zischen, dann setzte ein Brennen ein, das sich einmal quer über ihren Rücken zog und sie aufschreien ließ. Wieder donnerte seine Stimme direkt in ihr Ohr. »Ich sage es dir nun zum letzten Mal! Wenn du Nummer eins und drei noch einmal beim Namen nennst, schneide ich dir deine Zunge heraus.« Nun kam sein Mund ihrem Ohr so nahe, dass sie seinen heißen Atem spüren konnte, und seine Stimme wurde zu einem Flüstern. »Hast du das verstanden?«

Trotz ihres Zähneklapperns schaffte sie es, ein kurzes »Ja« herauszubekommen, was er mit einem fast schon versöhnlich klingenden »Gut« quittierte und ihr sanft mit dem Handrücken über die Wange streichelte. Kassandra widerte diese Berührung an, doch sie wagte es nicht, ihren Kopf abzuwenden. Seine Hand verschwand und alles, was sie hörte, waren seine Atemgeräusche irgendwo hinter ihr. Vorsichtig versuchte sie, erst das linke, dann das rechte Bein zu bewegen, doch weiter als ein paar Zentimeter in alle Richtungen ging es nicht. Die über ihrem Kopf an das Gitter gefesselten Hände begannen langsam schwer zu werden, aber bei jedem Versuch, diese zu entlasten, schnitten die Handschellen mehr in ihre Haut. Mit jeder Sekunde wurde ihr bewusster, wie ausgeliefert sie war. Sie hatte nicht die kleinste Chance, sich zu wehren, egal, was er mit ihr vorhatte. Wie ein Stück Vieh, das auf der Schlachtbank fixiert war, hing sie an diesem Gitter und wartete darauf, dass etwas passierte.

Lange saß Wotan auf der Pritsche hinter Nummer zwei und betrachtete sie einfach. Bis jetzt hatte er die junge Frau nur als Mittel zum Zweck gesehen, aber selbst im milchigen Bild seines Nachtsichtgerätes waren ihre weiblichen Formen deutlich zu erkennen und die Tatsache, sie so völlig hilflos an das Gitter gefesselt zu sehen, weckte eine Lust in ihm, die er schon viel zu lange unterdrückt hatte. Fasziniert stellte er fest, dass seine bisherige Vorstellung von Macht nicht im Ansatz das widergespiegelt hatte, was dieses Gefühl in Wirklichkeit sein konnte. Ihm wurde klar, dass er jetzt und hier der Besitzer dieser drei Frauen war, und dieses Bewusstsein sorgte für einen Kick, den keine Droge der Welt erzeugen konnte.

Er sah, wie Nummer zwei mit jeder Minute, die sie länger an dem Gitter hing, kämpfte. Er spürte ihr Wechselbad aus Angst und Erschöpfung. Er genoss ihre Unsicherheit, weil sie nicht wusste, was mit ihr geschehen würde. Gier stieg in ihm hoch, doch er wollte ihr nicht nachgeben. Seine Definition von Lust hatte sich gewandelt. Sich jetzt einfach an ihr zu bedienen, würde ihm nichts geben. Er wollte ihre Angst riechen und sich an ihrer Verzweiflung weiden. Mit vor Erregung zitternden Knien stand er auf, trat hinter sie und betrachtete den sich windenden Körper. Dann streckte er seine Hand aus und fuhr ihr langsam durch ihr langes Haar, bis hinunter in den Nacken. Nummer zwei erstarrte unter seiner Berührung und flüsterte ein »Bitte nicht«, was ihn nur noch mehr anmachte. Langsam ließ er seine Hand ein Stück über ihren Rücken hinuntergleiten, trat noch dichter hinter sie und tastete sich dabei, jetzt mit beiden Händen, unter ihren nassen Achseln nach vorne. Die Berührung ihrer Brüste beschleunigte seinen Herzschlag und es kostete ihn das letzte bisschen Beherrschung, seinen Unterleib nicht gegen ihren Hintern zu drücken. Er hielt seiner Lust stand, suchte aber mit den Fingern nach den Knöpfen ihrer Bluse. Nicht sicher, ob das Zittern von seinen Händen oder ihrem Körper herrührte, öffnete er einen Knopf nach dem anderen.

»Bitte nicht«, hörte er sie wie von weit entfernt flehen, was ihm einen erneuten Schauer durch den Körper jagte. Seine Hände spürten die Wärme ihres Körpers und ließen eine tief vergrabene Sehnsucht in ihm aufkeimen. Langsam und so vorsichtig, als wäre sie aus dünnem Glas, schob er ihre geöffnete Bluse zur Seite und berührte unendlich sanft die weiche Haut ihres Bauches. Trotz seiner Gier kostete er das Gefühl unter seinen Fingern bis zum letzten bisschen aus und steigerte es dadurch, dass er seine Hände ihren nackten Brüsten näher brachte. Als er diese noch weichere Haut fast erreicht hatte, spürte er, wie etwas Nasses auf seine Hand fiel. Im selben Augenblick der Erkenntnis, dass Nummer zwei unter seinen Berührungen zu weinen angefangen hatte, brach alle Lust in ihm zusammen. Wütend zog er die Hände zurück, machte drei Schritte zurück und zog die Peitsche aus seinem Gürtel. Ohne etwas dabei zu empfinden, zog er zweimal brutal durch, nahm ihre Schreie in sich auf und wartete anschließend einen Moment, bis sich ihr zuckender Körper wieder beruhigt hatte. Dann entfernte er sich aus der Zelle, schloss die Gittertür hinter sich und löste die Handschellen von außen durch das Gitter.

Als er die letzte Fessel von ihrem Handgelenk entfernt hatte, sackte Nummer zwei zusammen und blieb leise wimmernd am Boden liegen. Er selbst verließ das Gewölbe, setzte sich inmitten seines Schreins und begann zu weinen.

# – 20 –

Keiner der Anwesenden hatte auf die Zeit geachtet, bis das, was sich auf dem Monitor abspielte, an dem Punkt endete, als Kassandra das Glas an Nummer drei weiterreichte, ihr Entführer die Strafe androhte und das Licht ausging. Das Videobild schaltete auf das Logo des Spiels um und das Live-Zeichen verschwand.

Karl und der Computerexperte atmeten hörbar aus und auch Mike, Peter und die Richterin lösten sich aus ihrer Anspannung. So schrecklich die Bilder auch waren, man kam nicht umhin, gebannt zuzusehen. Da niemand etwas sagte, drückte der Kollege am Computer auf einige Tasten und stieß dann einen leisen Pfiff aus. »Was ist?«, fragte Karl.

»Dafür, dass die Seite gerade mal eine knappe Stunde online ist, sind neuntausend Zugriffe eine Menge. So manch eine seriöse Firma würde einiges für solche Zahlen geben.«

Richterin Magwart erstarrte erneut. »Soll das heißen, neuntausend Menschen haben gerade verfolgt, wie meine Tochter von einem Irren gefangen gehalten und bedroht wird?« Offensichtlich war der Mann am Computer nicht besonders sensibel. Emotionslos antwortete er: »Das werden noch sehr viel mehr werden. Seit den Amokläufen an Schulen beobachten wir die Spiele-Szene sehr genau und wissen, dass sich gerade solche gewaltbehafteten Inhalte rasend schnell ausbreiten.«

»Ist gut jetzt«, fiel ihm Karl ins Wort und wandte sich an seine Kommissare. »Wir brauchen unbedingt mehr Informationen über die anderen beiden Frauen. Vielleicht kommen wir über sie auf seine Spur.« Dann drehte er sich zu der Richterin um. »Frau Magwart, ich weiß, wie hart dies alles sein muss, aber Sie könnten uns wirklich sehr helfen, wenn Sie sich Ihre alten Fälle noch einmal ansehen würden. Es kann kein Zufall sein, dass er Ihre beiden Kinder ausgewählt hat.« Er machte eine kurze Pause. »Schaffen Sie das, oder sollen wir einige Kollegen dafür abstellen?«

Die Richterin schien keinen Augenblick darüber nachdenken zu müssen. Fast schon abwehrend antwortete sie ihm. »Nein, nein, Sie brauchen Ihre Leute für andere Sachen. Ich werde rüber ins Gericht fahren und mir die alten Akten ansehen.«

»Gut, dann an die Arbeit«, forderte Karl im Befehlston und ermahnte den Kollegen am Computer, dass die Angelegenheit absolut vertraulich zu behandeln sei. Dann warf er noch einen letzten Blick auf den Monitor und stellte kopfschüttelnd fest, dass die Aufzeichnung des gerade Gesehenen in den letzten fünf Minuten bereits weitere zweihundert Male heruntergeladen worden war.

»Ich gehe noch schnell rauchen. Du kannst schon mal die Vermisstenanzeigen durchsehen, vielleicht sind die anderen beiden Frauen heute endlich dabei«, wies Mike seinen Partner an und nahm die Tür in den Innenhof, während Peter dem Innengang folgte. Wie schon vor der Vorführung des neuen Filmes stand auch die Richterin wieder in der Ecke des Raucherplatzes, doch dieses Mal war sie zu sehr mit ihrem

Handy beschäftigt, um Mike zu bemerken. Ohne jede Absicht stellte sich Mike unter das einzige kleine Dach, das es hier gab, und zündete sich seine Zigarette an.

»Hier Richterin Magwart, bitte stellen Sie mich umgehend zu Herrn Kollmaier durch«, drangen ihre Worte trotz der Geräusche, die der leichte Regen machte, zu ihm herüber. Es folgte eine kurze Pause, dann reagierte die Richterin hörbar ungehalten. »Hören Sie, ich weiß, dass Herr Kollmaier viel beschäftigt ist, aber die Sache duldet keinen Aufschub. Stellen Sie mich jetzt durch, sonst können Sie in Zukunft im Archiv arbeiten.«

Mike konnte sich nicht helfen, aber klang so eine Frau, die ihre Tochter gerade in Lebensgefahr gesehen hatte, und das, nachdem schon ihr Sohn umgebracht worden war? Sich möglichst langsam bewegend versuchte Mike, sich noch etwas näher an die Richterin zu bringen, stieß dabei aber gegen einen der herumstehenden Aschenbecher. Richterin Magwart warf einen Blick über die Schulter und Mike grüßte sie scheinbar gelassen mit einer Handbewegung. Auch die Richterin tat gelassen, konnte aber das nervöse Zucken ihrer Augenbrauen nicht ganz verhindern. Dann meldete sich offenbar der gewünschte Gesprächspartner und sie wandte sich wieder ab, sprach aber wesentlich leiser als vorher in ihr Telefon, sodass Mike nur noch einzelne Wortfetzen mitbekam. »Hallo, Horst … Treffen … nicht sprechen … unbedingt …« Als sich dann auch noch ein weiterer Kollege zu ihm unter das Dach stellte und etwas von dem üblen Wetter erzählte, verstand Mike gar nichts mehr. Er rauchte zu Ende, drückte seine Kippe aus und ging hinauf in sein Büro, wo schon eine Tasse Kaffee auf ihn wartete.

»Gut, dass du kommst«, begrüßte ihn Peter und hielt ihm einen Zettel entgegen. Mike nahm das Papier und überflog das Wenige, was darauf stand.

Nina Krause
Alter: 19
Aussehen: schlanke Figur, 169 cm Körpergröße, lange blonde Haare
Kleidung: weiß-rote Tweedjacke, enge lindgrüne Jeans, schulterfreies T-Shirt mit dem Aufdruck »Noch Jungfrau? Ich kann helfen«, weiße Sportschuhe
Besondere Merkmale: kleine Blinddarmnarbe
Wohnort: Giesbertsstr. 23, Nürnberg

»Sehr gut. Das ist also Nummer drei in seinem Spiel und ich bin mir ziemlich sicher, dass diese …«, Mike sah noch einmal auf das Blatt, »Nina mit Nummer eins befreundet ist.«

»Wie kommst du darauf?«, fragte Peter.

Mike warf einen kurzen, nachdenklichen Blick aus dem Fenster, hinter dem der frische Herbstwind Wolkenfetzen über den Himmel trieb. »Es war die Art, wie sie geredet haben. Die beiden hatten einen sehr ähnlichen Straßenjargon. Ich kenne diese Art von jungen Frauen aus meiner Zeit bei der Drogenfahndung und würde fünfzig Euro darauf wetten, dass die beiden bereits auffällig geworden sind.«

Ohne darauf einzugehen, tippte Peter ein paar Wörter in den Computer und überflog kurz, was auf dem Monitor erschien. »Respekt, Kollege. Nina Krause hat bereits zwei Einträge. Einen wegen Ladendiebstahls und einen wegen minder schwerer Körperverletzung. Leider wurde nicht erfasst, ob bei diesen Taten noch jemand beteiligt war.«

Mike grinste überlegen, wurde dann aber wieder ernst und fragte, was er schon fast wieder vergessen hatte: »Sag mal, kennst du einen Herrn Kollmaier? Mir sagt der Name irgendetwas, aber ich komme nicht drauf, was.«

Peter dachte kurz nach. »Ist das nicht der Chef der Ausländerbehörde?«

Mike klatschte sich leicht mit der Hand an die Stirn. »Ja, klar.«

»Warum fragst du?«, erkundigte sich Peter, aber Mike winkte nur ab. »Ach, nichts Wichtiges. Richterin Magwart hat diesen Kollmaier vorhin beim Rauchen angerufen und wirkte dabei etwas aufgeregt. Mir fiel einfach nicht ein, woher ich den Namen kannte, und das ließ mir keine Ruhe.« Dann wandte er sich ihrer Tafel zu und pinnte Nina Krauses Steckbrief daran fest, trat anschließend ein Stück zurück und betrachtete ihre bisherigen Erkenntnisse. Gedankenverloren murmelte er nach einer Weile: »Wir brauchen noch jemanden zur Unterstützung. Es gibt einiges zu recherchieren, das hält uns zu lange auf.«

Er ging zum Telefon und rief seinen Chef an. Keine fünf Minuten später klopfte es an der Tür. »Herein«, riefen die beiden Kommissare gleichzeitig, worauf eine ziemlich junge, in Zivil gekleidete Frau eintrat.

»Und Sie sind?«, fragte Mike unfreundlich, da er einen zusätzlichen Kollegen erwartet hatte. Zu seiner Überraschung trat die Frau nun ganz in den Raum, schloss die Tür hinter sich und stellte sich vor. »Hallo. Ich bin Kommissarin Natalie Köbler. Ihr Chef, Herr Steinbach, schickt mich, um Sie bei Ihrer Ermittlungsarbeit zu unterstützen.«

Mike wollte zuerst etwas Abfälliges sagen, ließ es aber, stattdessen stellten sich die beiden Kommissare ebenfalls vor. Während Peter ihr die Hand gab und das Nötigste erklärte, musterte Mike die neue Kollegin. Trotz ihres nicht ganz schlanken Körpers wirkte sie recht sportlich und ihren wachen Augen schien nichts von dem zu entgehen, was Peter ihr zeigte. Die offensichtlich ziemlich langen Haare hatte sie zu einem geschickten Knoten zusammengebunden, was ihr offenes Gesicht gut zur Geltung brachte. Alles in allem kam Mike zu dem Schluss, dass die Frau zwar keinem Schönheitsideal entsprach, aber auf ihre eigene Weise ziemlich hübsch war.

»Sind Sie schon lange bei uns?«, nutzte Mike eine Pause in Peters Erklärungen. »Ich kann mich nicht erinnern, Sie schon einmal gesehen zu haben.«

Kommissarin Köbler sah zu ihm hinüber und antwortete selbstbewusst. »Ich habe gestern meine Probezeit beim Morddezernat angetreten.«

»Na, da sind Sie ja genau zur richtigen Zeit gekommen. Womit wir es gerade zu tun haben, ist weiß Gott kein Nullachtfünfzehn-Mord«, stellte Mike fest. »Wissen Sie, um was es geht?«

Diesmal schüttelte die Kommissarin den Kopf. »Keiner hier scheint etwas über Ihren Fall zu wissen, die anderen Kollegen spekulieren aber, dass es sich um dieses neue Spiel im Internet handeln könnte.«

Die ehrliche Aussage gefiel Mike und er beschloss, ihr eine Chance zu geben. Erst jetzt fiel ihm auf, dass er keine Ahnung hatte, wie man das Spiel ohne sein Hintergrundwissen wahrnahm, daher fragte er ehrlich interessiert: »Was halten Sie denn davon?«

»Wovon?«, fragte Kommissarin Köbler zurück.

»Na, von diesem Spiel … ›Die Drei‹. Oder kennen Sie es gar nicht?«, entgegnete Mike.

Nun hellte sich das Gesicht seiner Kollegin auf. »Natürlich kenne ich das Spiel, wer kennt das nicht?«, antwortete sie fast schon entrüstet. »Ich habe mich sogar schon für eine Spielernummer registriert.« Dann machte sie eine kurze Pause, um über die eigentliche Frage nachzudenken. »Was ich davon halte … nun, auf jeden Fall ist es eine geniale Spielidee, aber man muss natürlich abwarten, wie sie umgesetzt wird. Da der Typ den Schauspielerinnen ja nicht wirklich etwas antun kann, sind wir schon ziemlich gespannt, wie er ihnen ihre Geheimnisse entlocken will. Aber mitzuentscheiden, welche von den dreien lügt oder die Wahrheit sagt, wird auf jeden Fall spannend. Das ist ein bisschen wie früher, als Cäsar bei den Gladiatoren den Daumen hob oder senkte.«

»Ach du Scheiße. So wird das da draußen gesehen?«, stieß Mike ehrlich erschüttert aus, worauf Natalie Köbler verwundert die Augenbrauen zusammenzog. »Ja, warum?«

»Sie wissen, dass Sie über alles, was in diesem Raum gesprochen wird, Stillschweigen zu wahren haben?«, lautete Mikes Gegenfrage. Und als die Kollegin nickte, sprach er in einem fast wütenden Tonfall weiter. »Dieses Spiel ist kein Spiel und die drei jungen Frauen sind keine Schauspielerinnen. Nummer zwei ist die entführte Tochter einer Richterin, Nummer drei ist Nina Krause und wer Nummer eins ist, wissen wir noch nicht. Auf jeden Fall sind alle drei nicht freiwillig dort und wir sind uns sicher, dass dieser Irre die Frauen auch quälen, wenn nicht sogar töten wird.«

»Sind Sie sicher?«, fragte Frau Köbler, die jetzt sichtbar blasser geworden war und irgendwie ertappt aussah.

»Sie kennen den ersten Werbefilm?«, fragte Mike, worauf sie nickte. »Der durch den Wald flüchtende Mann in dem Film liegt inzwischen in Erlangen in einem Kühlfach. Auch das war kein Schauspieler, sondern der ältere Sohn von genau der Richterin, deren Tochter jetzt in diesem Verlies sitzt und darauf wartet, von der sogenannten Internetgemeinde gequält zu werden.« Mike ließ seine Worte wirken, und das taten sie auch.

Die Kommissarin sah ihn einige Sekunden ungläubig an und setzte sich dann auf den Stuhl, der neben Peters Schreibtisch stand. Irgendwann sagte sie dann mehr zu sich selbst: »Ach du Scheiße … Und ich habe das Spiel sogar noch meinen Facebook-Freunden weiterempfohlen.«

»Nicht nur Sie«, mischte sich nun Peter ohne jeden Vorwurf in der Stimme ein. »Und genau das ist das Problem. Alleine die

Vorschau verbreitet sich wie ein Lauffeuer im Internet; Sie wissen vielleicht noch besser als wir, wie die Leute reagieren würden, wenn sie wüssten, dass alles, was sich in diesem Verlies abspielt, real wäre. Ein paar würden es vermutlich abstoßend finden, aber die Masse würde es nach außen verteufeln und sich dann zu Hause, im stillen Kämmerlein, daran weiden, wie diese drei Frauen gequält werden. Das Ganze hätte etwas Verbotenes und damit seinen ganz eigenen Reiz.«

»Aber es muss doch möglich sein, diese Seite zu sperren?«, warf die Kommissarin ein.

Nun antwortete wieder Mike. »Sicher, aber unser Täter ist nicht blöd. Für den Fall, dass wir das tun, würde er die Tochter der Richterin sofort umbringen, das ist unser Problem. Solange er keinen Fehler macht und wir nicht wissen, wo er die Frauen gefangen hält, können wir nichts tun. Natürlich müssen wir herausfinden, wer er ist und was er eigentlich will. Aber selbst wenn wir das wissen, hilft es uns nur bedingt weiter. Wir haben keine andere Wahl, als dem Spiel zuzusehen und darauf zu hoffen, dass es lange genug dauert, um ihn aufzuspüren. Jede Manipulation des Spieles würde die Geiseln extrem gefährden.«

Die Kommissarin hatte sich inzwischen wieder etwas von dem eben Gehörten erholt. »O. k., ich verstehe. Was soll ich tun?«

Mike gefiel diese zielgerichtete Art. »Unser Dreh- und Angelpunkt ist Richterin Magwart. Der Täter hat sich ihre Kinder sicher nicht zufällig ausgesucht. Wir vermuten, dass es ein von der Richterin zu Unrecht Verurteilter sein könnte. Dafür spricht auch die Art seines Spiels, da es immer wieder um die Themen ›Ausgeliefertsein‹, ›Gerechtigkeit‹ und so weiter geht. Ihre Aufgabe ist es, sich die alten Fälle der Richterin anzusehen und nach einem passenden Verurteilten zu suchen. Vielleicht hat auch diese Nina Krause etwas damit zu tun. Ich denke, dass auch die anderen beiden Frauen keine zufälligen Opfer sind.«

»Alles klar«, stimmte Kommissarin Köbler zu.

»Und was machen wir?«, fragte Peter, der den Ausführungen seines Partners einfach nur zugehört hatte und durch die Zusammenfassung auf eine neue Idee gekommen war.

»Wir fahren zu dem Wohnort von Nina Krause und hören uns um. Vielleicht bekommen wir dort einen Hinweis auf das dritte Opfer«, lautete Mikes Antwort.

»O. k.«, stimmte Peter zu, bat dann aber noch um fünf Minuten Zeit, griff zum Telefonhörer und wählte die Nummer der Abteilung für Internetkriminalität. Als dort endlich abgehoben wurde, begann er ohne lange Höflichkeiten zu fragen: »Es gibt doch die Möglichkeit, den Inhaber einer Internetadresse herauszubekommen, oder?« Nickend hörte Peter zu und legte dann frustriert auf.

»Und was sagen die?«, fragte Mike.

»Das wurde natürlich schon überprüft, aber dieser Mistkerl hat an alles gedacht. Er hat die Internetdomain einfach auf eine Werbeagentur, die sich auf Werbung im Internet spezialisiert hat, angemeldet. Und die haben so viele dieser Adressen, dass es gar nicht aufgefallen war. Die Gebühr dafür wurde von deren Buchhaltung einfach bezahlt, und niemand hat etwas gemerkt.«

»Wäre ja auch zu einfach gewesen«, sagte Mike trocken, dann zogen beide ihren Schultergurt mit der Waffe und die Jacken über und schickten sich an zu gehen. In der Tür blieb Mike noch einmal stehen und drehte sich zu der Kommissarin um. »Ach ja. Bitte seien Sie bei Ihren Ermittlungen etwas diskret. Immerhin könnte sich herausstellen, dass jemand fälschlicherweise verurteilt wurde, und Richter sollte man …«, Mike suchte nach den richtigen Worten, »… sagen wir mal, etwas sensibel behandeln.« Dann nickte er zum Fenster. »An dem Kaffeeautomaten können Sie sich natürlich bedienen.«

# – 21 –

»Eigentlich eine nette Gegend«, stellte Peter fest, als sie in die angegebene Straße einbogen.

»Eigentlich …«, setzte Mike mit einem Blick aus dem Fenster dem Satz seines Partners hintendran. An jeder zweiten zugänglichen Wand hatte sich jemand mit einer Spraydose verewigt und allerlei durchaus arbeitsfähige Menschen lungerten vor ihren Hauseingängen herum. Wären die vielen Grünanlagen nicht mit allerhand Unrat übersät gewesen, hätte man sich durchaus spielende Kinder darauf vorstellen können, aber selbst auf den Spielplätzen zwischen den Häusern saßen Typen, die da sicher nicht hingehörten.

Peter suchte die richtige Hausnummer, was durch die verbogenen Schilder nicht so einfach war, und parkte dann den Wagen in einer Feuerwehreinfahrt, da es sonst keine freien Parkplätze gab.

»Wohnt diese Nina alleine?«, fragte Mike, als sie auf den Hauseingang des fünfstöckigen Gebäudes zugingen.

»Nein. Es sind noch ihre Eltern und eine jüngere Schwester hier gemeldet«, antwortete Peter und suchte bereits nach dem richtigen Klingelschild. Als er es gefunden hatte, drückte er den Knopf zweimal tief durch, und einige Sekunden später brummte der Türöffner.

»Kochen die hier Hunde?« Mike betrat den Hausflur, zog angewidert die Nase hoch und folgte seinem Partner hinauf in den ersten Stock, wo ihnen ein kleines Mädchen aus dem Schlitz einer geöffneten Tür entgegensah. »Hallo«, sprach Peter das Mädchen an. »Heißt du mit Nachnamen Krause?« Statt zu antworten, rannte die Kleine jedoch in die Wohnung hinein und schrie: »Mama, Mama … da sind zwei Männer an der Tür.«

Erst hörten die beiden Kommissare das Klappern von Geschirr, dann tauchte eine ziemlich ungepflegte, hagere Frau in der Tür auf. »Was wollen Sie?«

Während die beiden ihr die Polizeimarken zeigten, fragte Mike: »Sind Sie Frau Krause?«

»Ja, bin ich. Sind Sie wegen meiner Tochter hier?«

Mike nickte. »Dürfen wir reinkommen?«

Der Frau war es zwar sichtbar unangenehm, trotzdem machte sie die Tür ganz auf und ließ die beiden in die Wohnung. Sich neugierig umsehend, folgten ihr die Kommissare durch einen schmalen Flur, dessen Tapeten schon bessere Zeiten gesehen hatten. Kurz bevor sie das Wohnzimmer betraten, raunte Mike seinem Partner zu, dass er ihn reden lassen sollte. Mike hatte sich vorher keine Gedanken darüber gemacht, aber spontan beschlossen, Frau Krause nichts von dem Spiel und der Entführung zu sagen. Früher oder später würde sich zwar mit Sicherheit jemand, der die Opfer kannte, auch an die Öffentlichkeit wenden, aber je länger es sich vermeiden ließ, desto besser war es.

»Bitte, setzen Sie sich«, bot Frau Krause an, nachdem sie das Sofa von einigen Dingen befreit hatte.

»Danke«, sagte Peter, suchte sich eine halbwegs saubere Stelle und nahm Platz.

Mike tat es ihm gleich und dachte einen Augenblick nach. »Bevor Sie sich falsche Hoffnungen oder auch Sorgen machen: Wir haben leider noch nichts Konkretes von Ihrer Tochter gehört.« Er machte eine kurze Pause und log dann weiter. »Allerdings haben wir in unseren Polizeiakten einen Vermerk, dass Nina ihre früheren Dummheiten nicht alleine begangen hat, und jetzt fragen wir uns, wer dabei gewesen ist. Leider hat man versäumt, diese Information mit in die Akten zu schreiben.«

Frau Krause sah ihn aus leeren Augen an, dachte kurz nach und fragte dann: »Meinen Sie den Ladendiebstahl?« Nachdem Mike genickt hatte, sprach sie weiter. »Meistens hing sie mit dieser Sabrina herum. Ich habe Nina hundertmal gesagt, dass sie diese Freundin nur in Schwierigkeiten bringen würde, aber Sie wissen ja, wie das ist. Man kann reden und reden …« Für eine Weile herrschte Stille in dem Wohnzimmer. »Glauben Sie, dass Sabrina etwas mit Ninas Verschwinden zu tun hat?«

»Das wissen wir noch nicht, aber es wäre eine Spur. Wissen Sie, wie diese Sabrina mit Nachnamen heißt?«, fragte Mike, doch Frau Krause schüttelte den Kopf. »Gibt es vielleicht ein Foto von den beiden?«, hakte er nach.

»Vielleicht in Ninas Zimmer…«, sagte Frau Krause, stand auf und wollte den Raum verlassen.

»Dürfen wir uns dort auch umsehen?« Mikes Worte stoppten sie, worauf sie bejahte.

Das Zimmer bestätigte Mikes ersten Eindruck der jungen Frau. Die herumliegenden Klamotten waren alle sehr stylish und aufreizend, aber die vorherrschende Unordnung spiegelte ihre Einstellung zum Leben wider. Die beiden Kommissare mussten nicht lange suchen. Bereits beim Betreten des Zimmers fiel ihnen eine kleine Pinnwand über dem Bett auf. Neben alten Konzertkarten und der unterzeichneten Autogrammkarte eines Sängers, den Mike schon einmal im Fernsehen gesehen hatte, hing ein Bild, das Nina mit einer Freundin in einer Bar zeigte.

»Ist das diese Sabrina?« Mike deutete auf das kleine Foto.

»Ach, das habe ich ja noch gar nicht gesehen«, stellte Frau Krause fest, nickte dann aber. »Ja, das ist sie. Das Foto kann noch nicht sehr alt sein, und soweit ich mich erinnere, hatte Nina das letzte Mal, als ich sie gesehen habe, dieselbe Jacke an.«

»Können wir das mitnehmen?«, fragte Peter und machte sich auch schon daran, es abzunehmen. Dann sahen sie sich noch ein wenig um, fanden sonst aber nichts, was ihnen von Nutzen sein konnte. An der Tür fragte Mike noch einmal: »Und Sie haben wirklich keine Ahnung, wie diese Sabrina mit Nachnamen heißt oder wo sie wohnt?«

»Leider nein«, antwortete Frau Krause, kniff dann aber die Lippen zusammen. »Das heißt ..., wenn ich mich nicht täusche, habe ich einmal mitgehört, wie sie etwas von Kroatien erzählt hat. Ach ja, und da war dann noch irgendeine Sache vor Gericht, wo auch Nina aussagen musste. Aber das ist schon ein paar Jahre her.«

»Was für eine Sache vor Gericht?« Mike war hellhörig geworden, doch die Frau reagierte nicht. »Was für eine Sache vor Gericht?«, wiederholte er schärfer.

Ninas Mutter sah schuldbewusst zu Boden. »Ich weiß es nicht mehr. Es war eine schwere Zeit«, stammelte sie.

Erst jetzt fiel Mike die schwache Alkoholfahne der Frau auf, und er verstand. Wieder etwas ruhiger fragte er: »Weiß Ninas Vater mehr darüber?«

Frau Krause stieß ein künstliches Lachen aus. »Der weiß abends nicht, was morgens war«, sagte sie abfällig.

Mike sah ein, dass es keinen Sinn hatte, und gab ihr seine Karte. Die beiden Kommissare verabschiedeten sich mit dem Versprechen, sich sofort zu melden, wenn es etwas Neues gab. Dann, sie hatten schon die ersten Stufen des Treppenhauses erreicht, wurde die Wohnungstür noch einmal geöffnet und Ninas Mutter trat einen Schritt heraus. »Eine Sache von damals ist mir doch noch eingefallen. Nachdem Nina diese Aussage gemacht hatte, kam sie ständig mit neuen Klamotten heim und wurde noch nicht einmal sauer, wenn wir ihr kein Taschengeld geben konnten. Vermutlich ist das nicht wichtig, aber, wie gesagt, es fiel mir gerade wieder ein.«

Mike lächelte sie an. »Alles ist wichtig. Sollte Ihnen noch mehr einfallen, rufen Sie mich bitte an. Danke.«

Ohne ein Wort zu wechseln, gingen Mike und Peter zu ihrem Dienstfahrzeug und stiegen ein. »Denkst du das Gleiche wie ich?«, war es Peter, der sich als Erster äußerte.

Mike nickte. »Ich glaube, ja. Irgendwann muss eine ganz gewaltige Sauerei gelaufen sein und ich vermute stark, dass diese nicht zugunsten unseres Entführers ausgegangen ist.«

»Aber nur, falls das alles auch wirklich in einem Zusammenhang steht«, gab Peter zu bedenken.

»Wir werden es herausfinden. Komm, lass uns zurück zum Präsidium fahren, auf unsere neue Kollegin kommt eine Menge Arbeit zu.« Mike stockte kurz. »Wie findest du sie eigentlich?«

Nun kam Peters berühmtes Grinsen zum Vorschein und Mike winkte ab. »Ist schon gut, ich weiß.«

# – 22 –

Als Mike und Peter um kurz nach 13 Uhr das Büro betraten, war nichts von ihrer neuen Kollegin zu sehen. Auch der kleine Schreibtisch in der Ecke, den Mike für sie freigeräumt hatte, stand noch unberührt da. Erst als Mike näher an ihn herantrat, sah er einen kleinen handgeschriebenen Zettel darauf liegen.

»Ausgeflogen?«, fragte Peter, doch als Mike den Zettel überflogen hatte, antwortete er: »Nein. Fleißig. Sie ist zum Gericht gefahren, um die Akten gleich dort zu sichten. Es hätte mindestens einen Tag gedauert, wenn wir diese hierher angefordert hätten. Ich werde sie mal anrufen, vielleicht hat sie schon etwas Brauchbares. Außerdem wird ihr die Sache mit Nina Krause sicher weiterhelfen.«

Mike wählte die Handynummer, welche Kommissarin Köbler auf dem Zettel hinterlassen hatte, und bereits nach dem zweiten Freizeichen meldete sich ihre sympathische Stimme. »Hallo, Herr Hauptkommissar Köstner.«

Mike stutzte. »Woher kennen Sie meine Handynummer?«

Fast konnte man ihr Grinsen hören, als sie frech antwortete: »Ich arbeite bei der Polizei und auch da ist es kein Schaden, ein bisschen was über seine Kollegen zu wissen.«

Die Worte brachten Mike zum Lachen, und ohne groß darüber nachzudenken, schlug er vor: »Warum nennen Sie mich nicht einfach Mike Köstner und sagen Du zu mir? Dass ich Hauptkommissar bin, weiß ich schließlich selbst.«

Es herrschte kurz Stille in der Leitung, dann ertönte ein Räuspern. »Ja, gerne.« Anschließend wurde ihre Stimme sofort wieder sachlich. »Ich habe jetzt alle Fälle von Richterin Magwart vor mir liegen, bin aber noch nicht dazu gekommen, diese genauer durchzusehen. Die Kfz-Zulassungsstelle ist ein Rennstall gegen die Arbeitsmoral hier.«

Wieder konnte sich Mike das Lachen nicht verkneifen.

»Ist schon in Ordnung. Es hat mich gefreut zu sehen, dass Sie … äh … du selbstständig zum Gericht gefahren bist und nicht hier auf die Akten gewartet hast. Es ist vielleicht auch ganz gut, dass du noch nicht angefangen hast. Wir waren gerade bei der Mutter dieser Nina Krause und die hat uns erzählt, dass ihre Tochter vor einigen Jahren vor Gericht aussagen musste. Allerdings konnte sich die Mutter nicht mehr daran erinnern, um was es ging. Der Schnaps war wohl wichtiger als die Erziehung. Das einzig Brauchbare, was wir dort erfahren haben, war, dass die dritte entführte Person, also die Frau, die der Entführer als Nummer eins bezeichnete, Sabrina mit Vornamen heißt. Außerdem stammt diese Sabrina eventuell aus Kroatien und ist vermutlich die beste Freundin von Nina Krause. Wir haben ein Foto gefunden, das die beiden Frauen in einer, sagen wir mal, innigen Pose zeigt. Halte also Ausschau nach diesen beiden Namen, vielleicht haben wir Glück, und diese alte Sache bringt uns zum Täter.«

Wieder herrschte kurz Ruhe in der Leitung, dann hörte Mike das Kratzen eines Stiftes auf Papier und danach die etwas gedehnte Stimme von Kommissarin Köbler. »O. k., ich habe mir das notiert. Sonst noch etwas?«

Obwohl es sinnlos war, schüttelte Mike den Kopf. »Nein, erst mal nicht. Bitte melde dich sofort, wenn du etwas Neues hast.«

»Natürlich«, antwortete die Kommissarin und ergänzte, statt sich zu verabschieden: »Wenn schon Du, dann richtig. Mein Name ist Natalie.«

Da Mike immer noch mit dem Rücken zu Peter stand, ließ er noch ein weiteres Grinsen zu. »Dann viel Glück, Natalie. Bis später.«

Möglichst ernst drehte Mike sich um und blickte in das ebenfalls komplett emotionslose Gesicht seines Partners, der völlig trocken anmerkte: »Das hat sich jetzt bestimmt nur wie ein Flirt angehört, oder?«

Mike antwortete ebenso trocken. »Du hast keine Ahnung von Mitarbeiterführung. Eine der Grundregeln ist Motivieren, Motivieren und nochmals Motivieren.« Dann fiel bei beiden die Fassade zusammen und sie brachen in schallendes Gelächter aus, in dem sich ihre Anspannung etwas löste.

»Schön, dass ihr beiden solchen Spaß an dem Fall habt.« Weder Mike noch Peter hatten mitbekommen, dass Karl schon seit einiger Zeit an der Tür gestanden und alles mitgehört hatte. Trotz seiner Anwesenheit schafften sie es nicht, sofort ernst zu werden, aber er gab ihnen die Zeit, trat derweil ganz in den Raum und schloss die Tür hinter sich.

»Hast du etwas Neues?« Peter hatte sich als Erster beruhigt und sah nun fragend auf den Aktenumschlag, den sein Chef in der Hand hielt.

»Habe ich … und das ist weniger lustig«, sagte dieser nicht wirklich böse. Er ging zu ihrer Tafel, zog das Foto vom Kopf des getöteten Leon Magwart aus der Hülle und pinnte es mit einem Magnet fest. Anschließend deutete er mit dem Finger auf das gut erkennbare Viereck, wo die Kopfhaut fehlte. »Dieser Dr. Gruber aus der Gerichtsmedizin ist ja wirklich ein schräger Vogel, aber er macht gute Arbeit. Offensichtlich hat er alle möglichen Vorgehensweisen durchgespielt und ist, fragt mich nicht wie, darauf gekommen, dass das fehlende Hautstück jetzt wohl an einer Kamera klebt. Offensichtlich hat man dem Mann die Kamera erst auf den Kopf geklebt und nach den Aufnahmen, die wir ja aus dem Werbefilm zu diesem Spiel kennen, einfach herausgeschnitten.«

»Na super«, sagte Mike. »Der Typ wird mir immer sympathischer. Den Kameratyp kennt er aber nicht zufällig?«

»Doch«, antwortete Karl, »aber der wird uns nicht weiterbringen. Es ist eine sogenannte Actioncam der Marke ›GoFree‹. Die Kameras dieser Firma verkaufen sich gerade wie geschnittenes Brot. Es wäre Zeitverschwendung, dort mit Ermittlungen anzusetzen, aber ich habe noch etwas.«

»Lass hören«, forderte Mike jetzt wieder ein wenig desillusionierter.

Nun holte Karl ein weiteres Blatt Papier aus seiner Mappe und hängte es neben das erste. Schon auf den ersten Blick konnte man erkennen, dass es sich um den Ausschnitt einer Landkarte handelte.

»Dr. Gruber hat, wie schon mit euch besprochen, tatsächlich jemanden gefunden, der sich mit Gestein auskennt. Der Archäologe ist zwar schon im Ruhestand, hat aber, da ihn die Langeweile plagt, den Boden seiner hiesigen Heimat untersucht und ist sich sicher, dass es sich bei der Zusammensetzung des gefundenen Materials nur um diese Gegend handeln kann.«

Mike und Peter gingen näher an die Landkarte heran, dann sagte Mike frustriert: »Das ist ja die komplette Fränkische Schweiz und der Fundort von Leon Magwart liegt auch noch in dem Bereich.«

Karl wusste, worauf sein Kollege hinauswollte, hatte aber noch eine Information. »Stimmt, das habe ich auch erst gedacht, aber das Material unter den Fingernägeln stammte nicht von einem Waldboden, sondern muss ziemlich tief unter der Erde dorthin gekommen sein. Der Archäologe ist der Meinung, dass es sich um, ich nenne es einmal so, Dreck handelt, der erst ab einer Tiefe von mindestens drei bis vier Metern in dieser Reinheit vorkommt. Also suchen wir nach einer Höhle oder etwas Ähnlichem.«

»Schön«, sagte Mike und erinnerte sich an seine Kindheit, als er noch viel mit seinen Eltern in dieser Gegend zum Wandern war, »das grenzt die Suche zwar sicherlich ein, aber weißt du, wie viele Höhlen, Burgen mit Kellergewölben und Felsabbrüche es in dieser Region gibt? Selbst wenn wir jeden Polizisten Nürnbergs da rausschicken, würden wir ewig brauchen, um alles zu durchsuchen.«

Karl sah seinen Freund und Kollegen an. »Seit wann bist du denn so pessimistisch?«

Mike dachte kurz nach und nickte dann. »Du hast ja recht. Mit ein paar mehr Hinweisen könnte daraus eine konkrete Spur werden.«

»Ich lass euch die Unterlagen hier«, sagte Karl zufrieden und wollte sich gerade der Tür zuwenden, als Mikes Diensttelefon klingelte. »Die Jungs von der Internetabteilung«, verkündete dieser mit einem Blick auf das Display, hob ab und schaltete gleichzeitig den Lautsprecher ein.

»Hauptkommissar Köstner am Apparat«, meldete er sich förmlich.

»Hallo, hier ist Janik«, antwortete der Kollege, den Mike nur flüchtig kannte. Nachdem Mike darauf hingewiesen hatte, dass sein Partner und sein Chef ebenfalls mithörten, begann der Mann zu erzählen. »Wir konnten die Gegend, in der der vermutlich als Server genutzte Computer steht, über die Webseite des Spiels lokalisieren.«

»Wo ist es?«, fragte Mike und spürte, wie sein Puls schneller wurde.

»Wahrscheinlich auf dem Gelände einer Altmetall verarbeitenden Fabrik. Ich habe Ihnen gerade eine E-Mail mit der genauen Adresse geschickt.«

»Sehr gut«, stellte Mike fest, hakte aber auch gleich nach. »Was heißt ›wahrscheinlich‹? Habt ihr den Anschluss oder nicht?«

Der Mann auf der anderen Seite der Leitung schien kurz nach einer Formulierung zu suchen, dann sagte er: »So einfach ist das nicht. Gerade in Industriegebieten kommt einiges an Leitungen zusammen, und diese werden dann oft erst in den Firmennetzwerken weiterverzweigt.«

»Verstehe. Könnt ihr euch dort umsehen? Wir wüssten gar nicht, nach was wir suchen sollten«, antwortete Mike. Und als der Mann zustimmte, bedankte und verabschiedete er sich.

Anschließend öffnete Mike die besagte E-Mail und las die Adresse vor.

»Das ist wieder in der Gegend«, stellte Karl mit einem Blick auf die Karte fest und dachte kurz nach. »Vielleicht sollten wir diesen Archäologen aus Erlangen fragen, ob er uns einen Plan aller ihm bekannter Höhlen in dieser Gegend erstellen kann?«

Peter sah noch einmal zu der Karte an der Tafel und stimmte zu. »Gute Idee, ich werde mich darum kümmern.«

»Und ich werde versuchen, ein wenig Ordnung in unsere bisherigen Erkenntnisse zu bringen«, stellte Mike fest. Karl nickte und ging mit den Worten »Alles klar. Meldet euch bitte noch einmal, bevor ihr später Feierabend macht« zur Tür und verließ den Raum.

# – 23 –

»Kassandra?«

Kassandra hörte, wie Sabrina ihren Namen leise durch die Dunkelheit rief, und zuckte zusammen. Obwohl sie sich fast sicher war, dass er das Verlies verlassen hatte, erwartete sie jeden Augenblick einen erneuten Peitschenhieb oder die widerlich kalten Hände auf ihrer Haut. Ihr Rücken brannte, als hätte jemand Säure darüber gekippt, und dort, wo er sie berührt hatte, fühlte sie sich beschmutzt.

In ihren Gedanken bauten sich Bilder auf, die sie zum Zittern brachten. Was, wenn er es das nächste Mal nicht dabei beließ, sie nur anzufassen? Was, wenn er zu Ende brachte, wonach ihm offenbar gewesen war? Trotz des leeren Magens und des brennenden Durstes spürte sie, wie sich ihr Magen erst zusammenzog und ihr dann bittere Galle in den Hals pumpte. Der trockene Würgereiz, zusammen mit dem Feuer in ihrem Rachen, war unerträglich, aber Kassandra schaffte es nicht, sich richtig zu übergeben, und heraus kam nur ein würgendes Husten, das ihren Körper einige Male erschütterte.

Wie durch einen Schleier hörte sie erneut Sabrinas Stimme, diesmal etwas näher. »Kassandra? Was hat er mit dir gemacht?«

Trotz ihres Zustandes hörte Kassandra am Klang von Sabrinas Stimme, dass es ihr nicht um sie ging, sondern nur darum, die Gefahr für sich selbst abschätzen zu können. Kassandras Stimme war angegriffen, trotzdem gelang es ihr, sie anzuzischen. »Nenn mich gefälligst ›Nummer zwei‹. Ich habe wegen euch schon genug abbekommen.«

»Ist ja gut, ist ja gut«, antwortete die Stimme. Und nach einer kurzen Pause: »Also gut … was hat er mit dir gemacht?«

Als Kassandra unter Tränen geschildert hatte, was passiert war, fiel Sabrina nichts Besseres ein, als festzustellen: »Na, Hauptsache, er hat dich nicht vergewaltigt.« Das erzeugte bei Kassandra erneut Tränen und sie fragte sich, wie man so drauf sein konnte.

»Bist du wirklich so kalt oder ist dir einfach alles scheißegal?«, erwiderte sie wütend.

Als hätte sie die Antwort schon gekannt, hörte sie Sabrinas falsches Lachen.

»Du bist einfach zu weich, Süße. Mit mir hätte er das nicht gemacht, da habe ich schon ganz andere zusammengefaltet.«

Kassandra konnte es nicht fassen und etwas fester fragte sie: »Sag mal, hast du noch nicht kapiert, was hier los ist? Verdrängst du irgendwie, in welcher Situation wir hier stecken? Dieser …«

»Wotan«, mischte sich jetzt auch Nina in das Gespräch mit ein.

»Richtig«, sagte Kassandra. »Dieser Wotan hat uns komplett in seiner Hand. Er kann mit uns machen, was er will. Und so, wie er sich gerade verhalten hat, wird er das wohl auch tun. Der Typ ist völlig durchgeknallt, und du hast nichts Besseres zu sagen als«, Kassandras Stimme äffte nun die von Sabrina nach, »›mit mir hätte er das nicht gemacht‹.«

Für einige Sekunden herrschte wieder diese erdrückende Stille, dann meldete sich Nina zu Wort. »Habt ihr eigentlich eine Ahnung, was er überhaupt von uns will? Ich kann mir nicht vorstellen, dass er uns nur zufällig ausgewählt hat.« Sie machte eine kurze Pause. »Kassandra, wie ist es bei dir? Hat jemand einen Grund, ausgerechnet dich zu entführen?«

Kassandra hatte bereits in den ersten Stunden ihrer Gefangenschaft darüber nachgedacht, doch bevor sie antwortete, bat sie noch einmal: »Bitte sprich mich mit ›Nummer zwei‹ an, diese Peitschenhiebe sind kein Spaß.« Erst als Nina zustimmte, redete sie weiter. »Die ganze Sache kann eigentlich nur mit meiner Mutter zu tun haben. Ich bin mir jedenfalls sicher, dass ich den Mann vorher noch nie gesehen habe. Also entweder wegen ihr oder es war doch Zufall.«

»Wieso wegen deiner Mutter?«, fragte Nina verwundert und schob sich ein Stück näher in Richtung Kassandras Zelle.

»Sie ist Richterin und hat dadurch bestimmt viele Feinde«, lautete die knappe Antwort.

»Ach du Scheiße, das hat mir gerade noch gefehlt. Die Tochter einer Richterin«, stieß Sabrina verächtlich irgendwo rechts von ihr aus.

Kassandra ignorierte diese Aussage einfach. »Nummer drei, hast du eine Ahnung, warum ihr hier sein könntet?«

»Nicht wirklich«, antwortete Nina. »Allerdings haben wir in den letzten Jahren so vielen Leuten in den Arsch getreten, dass es sicherlich vielen gefallen würde, uns hier zu sehen.«

»Bullshit«, mischte sich Sabrina empfindlich laut ein. »Keiner von denen hätte auch nur annähernd den Arsch in der Hose, so etwas durchzuziehen. Irgendwie kommt mir dieser Wotan auch bekannt vor, aber mir fällt nicht ein, woher.« Sabrina machte eine kurze Pause. »Ist aber auch egal. Wenn er wieder zu einer von uns in die Zelle kommt, müssen wir auf jeden Fall versuchen, ihn zu überwältigen. Ich habe keine Lust, hier das Opferlamm zu spielen.«

Am liebsten wäre Wotan, der das ganze Gespräch mitgehört hatte, zurück in das Gewölbe gegangen und hätte dieser

Schlampe gezeigt, wie viel ihr Leben noch wert war, aber er hatte anderes zu tun. Es dauerte einige Minuten, bis er es schaffte, alles andere auszublenden und sich auf das Wesentliche zu konzentrieren, dann setzte er sich an seinen Computer und kontrollierte die Zugriffszahlen auf seine Website. Offensichtlich hatte seine Drohung, Nummer zwei umzubringen, gewirkt, da er keinerlei Manipulation vonseiten der Polizei erkennen konnte. Natürlich gab es einige Versuche, seinen Hauptserver zu orten, aber das war nebensächlich, da man ihn nicht finden würde. Er hatte lange und oft genug auf dem Firmengelände der Metallverarbeitungsfirma zu tun gehabt, um das Gerät so zu platzieren, dass man es nicht fand. Sie konnten drumherum gehen, sich daraufstellen und würden trotzdem nie darauf kommen, dass in der doppelten Wand ein Computer seine Arbeit tat.

Wotan klickte seine Seite weg, auf der der Countdown bis zum richtigen Beginn des Spieles gerade auf zwanzig Stunden gesprungen war, und öffnete stattdessen die Internetseite der Einwanderungsbehörde. Nach wenigen Eingaben hatte er es auf die geschützten Seiten der Führungsetage geschafft und stellte erleichtert fest, dass sich am Termin der Weihnachtsfeier für die Führungskräfte nichts geändert hatte. Wenn alles nach Plan lief, würde Freitag, kurz vor 12 Uhr mittags, das Spiel ein Ende finden und der Öffentlichkeit zeigen, was sie von diesem System zu halten hatte. Für ihn selbst würde es nur ein kurzer Augenblick des Triumphs werden, aber diesen Preis zahlte er gerne.

# – 24 –

Es war bereits später Mittwochnachmittag, als die Bürotür aufging und Kommissarin Köbler ihre beiden neuen Kollegen aus einer Unterhaltung riss. In der linken Hand ein Käsebrötchen und in der rechten eine dünne Akte, schloss sie die Tür mit dem Fuß und winkte ihnen mit der Akte zu.

»Hallo, Natalie. Hast du etwas gefunden?«, begrüßte Mike sie und betonte dabei ganz bewusst ihren Vornamen, um Peter zu ärgern.

Natalie schluckte den aktuellen Bissen herunter, bevor sie antwortete. »Habe ich. Zuerst war ich etwas verzweifelt. Ich wusste überhaupt nicht, wie viele Fälle unsere Richter im Jahr zu verhandeln haben. Da Sie … äh … du mir jedoch gesagt hast, dass diese Sache mit Nina Krause schon eine Weile zurückliegt, habe ich von hinten angefangen. Und tatsächlich war es Richterin Magwarts erster Fall, nachdem sie vom Familien- zum Strafgericht gewechselt hatte.«

»Und um was ging es bei der Verhandlung?«, fragte Peter.

Doch bevor er eine Antwort bekam, legte sie die Akte weg, reichte ihm die Hand und sagte: »Natürlich können auch wir zum Du wechseln. Ich bin Natalie.«

Peter konnte sich das Lächeln nicht verkneifen: »Und ich Peter.«

»Wenn ihr dann fertig seid, wüsste auch ich gerne, was das für ein Fall war«, drängte Mike, worauf Natalie die Akte aufschlug: »Es ging um eine Vergewaltigung. Ein gewisser Wotan Döring hat in der Damentoilette der Ausländerbehörde die noch minderjährige Sabrina Cricic vergewaltigt. Ihre kroatischen Eltern waren gerade bei einem Sachbearbeiter und die damals Vierzehnjährige musste in einem anderen Bereich warten, als es passierte.«

»Und was hat Nina Krause damit zu tun?«, hakte Mike nach, dem es wieder einmal nicht schnell genug gehen konnte.

Offensichtlich kannte Natalie bereits den gesamten Inhalt der Akte, da sie nicht einmal nachsehen musste. »Nina Krause hatte ihre Freundin mit zu der Behörde begleitet und hat gegen Wotan Döring ausgesagt. Obwohl auch sie noch minderjährig war, führte alleine ihre Aussage dazu, dass Wotan Döring zu fünf Jahren Haft verurteilt wurde.« Die Kommissarin trank einen Schluck, schlug dann doch den Pappdeckel auf und nahm das oben liegende Blatt heraus. Anschließend ging sie zu Mike und gab es ihm.

»Was soll ich damit?«, fragte er und warf einen Blick darauf.

»Das ist das Inhaltsverzeichnis über alle Unterlagen, die eigentlich in dieser Akte sein sollten.« Nun nahm sie die restlichen Blätter heraus und breitete diese auf ihrem noch leeren Schreibtisch aus. »Vergleich bitte das Inhaltsverzeichnis mit diesen Unterlagen«, bat sie Mike. Der runzelte zwar die Stirn, tat aber trotzdem, worum seine Kollegin gebeten hatte.

»Da fehlen zwei Gesprächsprotokolle und ein Vernehmungsprotokoll«, stellte Mike nach der Durchsicht fest.

»Seid ihr sicher?«, fragte Peter zweifelnd und warf selbst einen Blick auf die Blätter.

Mike nickte, dachte kurz nach und beschloss: »Egal jetzt, darum kümmern wir uns später. Sabrina Cricic und Wotan Döring sind gerade wichtiger. Wenn das unser Entführer ist, haben wir endlich eine aussichtsreiche Spur. Mal sehen, was der Computer über die beiden hergibt. Peter, du suchst nach Sabrina, ich nach Wotan.«

»Und ich?«, fragte Natalie. Da es vor dem Fenster bereits dunkel geworden war, sah Mike erst auf die Uhr, dann zu seiner Kollegin: »Hast du noch etwas Zeit?«, und als sie nickte: »Kannst du auf dem Nachhauseweg noch einmal am Gericht vorbeifahren und den für die Akten zuständigen Mitarbeiter fragen, wie es sein kann, dass etwas fehlt? Und vielleicht könnt ihr einen Blick in die Akten, die das Jahr der Tat betreffen, werfen. Vielleicht wurde da nur etwas falsch eingeordnet. Ich habe keine Lust, Richterin Magwart damit zu konfrontieren, und dann stellt sich alles nur als Irrtum oder Schlamperei heraus.«

»Mach ich, kein Problem. Auf mich wartet sowieso keiner zu Hause und das Fitnessstudio hat die ganze Nacht offen.« Dann zog sie sich ihre Jacke über, ging zur Tür und fragte in Mikes Richtung: »Soll ich dich später noch anrufen oder reicht es morgen früh?«

»Es reicht morgen früh. Wir machen auch bald Schluss«, antwortete Mike und begann, Wotan Dörings Namen in das Computerprogramm zu tippen.

»Alles klar. Dann einen schönen Abend«, verabschiedete sich Natalie, aber ihre neuen Kollegen waren schon viel zu vertieft, um es noch wahrzunehmen.

Peter hatte als Erster etwas gefunden. »Wann war diese Verhandlung?«, fragte er über seinen Monitor hinweg.

»2007«, antwortete Mike und blickte erst auf, als Peter sagte: »Also irgendetwas ist an der Sache faul.«

Nun, da Peter sich sicher war, dass sein Partner zuhörte, fuhr er fort. »Eine Woche, nachdem dieser Wotan verurteilt worden war, erhielt Familie Cricic eine unbefristete Aufenthaltserlaubnis.«

»Und was ist so merkwürdig daran?«

»Sie hatten damals weder einen festen Wohnsitz, noch konnten sie einen Arbeitsplatz nachweisen. Also, wenn du mich fragst, hat da jemand mit Einfluss nachgeholfen.«

Im selben Augenblick öffnete sich die Akte von Wotan Döring auf Mikes PC und lenkte seine Aufmerksamkeit darauf. »Da ist ja unser Freund …«, murmelte er mehr zu sich selbst, was aber Peter dazu veranlasste, um den Schreibtisch herumzukommen und sich hinter ihn zu stellen.

»So, wie es aussieht, haben wir hier unseren Entführer vor uns. Döring wurde vor einem halben Jahr aus dem Gefängnis entlassen. Außerdem ist hier ein Eintrag, dass er letzte Woche nicht bei seinem Bewährungshelfer erschienen ist.« Beide Kommissare starrten wie gebannt auf den Bildschirm, wo ihnen ein eigentlich nicht unsympathischer Mann entgegenblickte.

»Haben wir einen Wohnort?«, fragte Peter, worauf Mike einige Tasten drückte.

»Ja, haben wir. Es ist in der Nähe des Hafens, am Kanal.«

Ohne Absprache griffen sich beide ihre Jacken und verließen, nachdem Mike kurz Karl Bescheid gesagt hatte, das Büro. Nach dem falschen Einsatz an der Kongresshalle und da sie sich ziemlich sicher waren, dass Wotan Döring sich nicht in seiner Wohnung befand, verzichteten sie dieses Mal auf Verstärkung und fuhren allein zu der angegebenen Adresse.

Zwanzig Minuten später bog Peter in die Zielstraße ein und sah sich verwundert um. Weit und breit war kein einziges Wohnhaus zu sehen, stattdessen reihte sich eine Vielzahl der unterschiedlichsten Firmen aneinander. »Welche Nummer?«

Mike sah auf sein Handy. »Nummer dreiundvierzig.«

»Das hier war gerade die Einunddreißig, allerdings wüsste ich nicht, wo man hier wohnen sollte. Das sind alles Firmen.«

Weiter kam Peter nicht, da Mike nach vorne zeigte. »Da ist es.« Tatsächlich prangte eine übergroße, aus Stahlrohren zusammengeschweißte 43 auf dem Schiebetor, hinter dem sich Berge aus verschrotteten Autos auftürmten.

»Ein Schrottplatz«, stellte Peter unnötigerweise fest und stellte das Auto am Straßenrand ab. Da es bereits nach 18 Uhr war, brannte in fast keiner der umliegenden Firmen noch Licht, und auch der Zugang zu dem Schrottplatz war nur mäßig beleuchtet. Beide Kommissare bewaffneten sich mit einer Taschenlampe und gingen langsam auf das mit Rost behaftete Schiebetor zu. Peter zog daran und sah dann, als es sich nicht rührte, unschlüssig zu Mike.

»Hier ist eine Klingel«, stellte dieser fest, ließ den Schein seiner Lampe aber erst über den einsehbaren Teil des Schrottplatzes gleiten. Da dort nichts zu erkennen war, drückte er auf den Knopf und wartete ab, was passieren würde.

»Hier ist bestimmt niemand mehr«, meinte Peter pessimistisch, als sich einige Sekunden lang nichts rührte. Aber Mike, der das Gelände weiter im Blick hatte, wusste es besser. »Stimmt nicht.«

Tatsächlich war nun in der hintersten Ecke ein Lichtschein zu erkennen, der vorher nicht da gewesen war. Dann zeichnete sich die Silhouette eines Mannes zwischen zwei Schrottbergen ab, der langsam näher kam. Peter legte die Hand auf seine Waffe, zog sie aber nicht.

»Was wollen Sie? Ich habe schon geschlossen«, drang die Stimme eines offensichtlich ziemlich alten Mannes zu ihnen herüber, worauf Mike antwortete: »Wir sind von der Polizei und haben ein paar Fragen an Sie. Könnten Sie uns bitte hereinlassen?«

Bevor der Mann antwortete, kam er noch etwas näher. »Das könnte ja jeder behaupten, aber wenigstens klingen Sie nicht wie ein verdammter Russe.«

Mike leuchtete erst sich selbst mit der Taschenlampe ins Gesicht, dann auf seinen Dienstausweis, den er durch das Gitter hielt. »Hier, sehen Sie. Ich bin Hauptkommissar Köstner und das ist mein Kollege, Kommissar Groß. Es wäre wirklich wichtig.«

Nun kam der Mann bis auf eine Armlänge an das Tor heran, nahm Mike den Dienstausweis aus der Hand und hielt ihn ins Licht. Dann zog er einen großen Schlüsselbund aus der Bauchtasche seiner ehemals blauen Arbeitshose und gab ihm den Ausweis mit den Worten zurück: »Bitte entschuldigen Sie meine Begrüßung, aber in letzter Zeit treibt sich hier nachts ein Haufen Gesindel herum. Erst vor zwei Tagen wollten mir drei osteuropäische Männer meine Tageskasse abnehmen.« Jetzt grinste der Mann. »Bekommen haben sie allerdings nur ein Stahlrohr auf den Kopf.« Ohne auf eine Reaktion zu warten, wandte sich der Mann ab, ging zu einer schweren Kette und öffnete das große Vorhängeschloss. Dann schob er das Tor gerade so weit auf, dass Mike und Peter eintreten konnten, und verschloss es wieder sorgfältig.

Sich die Hände reibend sagte er zu den Kommissaren: »Kommen Sie mit hinter in mein Haus, es wird abends schon verdammt frisch.«

»Wie heißen Sie eigentlich?«, fragte Peter, während sie im Slalom um einige Schrotthaufen auf ein kleines, flaches Haus zugingen.

Der Mann blieb stehen, drehte sich um und reichte Peter die Hand. »Oh, tut mir leid. Ich habe so viel mit Pack zu tun, dass ich inzwischen meine Manieren vergessen habe. Mein Name ist Baumgärtner, Georg Baumgärtner.«

Als auch Mike ihm die Hand gab, ertappte er sich wieder einmal dabei, dass er diesen Menschen aufgrund seines Äußeren falsch eingeschätzt hatte. Vor ihm stand ein Handwerker der alten Schule, der offensichtlich noch Werte hatte.

Inzwischen hatten sie das Haus erreicht und betraten die Privaträume. Die Einrichtung im Wohnzimmer des Schrotthändlers passte zu dem alten Mann und das Sofa aus den 70er-Jahren stellte sich als überraschend bequem heraus.

»Möchten Sie etwas trinken?«

Da die Frage nicht nach einer Floskel klang, und man mit solchen Männern am besten bei einem Bier reden konnte, ließen sich Mike und Peter ein Radler geben. Doch bevor Mike den ersten Schluck nahm, fragte er: »Ist Wotan hier?«

Georg Baumgärtner, der sich gerade sein eigenes Glas einschenkte, hielt inne und sah Mike mit einem Gesichtsausdruck an, den keiner der beiden Kommissare deuten konnte. »Sagen Sie bitte nicht, der Junge hat Mist gebaut.«

»Wissen wir noch nicht, aber dazu später. Ist er hier?«, antwortete Mike.

»Schon einige Tage nicht mehr ...« In Georg Baumgärtners Stimme schwang eine Spur Traurigkeit mit. Dann füllte er den Rest seines Glases auf und prostete den Kommissaren zu. Diese nahmen ebenfalls ihre Gläser und tranken einen Schluck.

»Aus Ihrer Antwort schließe ich, dass Sie Wotan Döring kennen«, begann Mike das Gespräch.

Georg Baumgärtner nickte, stellte sein Glas ab und antwortete offen. »Ja. Er kam vor etwa einem halben Jahr zu mir und fragte nach einem Job. Sah damals fertig aus, der Junge. Erst wollte ich nicht, doch als er mir offen und ehrlich erzählt hatte, dass er gerade aus dem Gefängnis kam und endlich wieder ein normales Leben führen wollte, ließ ich mich auf eine Probezeit ein. Hinzu kam, dass er nur um eine Unterkunft und etwas Taschengeld bat.« Der Alte lehnte sich in seinem Sessel zurück und sah nachdenklich in den Raum, bevor er weitersprach. »Nun ja, was soll ich sagen. Ich finde, jeder sollte eine zweite Chance bekommen. Und Wotan war ein wirklich anständiger junger Mann, dem keine Arbeit zu viel war. Ich bin nicht mehr der Jüngste und konnte seine Hilfe gut gebrauchen, also blieb er …«, Baumgärtners Stimme wurde etwas leiser, »… bis Mitte letzter Woche.«

»Hat er sich verabschiedet oder war er einfach verschwunden?«, warf Peter ein.

Der Alte nahm noch einen Schluck, dann erst antwortete er. »Er sollte Wertstoffe rüber nach Hersbruck in eine Verwertungsanlage bringen und kam nicht wieder. Erst dachte ich, es ist etwas passiert. Eine Panne mit dem Wagen oder etwas anderes. Als er aber auch nach zwei Tagen noch nicht zurück war, war mir klar, dass er abgehauen sein musste.«

»Was für ein Wagen?« Mikes Puls ging etwas schneller. Das war eine Chance, ihn zu finden.

Georg Baumgärtner deutete an die Wand neben Mike, wo einige Fotos hingen. »Dieser da.« Das Bild zeigte einen älteren Kleintransporter, der vor dem Haus stand, in dem sie sich gerade befanden.

»Haben Sie das angezeigt?«, fragte Peter, doch der Alte schüttelte den Kopf.

»Nein. Ich hatte bis vorhin, als Sie vor meinem Tor standen, die Hoffnung, dass er doch noch zurückkommt. Ich konnte mir einfach nicht vorstellen, dass Wotan mir das Auto klaut. Er weiß doch, wie sehr ich darauf angewiesen bin.«

Georg Baumgärtner wollte noch weiterreden, aber Mike hatte schon sein Handy in der Hand und unterbrach ihn mit einer Handbewegung. »Haben Sie das Kennzeichen im Kopf?« Der Alte bestätigte die Frage mit einem Nicken, worauf Mike die Nummer des Präsidiums wählte und sich das Kennzeichen sagen ließ.

»Was hat er denn angestellt?«, fragte der Alte kraftlos, als Mike das Telefon wieder weggesteckt hatte. Mike dachte einen Augenblick darüber nach, wie viel er erzählen konnte.

»Vielleicht eine Entführung, aber wir sind uns noch nicht ganz sicher.«

»Scheiße«, stieß der Alte aus, und Mike fragte weiter. »Können wir sein Zimmer sehen, oder wo hat er gewohnt?«

Georg Baumgärtner erhob sich mühevoll und antwortete: »Im Anbau. Der Zugang ist draußen.«

Alle drei umrundeten den Flachbau und kamen auf der Rückseite zu etwas, das wie eine Garage aussah. Der Alte zog erneut den Schlüsselbund aus der Tasche und wollte schon aufschließen, als Mike ihn zurückhielt. Die beiden Kommissare streiften ihre dünnen Gummihandschuhe über, dann fragte Mike: »Darf ich?«, und nahm Baumgärtner den Schlüssel aus der Hand.

Als er aufgeschlossen und von außen einen ersten Blick in das einzige Zimmer geworfen hatte, drehte sich Mike noch einmal um. »Können Sie bitte hier warten?« Da er die Frage als Anweisung betont hatte, wartete er auf keine Antwort, schaltete das Licht ein und trat hinein. Obwohl sich auch Peter ziemlich sicher war, hier niemanden anzutreffen, hatte er seine Waffe gezogen, hielt sie aber nach unten.

Schon auf den ersten Blick fiel es schwer zu glauben, dass hier ein junger Mann alleine gewohnt haben sollte. Alles war ordentlich und sauber und sogar die Decke auf dem Bett im hinteren Teil des Raumes war akkurat zusammengelegt. Es gab nur zwei Orte, wo man so etwas lernte: bei der Bundeswehr oder im Gefängnis.

Mike, der seine Waffe nicht gezogen hatte, überließ es Peter, im Badezimmer nachzusehen, aber auch das war leer.

»War er immer so ordentlich, oder hat das mit seinem Verschwinden zu tun?«, rief Mike nach vorne zur Tür, wo immer noch der Alte stand und ihnen zuschaute.

»Immer. Sie sollten mal seinen Arbeitsplatz in meiner Werkstatt sehen, dort würde sich ein Blinder zurechtfinden«, lautete die Antwort, die Mike schon erwartet hatte. Es war fast typisch für solche Menschen. Nach außen präsentierten sie sich absolut aufgeräumt und in ihrem Inneren herrschte Chaos.

Peter war inzwischen zu dem einzigen Schrank gegangen und hatte die beiden Türen geöffnet, als er »Bingo« ausrief. Mike trat neben ihn und blickte in die Gesichter der drei Frauen, die jetzt irgendwo in einem Rattenloch saßen. Die Fotos waren allesamt heimlich aufgenommen worden, was die ungewöhnlichen Blickwinkel zeigten. Offenbar war ihnen dieser Wotan schon vorher näher gekommen, als die drei Opfer ahnen konnten. Mike vermutete, dass er die Kamera bei der Entstehung der Fotos so in der Hand gehalten hatte, als würde er sie einfach nur tragen. Alle Fotos zeigten die Frauen in Alltagssituationen und immer war er kaum mehr als eine Armlänge von ihnen entfernt gewesen.

»Das war lange geplant«, stellte Peter fest, und Mike ergänzte: »Auch, dass wir das hier finden. Er will uns seine Überlegenheit demonstrieren. Lass uns die Spurensicherung anrufen, auch wenn ich mir sicher bin, dass die nichts finden werden, was auf den Ort der Entführung hinweist. Vielleicht hat er doch irgendwo einen Fehler gemacht.«

Die beiden suchten den Raum noch einmal flüchtig ab, erklärten Georg Baumgärtner, dass noch ein paar mehr Polizisten auftauchen würden und er sich von der Wohnung fernhalten solle. Darauf verließen sie das Grundstück. Am Tor fragte der Schrotthändler: »Bekomme ich mein Fahrzeug zurück, falls Sie es finden? Ohne den Transporter kann ich meinen Laden dichtmachen, und für was Neues habe ich kein Geld.«

»Falls wir ihn finden, muss er zwar noch untersucht werden, aber danach bekommen Sie ihn sicher zurück«, beruhigte ihn Mike und verabschiedete sich.

»Und jetzt?«, fragte Peter mit müden Augen, als sie wieder im Auto saßen.

Mike dachte einen Augenblick nach, machte dann eine Handbewegung in Richtung Straße und verkündete: »Feierabend. Die Fahndungen sind mit höchster Dringlichkeitsstufe draußen. Und wenn das, was unsere neue Kollegin herausgefunden hat, stimmt, haben wir morgen früh ein Gespräch mit der Richterin.« Dann zündete er sich eine Zigarette an. »Kannst du mich zu Hause absetzen?«

»Kein Bier mehr?«, warf Peter ein.

»Heute nicht. Wir sollten uns mal wieder ein bisschen um unsere eigenen Frauen kümmern.«

Nachdem Peter seinen Partner vor dessen Haus abgesetzt hatte, fuhr er um die nächste Häuserecke, ließ den Motor ausgehen und schloss die Augen. Nach einigen Minuten schlug er wütend gegen das Lenkrad, öffnete die kleine Packung mit den Kapseln und quälte sich das Medikament hinunter, ohne etwas zu trinken. Anschließend fuhr er zu einem abgelegenen Parkplatz am Rande eines Waldes, stieg aus und lief die halbe Nacht durch die Dunkelheit.

# – 25 –

Wotan saß lange in seinem Schrein und betrachtete die Fotos an der Wand. Mit jedem Juckanfall seines Afters stieg der Hass ein Stück höher.

Als es damals sicher gewesen war, dass man ihn ins Gefängnis stecken würde und sich die Wut etwas gelegt hatte, hatte er noch versuchen wollen, das Beste daraus zu machen. Er war jung und naiv, dachte, die anderen Häftlinge würden ihm glauben. Entgegen dem Rat seines Zimmergenossen redete er damals über das, was er angeblich getan haben sollte, und dann ging es los. Für einen normalen, gutbürgerlich aufgewachsenen Jungen, der er damals war, kam es einem Weltenwechsel gleich. Am schlimmsten waren zwei Hells Angels, die draußen selbst Töchter hatten. Die beiden hatten ihn zwar nie vergewaltigt, aber ständig dafür gesorgt, dass einige andere Männer ihren Spaß mit ihm hatten. Am extremsten war der Tag kurz vor seiner Haftentlassung, als man ihm noch einmal klarmachen wollte, dass er zukünftig die Hände von kleinen Mädchen lassen sollte. Mit gleich drei vorgetäuschten Krankheitsfällen sorgten sie dafür, dass alle Wärter beschäftigt waren. Dann holten sie zum Doppelschlag aus. Seinem Mithäftling, einem 70-jährigen Nazi, der seine Ideologie nie abgelegt hatte, flößten sie mit Batteriesäure gefüllte Kondome mit winzigen Löchern ein, die sie aus der Autowerkstatt der Anstalt geschmuggelt hatten. An ihm selbst machten sie einen Test, was der menschliche Darm alles aufnehmen konnte. Sein Schließmuskel erreichte die Grenze seiner Dehnbarkeit erst, als sie eine der großen Klobürsten nahmen, was erst zum Reißen des Muskels und dann zu einer Entzündung führte, an der er fast gestorben wäre. Die Folge dieser Aktion war ein permanentes Jucken, das nur dadurch kurz gelindert wurde, wenn er sich am Arsch kratzte, was ihm nach seiner Entlassung natürlich jede Menge Hohn und Spott einbrachte. Dass der alte Nazi gestorben war, erfuhr er erst später. Wotan hatte den Alten für seine Unbelehrbarkeit gehasst, aber in ihm einen verlässlichen Freund gefunden, der ihm seine Unschuld glaubte. Zusammen schmiedeten sie Pläne, wie man das System bekämpfen und das Unrecht an Wotan rächen könnte. Ohne lange nachzudenken, nannte ihm der Alte diesen Stollen als idealen Ort für das, was er vorhatte. Sein Vater hatte ihn als Kind oft mitgenommen, als die zumeist jüdischen Zwangsarbeiter dorthin gebracht wurden, und er kannte jeden Winkel in dem System aus Gängen und Hallen.

Das wütende Schreien von Nummer eins, die etwas zu trinken wollte, riss ihn aus seinen Gedanken. Er warf einen Blick auf den Laptop, der das verwaschene Bild der Nachtsichtkamera, die er in dem Gewölbe angebracht hatte, zeigte. Alle drei Käfige waren geschlossen und nur Nummer eins lief trotz der völligen Dunkelheit wie ein Wolf immer hin und her.

Als er sich sicher war, dass alle drei Frauen sicher weggesperrt waren, wandte er sich ab und folgte dem Kabel, mit dem er vom Eingangsbereich Strom abzapfte. Da er sicher sein wollte, dass morgen, bei Beginn des Spieles, alles in Ordnung war, musste er noch einmal hinaus, um die Antenne für die Internetverbindung zu kontrollieren. Für den Hauptserver wäre die drahtlose Übertragung zu langsam gewesen, aber zur

Übermittlung seiner Filme an den versteckten Rechner auf dem Firmengelände reichte es.

Wotan folgte der dunklen Röhre, in der sich roher Stein mit bereits verschalten Wänden abwechselte. Er passierte einige Seitengänge, von denen er wusste, dass sie nirgendwo hinführten, bog dann in einen größeren Stollen ab und folgte diesem bis zu der schweren Stahltür. Als er begonnen hatte, seinen Plan in die Tat umzusetzen, wäre er fast an dieser Tür gescheitert. Natürlich wäre es kein Problem gewesen, sie einfach aufzubrechen, aber hätte sie dann jemand kontrolliert, wäre er sofort aufgeflogen – oder man hätte ihn im schlimmsten Fall sogar hier unten eingesperrt. Wochenlang hatte er den Berg erkundet und war nur durch einen Zufall auf die kleinere Klappe, einige Meter von der Tür entfernt und versteckt hinter einigen Büschen, gestoßen. Natürlich war auch dieser Zugang verschlossen, aber mit den Werkzeugen vom Schrottplatz stellte das kein wirkliches Problem dar.

Mit einem prüfenden Blick, ob das Stromkabel immer noch unsichtbar im Boden verborgen lag, ging er am eigentlichen Eingang vorbei, bog in die kleine Ausbuchtung ein und stand schließlich vor der Klappe, die nun mit seinem Schloss gesichert war.

Der kalte Luftstrom, der sofort nach dem Öffnen einsetzte, jagte ihm einen Schauer über den Rücken, doch er genoss die frische Luft. Vorsichtig schob er seinen Kopf hinaus ins Freie und sah sich um. Außer ein paar Tiergeräuschen war nichts zu hören. Er zog die Klappe ganz auf und stieg hinaus. Abgesehen von ein paar weit entfernten Lichtern der nächsten Ortschaft herrschte absolute Dunkelheit in dem Wald um ihn herum. Nachdem er noch einige Sekunden lang in die Nacht gelauscht hatte, umrundete er den Felsen und folgte einem schmalen Wanderpfad, der ihn bis in die Nähe des Lüftungsschachtes brachte. Seine Taschenlampe benutzte er nur auf den letzten

Metern und auch dann nur kurz und abgedunkelt. Die kleine Felsformation, in deren Mitte man gut getarnt die Öffnung des Lüftungsschachtes durchgebrochen hatte, war nicht ganz einfach zu finden. Und obwohl er schon einige Male hier oben gewesen war, lief er zunächst daran vorbei.

Nach einigen Minuten des Umherirrens erkannte er endlich einen markant geformten Baum wieder und kurz darauf stand er genau über dem mit einem Gitter verschlossenen Loch im Fels. Nach einigem Tasten fand er das dünne Kabel seiner Antenne und folgte ihr bis zum nächsten Baum. Tatsächlich, wie er vermutet hatte, war das kleine viereckige Kästchen, in dem das eigentliche Empfangsteil untergebracht war, ein Stück abgerutscht. Es half nichts, er würde auf den Baum hinaufmüssen. Statt der großen kam nun eine kleinere Stabtaschenlampe zum Einsatz, die er sich zwischen die Zähne steckte. Anschließend begann er von Ast zu Ast mit dem Aufstieg. Ohne Probleme erreichte er das Kästchen, stieg noch zwei Meter höher und befestigte es an einem größeren Ast. Als er sich sicher war, dass es diesmal halten würde und auch die Höhe stimmte, tastete sich sein Fuß vorsichtig nach unten. Doch bevor er mit dem Abstieg begann, ließ er seinen Blick über die umliegende Landschaft streifen und blieb an einem immer wieder blau aufleuchtenden Licht unten im Tal hängen. Nicht das Blaulicht an sich machte ihn nervös, sondern die Tatsache, dass es sich nicht bewegte. Und als er genauer hinsah, stellte er fest, dass es sogar zwei Polizeiwagen waren, die offenbar eine Straßensperre bildeten. Wenn das ihm galt, waren sie ihm bereits ziemlich nahe gekommen, und der Freund dieser Reporterin war besser, als er dachte.

Zügig, aber mit der nötigen Vorsicht stieg er von dem Baum herunter und schaffte es gerade noch vor dem einsetzenden Schneefall, zurück in den Stollen zu gelangen.

# – 26 –

Als Mike am Donnerstagmorgen die Augen aufschlug und Jennis nackten Rücken vor sich sah, wusste er nicht so recht, ob es ihm gefallen würde, immer so aufzuwachen. Nach dem Vorfall in dem Dunkelcafé hatten sie beschlossen, dass Jenni so lange bei ihm blieb, bis der Fall abgeschlossen war, da sich keiner sicher sein konnte, dass dieser Typ sie nur zufällig ausgesucht hatte. Noch eine weitere Katastrophe mit einer ihm nahestehenden Person würde Mike nicht wegstecken können. Das, was er mit seiner richtigen Familie hatte durchmachen müssen, war schon mehr als genug für ein einzelnes Leben.

Mit noch trübem Blick schielte Mike auf den Wecker und stellte fest, dass er eine halbe Stunde zu früh aufgewacht war, was vermutlich daran lag, dass er am Vorabend nichts getrunken hatte. In der Hoffnung, dass sie nicht böse sein würde, strich er Jenni sanft über den Rücken, was einen leisen Seufzer auslöste, den sie noch im Schlaf von sich gab. Mike stützte sich auf seinen Ellbogen und betrachtete erst ihr im Schlaf lächelndes Gesicht, dann ihren halb aufgedeckten Busen. Wieder strich er ihr behutsam über den Rücken, diesmal stoppte er allerdings nicht und ließ auch die Rundungen ihres Hinterns nicht aus. Ohne wirklich wach zu sein, schob sie ihr Becken etwas nach hinten, was ihn dazu ermutigte, das Ganze zu wiederholen und sie dabei noch etwas mehr zu reizen.

»Komm her.«

Es war weniger als ein Flüstern, doch Mike verstand es. Nun fuhr er mit seiner Hand vorsichtig über ihren Beckenknochen nach vorne und schob sich gleichzeitig dichter an sie heran.

»Heute ohne Handschellen?«, fragte er leise und nicht ernst gemeint, in Erinnerung an seinen Geburtstag vor einigen Tagen. Jenni huschte ein Lächeln über das Gesicht, und statt einer Antwort machte sie eine kleine Bewegung, die ihn dahin brachte, wo sie ihn schon erwartete.

Beide ließen es langsam angehen, und erst als der Wecker sie erbarmungslos an die Zeit erinnerte, gaben sie sich völlig ihrer Lust hin.

Schon während der anschließenden Dusche holten Mike die Gedanken an seinen Fall wieder in die Realität zurück. Heute war der Tag, an dem das Spiel beginnen sollte, und sie hatten immer noch keinen Anhaltspunkt, wo dieser Wotan Döring die Frauen gefangen halten könnte. Da der Entführer auch keine konkrete Zeitangabe gemacht hatte, wussten sie noch nicht einmal, wie lange ihnen noch blieb, um ihn zu finden.

Als Mike aus dem Badezimmer kam, war Jenni bereits fertig angezogen und hatte nur noch auf ihn gewartet, um sich zu verabschieden. Mit einem vielsagenden Lächeln fragte sie: »Wann kommst du denn heute Abend heim?«

Mike lag einiges auf den Lippen, trotzdem blieb er viel zu ernst. »Kann ich noch nicht sagen. Du weißt doch, dieser Irre beginnt heute mit seinem Spiel und wir müssen alles daransetzen, ihn vorher zu fassen.«

»Ach ja, die Scheiße. Mein Chef ist schon ganz aufgeregt und redet von nichts anderem als unseren tollen Besucherzahlen durch die Werbung dieses gestörten Typen. Ich würde fast wetten, dass, selbst wenn er die Wahrheit wüsste, die Quoten im Vordergrund ständen. War die Welt eigentlich schon immer so?«

»Ich habe auch den Eindruck, dass es immer schlimmer wird. Seit die Leute kaum noch miteinander reden, sondern nur noch ein paar Tasten gedrückt werden, häufen sich die Missverständnisse.« Mike machte eine kurze Pause. »Aber es ist, wie es ist. Mach dir einen schönen Tag und pass bitte auf dich auf.«

»Du auch«, antwortete Jenni, gab ihm einen Kuss und verließ die Wohnung.

Mike wollte gerade zurück ins Schlafzimmer, als sein Handy mit abwechselndem Klingeln und Vibrieren auf sich aufmerksam machte.

»Mike Köstner«, meldete er sich förmlich, da ihm die Nummer auf dem Display nichts sagte.

»Hi, Mike, hier ist Thomas, du erinnerst dich doch?«, begrüßte ihn eine fröhliche Stimme, die Mike nicht sofort zuordnen konnte. Dann fiel der Groschen.

»Thomas, was verschafft mir das Vergnügen? Wie geht es dir?«

»Mir geht es bestens. Keine Sorge, ich will nicht zurück in euer Team.«

Die Stimme am anderen Ende klang, als würde der Sprecher ernst meinen, was er sagte, daher ging Mike auf den Spaß seines früheren Kollegen ein.

»Könntest du auch nicht, wir nehmen schon lange nicht mehr jeden. Rufst du privat an oder brauchst du Informationen, die ich dir nicht geben darf?«

Mike wusste, dass Thomas aus dem Polizeidienst ausgetreten war, um eine eigene Detektei zu eröffnen. Allerdings wusste er auch, dass sein Ex-Kollege niemals etwas Derartiges verlangen würde, und so war es dann auch.

Thomas räusperte sich und klang nun deutlich ernster. »Wohl eher umgekehrt. Ich hätte etwas für dich, aber nur, wenn du es nicht offiziell verwendest.«

»Um was geht es?«, fragte Mike, der sich nicht vorstellen konnte, was das sein könnte.

»Du kennst Richterin Magwart?«, stellte Thomas fest.

»Stimmt, aber wie kommst du darauf?«, antwortete Mike verdutzt.

»Weil sie es gesagt hat und darüber hinaus erwähnte, dass sie eure Vorgehensweise in dem aktuellen Fall ziemlich nachlässig findet.«

Thomas' Worte waren schon verklungen, bis Mike das gerade Gehörte sortiert hatte und darauf eingehen konnte.

»Moment. Verstehe ich das richtig, dass die Richterin bei dir war und über den Entführungsfall gesprochen hat?«

»Nicht nur das. Sie möchte, dass ich ebenfalls ermittle.«

Mike glaubte, nicht richtig zu hören. »Und was hast du dazu gesagt?«, fragte er nach.

»Ich habe gesagt, dass ich es für fahrlässig halten und eine nicht mit euch abgesprochene Aktion das Leben ihrer Tochter und das der anderen beiden Frauen gefährden würde. Und wahrscheinlich hätte ich dich deswegen auch gar nicht angerufen, aber die Art, wie sie reagiert hat, fand ich ziemlich seltsam. Sie sagte, dass ihr die anderen beiden Frauen völlig egal seien und es ihr absolut reichen würde, wenn ich ihre Tochter freibekäme. Ich solle doch versuchen, mit dem Entführer in Kontakt zu treten und über Kassandras Freilassung zu verhandeln.«

Mike ahnte schon eine ganze Weile, dass hinter allem mehr steckte, aber langsam nahm es Dimensionen an, die gefährlich wurden.

»Bist du noch da?«, fragte Thomas, da Mike keinen Ton von sich gab.

»Ja«, sagte Mike. »Gut, dass du an mich gedacht hast und dich da heraushältst. Glaubst du, sie wird es noch bei einer anderen Detektei versuchen?«

»Schwer zu sagen«, meinte Thomas. »Ich habe versucht, ihr eindringlich klarzumachen, dass sie die Sache euch überlassen soll, aber so richtig überzeugt war sie nicht, glaube ich.«

Mike warf einen Blick auf die Uhr, und da er schon eine Viertelstunde zu spät dran war, kürzte er das Gespräch mit dem Versprechen ab, ein Bier auszugeben.

Als er das Haus verließ, stellte er fest, dass nun der Winter endgültig angekommen war. Eine dünne weiße Schneeschicht bedeckte all das Grau der letzten Wochen und sorgte dafür, dass der Weihnachtsschmuck in den Schaufenstern nicht mehr ganz so unpassend aussah. Während er den Weg zum Hauptpräsidium einschlug, schweiften seine Gedanken zu den drei Frauen, und er hoffte, dass es, wo immer sie auch waren, nicht zu kalt war.

»Alles klar?«, fragte Peter, als sein Partner mit todernstem Gesicht das Büro betrat.

»Nein, nicht alles klar. Aber bevor ich es zweimal erzähle, möchte ich Karl dazuholen.«

Die fragenden Gesichter von Peter und Natalie ignorierend griff er zum Telefonhörer und bat seinen Vorgesetzten, zu ihnen zu kommen. Die Zeit, bis Karl ohne anzuklopfen ins Büro trat, reichte noch nicht einmal, um sich eine Tasse Kaffee zu machen, dennoch ließ Mike die Tasse volllaufen und drehte sich erst danach um.

»Also, was gibt es so Wichtiges?« Karls Stimme klang wie immer ungeduldig.

Mike setzte sich auf die Kante seines Schreibtisches, nahm einen Schluck des heißen Getränkes und suchte nach einem Anfang für seine Geschichte. Anschließend stellte er die Tasse weg und begann: »Wir haben ein Problem.« Nun sah er Karl an, weil seine beiden Kollegen zumindest den Anfang schon kannten. »Du weißt doch, dass wir das Motiv für diese Entführung irgendwo in der Vergangenheit des Entführers vermuten.«

»Ja, wisst ihr inzwischen mehr darüber?«, warf Karl ein, worauf Mike bitter lächelte. »Wissen wir, und das ist das Problem. Denn offenbar liegt das Motiv nicht nur in der Vergangenheit des Täters, sondern hat unmittelbar etwas mit der Richterin zu tun.«

»Das haben wir doch auch schon vermutet«, stellte Karl wenig überrascht fest.

Mike nahm noch einen Schluck, dann ließ er die Bombe platzen. »Stimmt, aber jetzt haben wir allerlei Anhaltspunkte dafür, dass Richterin Magwart ganz genau weiß, was damals passiert ist. Ich bin mir zu neunundneunzig Prozent sicher, dass irgendetwas in ihrer Vergangenheit nicht so sauber ist, wie es bei einem Richter sein sollte.«

Bevor Mike weiterreden konnte, hob sein Vorgesetzter und Freund die Hand und sagte: »Ich bin mir zwar sicher, dass du weißt, wie dünn das Eis ist, auf dem du dich gerade bewegst, aber denk lieber noch einmal nach, bevor du weiterredest.«

»Nicht nötig«, antwortete Mike selbstbewusst. »Mir ist klar, dass es den Fall nicht einfacher macht, aber wir werden nicht drum herumkommen, die Richterin zu verhören.«

Karl gab sich geschlagen. »Also gut, was hast du für Informationen?«

»Angefangen hat es mit dem seltsam passiven Verhalten von Frau Magwart. Ihr Sohn wurde ermordet und ihre Tochter entführt. Ich an ihrer Stelle würde in so einer Situation ausrasten, nicht mehr klar denken können und Himmel und Hölle in Bewegung setzen, um dem Täter auf die Spur zu kommen. Doch inzwischen sind drei Tage vergangen und wir haben keinerlei Information von der Richterin erhalten. Sie macht keinerlei Anstalten, in ihren alten Fällen zu wühlen, um einen

Hinweis auf den Täter zu bekommen. Klar war sie betroffen, als sie die Filme sah, aber reicht das?«

Karl verstand zwar, auf was Mike hinauswollte, aber das reichte ihm noch nicht, daher fragte er nach. »Hast du auch Fakten?«

Mike nickte. »Habe ich. Natalie … ich meine Kollegin Köbler. Sie war gestern fleißig und hat etwas recherchiert. Es gab tatsächlich eine von Richterin Magwart geführte Verhandlung, in der die beiden anderen Frauen Opfer und Zeugin waren. Allerdings fehlen wichtige Unterlagen in der Gerichtsakte. Um genau zu sein: Es fehlen Gesprächsprotokolle.« Er machte eine kurze Pause, um seine Worte wirken zu lassen. »Aber das ist noch nicht alles. Heute Morgen hat mich Thomas Reking angerufen … du erinnerst dich an ihn?« Mike sah Karl fragend an, und als dieser nickte, sprach er weiter. »Thomas hatte gestern Abend Besuch von unserer Richterin, die ihn beauftragen wollte, ihre Tochter zu finden. Er nahm den Fall nicht an und wies sie darauf hin, dass sie damit das Leben der drei Frauen in Gefahr bringen würde.«

Mike sah in die ungläubigen Gesichter seiner Kollegen. »Ist nicht wahr«, stieß Peter hervor, doch Mike war noch immer nicht fertig.

»Es ist wahr und immer noch nicht alles. Frau Magwart sagte wortwörtlich zu ihm, dass es ihr nur um ihre Tochter ginge. Er solle versuchen, mit dem Entführer in Kontakt zu treten und ihre Tochter freizubekommen.«

Karl dachte einen Augenblick lang nach, dann sagte er entschlossen: »Ich werde die Richterin sofort herbestellen.«

Doch diesmal war es Mike, der eine beruhigende Geste machte.

»Sicher werden wir mit ihr reden müssen, aber wir dürfen Thomas da nicht mit reinziehen. Wenn herauskommt, dass er über seine Mandanten redet, kann er seinen Laden gleich wieder dichtmachen. Ich habe ihm hoch und heilig versprochen, dass wir diese Information nicht offiziell verwenden, daher würde ich vorschlagen, wir konfrontieren Frau Magwart zunächst nur mit der lückenhaften Akte.«

Bei jedem anderen Chef hätte Mike erst gar nicht über seine Informationen geredet, aber bei Karl war er sich sicher, dass der die Bedingungen akzeptieren würde. Tatsächlich verzog Karl zwar das Gesicht, stimmte aber zu. Dann griff er zum nächsten Telefon und ließ sich von seiner Sekretärin mit dem Anschluss der Familie Magwart verbinden.

Keiner der Anwesenden wusste, mit wem Karl die wenigen Worte wechselte, da jedoch sein Gesicht immer düsterer wurde, ahnten sie, dass etwas nicht in Ordnung war. Nach einem gepressten »Ja, danke« knallte der Chef der Mordkommission dann auch den Hörer auf das Telefon und stieß einen Fluch aus.

»Was ist?«, traute sich Peter zu fragen.

Es war mehr ein Knurren, trotzdem verstanden es die drei Kommissare. »Die Richterin hatte gestern am späten Abend einen Schwächeanfall, liegt jetzt im Krankenhaus und ist bis auf Weiteres nicht ansprechbar.«

»Können wir da nichts machen?«, erkundigte sich Natalie mutig, erntete dafür allerdings einen Blick, der sie sofort verstummen ließ.

Doch Karl besann sich. »Nein, können wir nicht. Wenn ein Arzt sagt, sie ist nicht ansprechbar, dann ist sie nicht ansprechbar.« Nun sah er die junge Kollegin wieder etwas freundlicher an. »Aber ich möchte, dass Sie in das städtische Krankenhaus fahren und dem Arzt klarmachen, dass wir dringendst eine Aussage von seiner Patientin benötigen … und lassen Sie sich nicht von denen hinhalten. Diese Weißkittel machen sich in aller Regel wichtiger, als sie sind.«

»Verstanden«, antwortete Natalie, nahm ihre Jacke und wollte gerade das Büro verlassen, wandte sich aber noch kurz an Mike. »Meine Suche im Gerichtsarchiv gestern Abend blieb übrigens erfolglos, die Unterlagen sind weg.«

»Danke«, antwortete Mike und sah ihr hinterher, wie sie das Büro verließ.

Für einige Sekunden herrschte Stille in dem Raum, dann fragte Mike: »Hat dieses Spiel eigentlich schon begonnen?«

»Nein, laut dem Countdown auf der Website fängt es heute Mittag um zwölf Uhr an«, antwortete Peter, worauf Mike beim Stichwort Webseite gleich die nächste Frage stellte.

»Und was ist mit diesem Firmengelände, von wo die Seite eingespeist wird?«

Diesmal konnte Karl, der mit allen Abteilungen in engem Kontakt stand, die Frage beantworten. »Auch nichts. Sie haben die Bude auf den Kopf gestellt, aber nichts gefunden. Unsere Fachleute sind allerdings der Meinung, dass, wenn dieser Typ ein gutes Verschleierungsprogramm benutzt, uns nur vorgemacht wird, der Server wäre dort. Die einzige Möglichkeit, dies sicher festzustellen, wäre es, den Strom abzuschalten, aber das könnte zur Folge haben, dass dieser Döring durchdreht und die Frauen umbringt.«

»Na toll«, stellte Mike frustriert fest. »Also haben wir so gut wie nichts, und wenn Döring sich nicht zeigt, werden wir ihn nicht kriegen.«

»Was wollt ihr jetzt machen?« Karl sah seine Leute etwas ratlos an.

»Wir werden uns mit der Familie von Nummer eins, dieser Sabrina Cricic, unterhalten. Die müsste ja eigentlich wissen, was damals in der Behörde vorgefallen ist.« Mike blickte in die reaktionslosen Gesichter von Karl und Peter und sagte dann fast schon entschuldigend: »Ich weiß, dass uns das vermutlich auch nicht näher an den Tatort bringt, aber diese Ungereimtheiten bezüglich der Richterin verraten uns vielleicht etwas über das

Motiv des Täters. Sollte es zu einer Verhandlung kommen, haben wir wenigstens genug Hintergrundwissen.«

Karl dachte über das gerade Gehörte nach und stimmte dann zu. Anschließend ging er zurück in sein Büro und seine beiden Kommissare machten sich auf den Weg zu Familie Cricic.

# – 27 –

Irgendwann hörte auch die letzte der drei Frauen auf zu schreien. Ihre trockenen Hälse schmerzten und der Hunger erzeugte eine Übelkeit, die sie bisher nicht gekannt hatten. Keine von ihnen hatte auch nur eine ungefähre Ahnung, welche Tageszeit gerade war, nur anhand ihrer Müdigkeit glaubten sie, dass es später Abend sein könnte.

Selbst Sabrina, die sich in der Vergangenheit nur selbst gespürt hatte, wenn ihr andere wehgetan hatten oder sie wieder einmal die Rasierklinge gegen sich selbst benutzte, die hinter der Tapete in ihrem Zimmer steckte, begann zu spüren, wie sich ihre Sinne veränderten. Durch die fast permanente Dunkelheit glaubte sie, inzwischen besser hören zu können, auch ihr Tastsinn war auf eigenartige Weise sensibler geworden. Schmerzen hatten ihr früher nur gezeigt, dass sie noch am Leben war, jetzt aber empfand sie Angst. Was sie aber am meisten erschreckte, war, dass sie sich die Frage nicht beantworten konnte, ob es gut oder schlecht war, dass sie dies alles fühlte. Auf der einen Seite kam sie sich lebendiger vor als die ganzen letzten Jahre, und doch bedeutete es gleichzeitig, verletzlich zu sein. Noch vor drei Tagen hätte dieser Wotan alles mit ihr machen können, es wäre ihr schlichtweg egal gewesen. Selbst wenn er sie umgebracht hätte, wäre nur die Hülle um einen bereits toten Kern gestorben. Doch die Ironie des Schicksals wollte anscheinend, dass sie genau hier, in einer Situation, die kaum schlimmer sein konnte, den göttlichen Funken in sich erkannte.

Nach ihrem letzten wütenden Schrei in Richtung der schweren Stahltür hatte sie sich auf ihre Liege zurückgezogen, den Kopf auf ihre angezogenen Knie gelegt und etwas in sich selbst erkannt, das schon so lange nicht mehr da gewesen war. Etwas, das sie inzwischen schlicht vergessen hatte. Wie durch die Schale einer überreifen Nuss brachen sich Gefühle Bahn, die beschämend und befreiend gleichermaßen waren. Dankbar für die vorherrschende Dunkelheit ließ sie es zu. Erst war es nur ein fühlbarer Schleier vor ihren Augen, dann endlich bildeten sich Tränen. Tränen, die mehr als nur salziges Wasser aus ihr herausbeförderten, denn jede einzelne von ihnen nahm ein Stückchen der harten Schale mit sich, die bisher ihre Seele eingeschlossen hatte. Wie man ohne auch nur einen Laut von sich zu geben weinte, hatte sie früh lernen müssen, und so weit, es herauszuschreien, war sie noch nicht.

Kassandra hatte sich ebenfalls zurückgezogen und versuchte, ein wenig zu schlafen, doch auch ihr Gedankenkarussell drehte sich viel zu schnell. Anders als bei Nummer eins begann sich bei ihr ein Panzer zu bilden. Ihre feine, viel zu verletzbare Seele schien Stück für Stück abzustumpfen. Jedes falsche Wort hatte ihr früher einen Stich versetzt und sie unsicher werden lassen. Nun war es ihr egal, was diese beiden Frauen von ihr hielten. Es gab nur noch sie selbst und die brennenden Striemen auf ihrem Rücken erinnerten sie jede Sekunde daran, dass sie einzig und allein für sich selbst verantwortlich war. Ob die anderen sie mochten oder nicht, spielte keine Rolle. Nicht hier und nicht, wenn sie jemals hier rauskommen sollte. Sie beschloss, nur noch das zu tun, was zu ihrem Vorteil war, und wenn sie die anderen beiden dafür leiden lassen musste, dann war es eben so. Eine eigenartige Zufriedenheit machte sich in ihr breit und verdrängte ihre Angst so weit, dass ihre Müdigkeit sich durchsetzen konnte und sie in einen traumlosen Schlaf schickte.

Nina war angepisst. Trotz ihres schmerzenden Halses hätte sie sich gerne noch ein wenig unterhalten. Doch die anderen beiden hatten sich offensichtlich schlafen gelegt und sie alleine in dieser substanzlosen Dunkelheit zurückgelassen. Für einen Augenblick überlegte sie, Kassandra anzusprechen. Sie mochte sie zwar nicht sonderlich, aber eine kleine Unterhaltung mit ihr war besser als diese Stille. Allerdings hätte sie damit ihre Freundin geweckt, und das wollte Nina nicht riskieren.

Bisher hatte sie dieser Wotan in Ruhe gelassen, was sie als gutes Zeichen ansah. Sollte sich dieser Irre doch ruhig an der Richtertochter austoben. Wenn es sein musste, würden Sabrina und sie ihm gerne noch ein paar Anlässe dazu bieten. Solange er seinen Fokus auf Nummer zwei gerichtet hatte, mussten sie nichts befürchten. Doch selbst wenn Kassandra es schaffte, dass er mit ihr zufrieden war, stand immer noch Sabrina zwischen ihm und ihr selbst. Nina wusste, dass ihre Freundin es nie schaffen würde, den Mund zu halten, und damit machte sie sich zum Ziel.

Ein wenig durch ihre Erkenntnisse beruhigt, tastete sich Nina bis zu ihrer Liege, lehnte sich an die kalte Wand und zog die Decke über sich. Dann schloss sie die im Augenblick sinnlos offenen Augen und versuchte, an einen Mann zu denken, den sie vor ein paar Tagen kennengelernt hatte und der sie ziemlich anmachte. Nach einiger Zeit verfiel auch sie in einen Zustand, der alles um sie herum ausblendete.

Einige Meter weiter, hinter der schweren Stahltür, gönnte sich auch Wotan einige Stunden Schlaf, wachte allerdings um 4 Uhr früh auf und blickte auf seinen Monitor. Wenn auch nur unscharf waren alle drei Gesichter zu erkennen, und in jedem zeichnete sich die Mangelernährung der letzten Tage ab.

Heute würde sein Spiel endlich beginnen und er brauchte ihren Hunger, um sie darauf vorzubereiten. Der Countdown zeigt eine Restzeit von sieben Stunden; es war noch genug Zeit, trotzdem sollte er langsam anfangen.

Fast schon euphorisch schlug er seine Decke zurück, stand auf und genehmigte sich ein kleines Frühstück. Dann setzte er sich an den Klapptisch und zog die bereitliegende Spritze auf. Drei Milliliter für jede sollten reichen, um alles in Position bringen zu können und sie nicht zu lange auszuschalten. Er nahm den ersten der eingeschweißten Fertigsalate, stach vorsichtig unter dem Rand der Folie durch und verteilte die abgemessene Menge der durchsichtigen Flüssigkeit darauf. Das Ganze wiederholte er noch zweimal und machte anschließend drei Papiertüten mit Salat, zwei Scheiben Brot und einer kleinen Flasche Limonade fertig. Nach einem Blick zu den drei schweren Holzstühlen, die er fast ein Vierteljahr lang umgebaut hatte, öffnete er die Stahltür, schaltete die stärksten Scheinwerfer ein, die er in dem Gewölbe installiert hatte, und trat ein. Nun, da er wusste, dass sie ihn erkannt hatten, verzichtete er auf seine Kapuze.

Fast augenblicklich kam Bewegung in die Zellen, aber keine der drei Frauen sagte etwas. Ohne sie weiter zu beachten, ging Wotan im Halbkreis an den Gittern vorbei und ließ vor jedem Käfig eine der Tüten fallen. Dann verließ er das Gewölbe und sah vor seinem Monitor sitzend dabei zu, wie sich die drei fast hektisch über das Essen hermachten. Natürlich begutachteten sie alles voll Argwohn, rochen daran und bissen am Anfang winzige Stückchen des Brotes ab. Erst als alles in Ordnung schien, siegte die Gier, und nach wenigen Minuten waren die Tüten leer. Zufrieden lehnte sich Wotan zurück und stellte seine Uhr auf den Beginn der Narkosezeit, wenn er damit beginnen würde, sein Werk vorzubereiten.

# – 28 –

Gegen halb elf hatten die beiden Kommissare das heruntergekommene Hochhaus erreicht und wollten gerade aussteigen, als Mikes Handy klingelte. Nach einem kurzen Gespräch erklärte er seinem Partner: »Das war Natalie. Sie hat gerade das Krankenhaus verlassen, aber keine guten Nachrichten. Der angebliche Schwächeanfall unserer Richterin war in Wirklichkeit ein Selbstmordversuch. Sie liegt in der psychiatrischen Abteilung und hat so viel Beruhigungsmittel im Blut, dass sie frühestens morgen ansprechbar ist. Unsere Kollegin fährt jetzt noch einmal ins Gericht und sieht sich die anderen Fälle aus der Zeit dieser Vergewaltigung an. Außerdem versucht sie, die Beamten ausfindig zu machen, welche Wotan Döring damals festgenommen haben.«

Peter hörte aufmerksam zu. »Hoffentlich weiß die Familie dieser Sabrina etwas, sonst wird es eng für die Entführten.«

Das Haus sah innen so aus, wie man von außen vermutete. Jede erreichbare Wand war mit Schmierereien verziert, und der einzige Grund dafür, dass die Scheibe im Eingangsbereich noch existierte, war, dass sie aus Sicherheitsglas bestand. In einem Durcheinander von Klingelschildern hatte Peter endlich das richtige gefunden und wusste, dass sie in das siebte Stockwerk mussten. »Schön mit dem Aufzug, oder?«, fragte er fast ängstlich und war froh, dass Mike mit einem erhabenen Grinsen nickte.

Fast wie in einem Hotel zog sich der Korridor einmal längs durch die gesamte Breite des Hauses und es dauerte eine Weile, bis sie die richtige Tür gefunden hatten. Auch wenn sie nicht davon ausgingen, bedroht zu werden, nahmen Mike und Peter wie gewohnt links und rechts von der Tür ihre Positionen ein, dann erst drückte Mike auf die Klingeltaste. Die wütend brüllende Männerstimme verstummte und nur drei Sekunden später wurde die Tür aufgerissen. Der Mann musste sich nicht mehr vorstellen; dass er aus dem Kosovo kam, war ihm ins Gesicht geschrieben. Trotzdem fragte Peter: »Herr Cricic?«

Der Mann musterte die beiden Kommissare und erwiderte, ohne Antwort zu geben: »Wer sind Sie?«

Mike hielt ihm seine Marke entgegen. »Hauptkommissar Köstner und Kommissar Groß.« Er gab dem Mann einige Sekunden Zeit. »Sind Sie Herr Cricic?«

Dass es seinem Gegenüber sichtlich unangenehm war, zwei Polizeibeamte vor sich zu haben, sah ihm Mike an. Da sie aber nicht wegen irgendwelcher Straftaten hier waren, sondern ganz im Gegenteil Informationen brauchten, war er freundlich. »Vermissen Sie Ihre Tochter?«

Nun begriff der Mann offenbar, dass es nicht um ihn ging, und antwortete etwas entspannter, aber in schlechtem Deutsch. »Hab sie eine Weile nicht gesehen und ja, ich bin Cricic.«

»Dürfen wir reinkommen?«, fragte Peter und fügte, als er den Gesichtsausdruck von Sabrinas Vater sah, hinzu: »Oder reden wir lieber auf der nächsten Polizeiwache miteinander?«

Cricic warf einen prüfenden Blick in den Flur seiner Wohnung, dann machte er eine einladende Handbewegung. »Kommen Sie.«

Mike folgte dem Mann als Erster und trat prompt in die Scherben eines heruntergefallenen Bildes. Cricic drehte sich um. »Meine Frau hat gerade sauber gemacht und das fallen lassen«, erklärte er.

»Schon klar«, gab Mike zurück und warf einen kurzen Blick zu Peter, der nur die Augenbrauen nach oben zog, aber nichts sagte.

Das Wohnzimmer war fürchterlich kitschig eingerichtet, aber wider Erwartung sehr ordentlich und sauber. Kaum dass die drei Männer Platz genommen hatten, öffnete sich eine weitere Tür, und ein kleines Mädchen erschien mit einem Tablett in den Händen.

»Sie trinken doch Tee, oder?«, fragte Cricic, und eine kaum wahrnehmbare Kopfbewegung veranlasste seine jüngste Tochter dazu, die Gläser hinzustellen und das dampfende Getränk einzuschenken. Anschließend nahm sie das Tablett und huschte mit geducktem Kopf aus dem Zimmer.

»Also, warum sind Sie hier?«, fragte er, nachdem er ein Stück Würfelzucker in seinem Glas versenkt hatte.

»Es geht um Ihre Tochter Sabrina. Wann haben Sie sie das letzte Mal gesehen?«, fragte Mike, das kleine Teeglas ignorierend.

»Ist schon ein paar Tage her«, antwortete Cricic gelassen.

»Ist das normal? Ich meine, dass Sie Sabrina ein paar Tage nicht sehen. Sie wohnt doch noch hier, oder?« Mike sah dem Mann in die Augen.

»Ja, sicher ist das normal. Sie wohnt zwar noch hier, aber sie ist erwachsen und kann machen, was sie will. Ich habe auch keine Ahnung, wo sie ist, wenn sie nicht da ist. Meine einzige Bedingung an Sabrina ist, dass sie sich regelmäßig bei der Arbeitsagentur meldet, damit wir unsere Zuschüsse bekommen. Aber warum wollen Sie das alles wissen?« Cricic hielt Mikes Blick eine Weile stand, dann rührte er seinen Tee um und nahm einen Schluck.

Bevor Mike auf die Frage einging, hatte er selbst noch eine andere. »Sabrina wurde vor ein paar Jahren vergewaltigt, was war damals los?«

Cricics Mimik veränderte sich minimal, doch beide Kommissare nahmen die Veränderung wahr. Sabrinas Vater lehnte sich zurück, um möglichst gelassen zu wirken, dann sagte er etwas, was Peter und Mike innerlich verkrampfen ließ. »Eigentlich müsste ich dem jungen Mann dankbar sein.«

»Wie bitte?« Peters Kopf schnellte nach vorne und Mike dachte schon, sein Partner würde über den Tisch langen.

Ohne sichtbare Reaktion auf Peters Drohgebärde redete Cricic weiter. »Sehen Sie, wir waren kurz vor der Abschiebung, als das passierte. Und in der Behörde war man so geschockt über diese Vergewaltigung, dass man uns als Wiedergutmachung anbot, in Deutschland bleiben zu können.« Es folgte eine kurze Pause, in der sich Cricics Mund zu einem leichten Lächeln verzog. »Natürlich wäre ich mit der Angelegenheit zur Presse gegangen, darauf habe ich dann aber verzichtet«, gestand er offen.

Mike schaffte es, sich zusammenzureißen, und fragte ruhig: »Sie waren doch sicher bei dem Prozess gegen den Täter dabei. Hatten Sie das Gefühl, dass die Verhandlung sauber ablief, oder kam Ihnen etwas komisch vor?«

Cricic dachte kurz darüber nach, dann schüttelte er den Kopf. »Außer dass dieser, wie hieß er noch gleich …«

»Wotan Döring«, warf Mike ein.

»Genau. Außer dass dieser Döring alles abgestritten hat, war alles in Ordnung. Zum Glück konnte Sabrinas Freundin alles bestätigen, sonst hätte man ihn sicher laufen gelassen. Aber warum wollen Sie das alles wissen, was ist mit meiner Tochter?«

Da Mike nicht das Gefühl hatte, den Mann schonen zu müssen, sagte er es frei heraus. »Herr Döring ist vor einer Weile aus der Haft entlassen worden und wir glauben, dass er Ihre Tochter und noch zwei weitere Frauen entführt hat.«

Wieder reagierte Cricic anders, als es für die Kommissare nachvollziehbar war. Völlig emotionslos fragte er: »Glauben Sie das oder wissen Sie das?«

»Haben Sie mich richtig verstanden?«, hakte Mike ungläubig nach.

Cricic sah ihn an. »Habe ich«, sagte er in demselben Tonfall.

»Und es ist Ihnen egal, oder wie?«, mischte sich Peter ein.

»Egal? Nein. Aber es ist vielleicht gar nicht schlecht, wenn Sabrina einmal auf der Verliererseite steht. Wissen Sie, außer dass sie ständig Ärger macht, hat sie bisher nicht viel zustande gebracht, da tut ihr eine Abreibung sicher mal ganz gut.«

Mike und Peter hörten leises Weinen auf der anderen Seite der dünnen Zimmertür. Offenbar sah es Sabrinas Mutter nicht ganz so locker wie ihr Mann. Mike hakte diesen Besuch für sich ab. Hier würden sie keine brauchbaren Informationen bekommen, trotzdem fragte er nach. »Sie haben also keine Ahnung, wo sie sein könnte und haben auch nichts von ihrem Entführer gehört?«

»Nein, habe ich nicht«, antwortete Cricic, worauf sich die Kommissare erhoben und zurück zur Wohnungstür gingen. Dort gab Mike Sabrinas Vater seine Karte, und Peter sagte bitter: »Sie sollten sich mehr um Ihre Kinder kümmern.«

»Was ist das denn für ein Arschloch?«, stieß Peter aus, als sie wieder im Auto saßen. Mike hätte auch ohne diese Aussage gewusst, dass sein Partner kochte, aber es brachte die Sache ziemlich auf den Punkt. Er gab Peter eine Minute, um sich etwas zu beruhigen, dann schlug er vor: »Lass uns ins Präsidium fahren, das Spiel beginnt in einer knappen Stunde. Und vielleicht bringt es uns neue Erkenntnisse.«

Anstatt loszufahren, sah dieser jedoch zu Mike hinüber. »Wie kannst du bei solchen Menschen nur so ruhig bleiben?«

Mike dachte einen Moment über die Frage nach. »Weil ich fest daran glaube, dass das Verhalten solcher Menschen sie irgendwann einholen wird. Der Typ zum Beispiel wird irgendwann in ein paar Jahren alleine dasitzen, weil seine Kinder nichts mehr von ihm wissen wollen.«

»Na, wenn du meinst.« Peter war hörbar unzufrieden mit dieser Antwort, beließ es aber dabei und startete den Motor. Trotz des inzwischen dichten Schneetreibens kamen sie noch früh genug in Nürnbergs Hauptwache an, um kurz einen Abstecher in die Kantine zu machen. Nachdem jeder ein Tablett in der Hand hatte, entdeckten sie ihren Chef an einem Fensterplatz und setzten sich zu ihm. Mike erzählte kurz von dem eben Erlebten, doch auch Karl hatte schon zu viel erlebt, um sich von so etwas schockieren zu lassen.

Nach dem Essen machten sich alle drei auf den Weg zu den heiligen Hallen der Internetabteilung, wo ein Beamter bereits alle nötigen Programme gestartet hatte und gebannt auf ein Diagramm starrte.

»Was ist das?«, fragte Peter mit Blick auf den Monitor, wo sich eine Linie immer weiter nach oben zog. Der Kollege sah kurz über die Schulter, dann wieder auf den Monitor.

»Das sind die Zugriffszahlen der Webseite des Irren. Wir sind jetzt bei …«, er ließ den Mauszeiger auf die Linie wandern, worauf eine kleine Zahl erschien, »… zweiundzwanzigtausend.«

»Pervers«, stieß Karl aus und setzte sich auf einen der bereitgestellten Stühle. Nachdem sich auch Mike und Peter gesetzt hatten, sagte keiner mehr ein Wort. Jeder blickte nur noch gebannt auf den Countdown, der sich, seit die Minuten nur noch einstellig waren, rot gefärbt hatte. Das Spiel würde exakt um 12 Uhr mittags beginnen.

# – 29 –

Wie zuvor schon die Trailer war auch der Beginn des Spieles sehr aufwendig gestaltet. Die Zahlen der letzten zehn Sekunden des Countdowns verschwammen immer mehr und stattdessen schälte sich langsam die Maske des Entführers aus der Dunkelheit. Genau bei null öffnete er die Augen, welche als einzige nicht verhüllt waren, und es wirkte fast, als würde er sie aus dem Monitor heraus anblicken. Nachdem er seinem Blick genug Zeit gegeben hatte, um die gewünschte Wirkung zu erzielen, begann er mit monotoner Stimme: »Vierundzwanzig Stunden. Ihr habt vierundzwanzig Stunden, um drei Frauen ihre intimsten Geheimnisse zu entlocken, ihre Mauern zu durchbrechen und herauszufinden, an was für einem Verbrechen sie sich schuldig gemacht haben. Werdet Teil eines Gerichtes, das es so noch nie gegeben hat. Hört ihnen zu, und wenn ihr glaubt, dass sie lügen, dann bestraft sie. Der ›Daumen nach oben‹-Button bedeutet, ihr glaubt ihnen oder ihr findet sie sympathisch. Der ›Daumen nach unten‹-Button bringt sie früher oder später zum Reden. Sie werden die Fragen beantworten oder auch schweigen.« Wieder ließ er seine Worte verhallen, dann folgte der letzte Satz. »Ab jetzt gehören sie euch.«

Das Bild verschwamm erneut und wechselte zu einem Gesamtüberblick des Gewölbes.

»Ach du Scheiße«, stieß Karl aus, als erste Details sichtbar wurden. Alle drei Frauen saßen nun auf massiven Holzstühlen, die vor ihren Zellen standen. Wie im Mittelalter waren ihre Arme, Beine und der Hals mit Metallfesseln an dem Stuhl fixiert, und als wäre dies nicht schon genug, steckten ihre Köpfe in einer Art Helm, aus dem links und rechts lange Gewindestangen herausstanden. Darüber hinaus waren noch allerlei andere Dinge an den Stühlen befestigt, deren Sinn man nicht sofort erkennen konnte. Alle drei waren wach und blickten mit ängstlichen Augen in die Kamera.

Selbst die im letzten Werbetrailer noch so aufmüpfige Sabrina schien allen Mut verloren zu haben. Erstaunt stellte Mike fest, dass der als »Nummer zwei« deklarierten Tochter der Richterin keinerlei Tränen herunterliefen. Ganz im Gegenteil, sie machte den gefasstesten Eindruck von allen.

Nachdem einige Sekunden Stille geherrscht hatte, ertönte erneut die Stimme des Entführers. Dieses Mal hallte sie allerdings durch das Gewölbe und sorgte dafür, dass jede der drei Frauen zusammenzuckte. Mit lauten Worten forderte er: »Wir fangen nun mit einem kleinen Sympathietest an. Jede von euch hat zehn Sekunden Zeit, um euren Richtern da draußen zu zeigen, wer ihr seid. Danach beginnt die erste Abstimmung.« Nun wurde eine Kamera aktiv, die genau auf Nummer eins gerichtet war und sie in einer Großaufnahme zeigte, dann verkündete die Stimme: »Nummer eins, deine Zeit läuft ab jetzt.« Wieder lief ein Countdown rückwärts, doch Sabrina Cricic schien derart mit der Situation überfordert, dass sie nur »Bitte nicht« in der letzten Sekunde herausbrachte.

Das Bild wechselte zu Nummer zwei und das Prozedere wiederholte sich. Kassandra ließ ebenfalls die ersten fünf Sekunden ungenutzt verstreichen. »Ihr dürft da nicht mitmachen, der Typ ist ein Psychopath«, sagte sie dann aber hektisch. Die Zeit war um und Ton und Bild wurden gekappt.

Nina Krause war die einzige mit Tränen in den Augen, schaffte es aber ebenfalls, wenigstens einen Satz zu sagen. Mit erstickter Stimme presste sie heraus: »Alles, was ich je getan habe, tut mir leid, aber bitte beendet dieses irre Spiel.«

Es folgte wieder die Einstellung über das gesamte Gewölbe und auf dem Monitor erschienen neben jeder Frau zwei Abstimmbuttons, in denen jeweils die Anzahl der bereits getätigten Klicks angezeigt wurde. Außerdem lief eine Uhr von dreißig Minuten rückwärts.

»Das sieht nicht gut aus«, stellte Peter trocken fest und sprach dann aus, was allen Anwesenden durch den Kopf ging. »Und ich hatte mich schon gefragt, wie er dieses abartige Spiel gestalten will.«

»Wollt ihr das wirklich online lassen?«, fragte der Beamte von der Internetabteilung fast schon vorwurfsvoll.

Karl atmete einmal tief durch. »Mir gefällt das auch nicht, aber wir haben keine Wahl. Erstens ist das im Augenblick unsere einzige Chance herauszufinden, wo er sein Versteck hat, und zweitens hat er bereits gedroht, Kassandra Magwart zu töten, falls wir etwas manipulieren.«

»Ihr habt nach fünf Tagen immer noch keine Spur?«, hakte der Beamte erstaunt nach.

Diesmal antwortete Mike. »Nein, nichts Konkretes. Wir wissen, wer er ist und wer die Frauen sind, aber das nützt uns absolut nichts. Bis jetzt gibt es nur einige Hinweise, dass dieses Gewölbe irgendwo in der Fränkischen Schweiz sein könnte, doch selbst das lässt sich nicht mit Sicherheit sagen.«

»Noch fünfzehn Minuten«, stellte Peter, der immer noch gebannt auf den Monitor blickte, nach einer Weile fest.

»Und wie sind die Zugriffszahlen?«, fragte Karl, worauf der Beamte am Tisch wieder nach seiner Maus griff. »Gleich siebenunddreißigtausend. Und ungefähr die Hälfte davon nimmt aktiv an der Abstimmung teil.«

»Aber den Menschen muss doch klar sein, dass dies nicht nur ein Spiel ist«, stieß Karl wütend aus, beruhigte sich aber wieder. »Und wie sind die Stimmen verteilt?«, wollte er dann wissen.

»Das kannst du in den Abstimmbuttons sehen«, klärte Mike ihn auf und deutete auf die kleinen Zahlen in den handähnlichen Grafiken. Am schlechtesten kam im Augenblick eindeutig Nummer drei an, die bereits so viele negative Klicks hatte wie Nummer eins und zwei zusammen. Erstaunlicherweise war Sabrina in dieser ersten Runde am beliebtesten und führte knapp vor Kassandra.

Unerbittlich lief die Zeit ab und offenbar konnten auch die Frauen mitverfolgen, wie abgestimmt wurde. Während Sabrina relativ ruhig auf eine Stelle unter der Kamera schaute, begann Nina, sich in ihren Fesseln zu winden. Kurz vor Ende holte sie zwar noch etwas mit positiven Bewertungen auf, doch die Uhr war unerbittlich.

Die letzten zehn Sekunden brachen an … noch fünf, vier, drei, zwei … der Countdown verschwand und die Abstimmzahlen blieben stehen. Das Ergebnis stand fest. Nina hatte verloren, gefolgt von Kassandra. In dem Büro des Präsidiums wurde es genauso still wie in dem Gewölbe. Mit Spannung und Angst warteten alle darauf, was nun passieren würde.

Zuerst schaltete das Kamerabild wieder um und zeigte die Verliererin in Großaufnahme. Dann liefen wieder zehn Sekunden rückwärts und man konnte nur erahnen, was Nina Krause in diesen Augenblicken durchmachte. Als auch diese

Zeit verstrichen war, hörte man ein leises Klicken, und unmittelbar darauf durchzuckte ein heftiger Stromstoß den Körper der jungen Frau. Ihre Finger versuchten, sich an das Holz der Armlehne zu krallen, waren aber völlig außer Kontrolle. Ninas Körper wurde trotz der Fesseln heftig hin- und hergeworfen. Und gerade, als man dachte, sie könne das nicht mehr lange ertragen, hörte es auf. Heftig atmend und nicht mehr ganz bei Bewusstsein saß sie zusammengesunken da und rang nach Luft. Nun fokussierte die Kamera den Kopfbereich und man konnte sehen, wie sich die beiden Gewindestangen ein kleines Stückchen nach innen, in Richtung ihres Kopfes, drehten. Nachdem das Bild für einige Sekunden das völlig verschwitzte Gesicht gezeigt hatte, wurde Nina ausgeblendet und an ihrer Stelle erschien Kassandra im Bild.

An ihrem Gesichtsausdruck war deutlich abzulesen, dass sie einen Augenblick brauchte, um zu begreifen, dass auch sie als zweite Verliererin eine Strafe erhalten würde. Dann begriff sie es und begann zu schreien. Auch hier lief die Zeit ab und Kassandra klammerte sich in Erwartung der Schmerzen an ihren Stuhl, doch nichts geschah. Nachdem einige Sekunden lang nichts passiert war, entspannte sie sich ein wenig, und fast im gleichen Augenblick hörte auch sie, wie sich die beiden Stangen, zwischen denen sich ihr Kopf befand, ein Stück näher herandrehten. Ohne jede Vorwarnung und wahnsinnig vor Angst brüllte sie los. »Du verdammtes, feiges Arschloch! Mach mich hier los und ich zeige dir, mit wem du dich angelegt hast.« Dann sank sie zurück auf ihren Stuhl und Tränen liefen über ihre Wangen.

Das Bild zoomte von ihr weg, zeigte wieder das ganze Gewölbe mit allen drei Frauen, und ein Schriftzug wurde eingeblendet: *Danke für eure Teilnahme. Das Spiel geht zur nächsten vollen Stunde in die nächste Runde.*

»Findet sie. Und findet sie schnell.« Zu mehr Worten war Karl nicht fähig, als er sich zu Mike und Peter umgedreht hatte. Die beiden nickten und verließen den Raum, um hinauf zu ihrem Büro zu gehen. Es brachte nichts, dieser Folter länger zuzusehen, sie mussten eine Spur finden.

# – 30 –

Zufrieden sah Wotan den ersten drei Runden seines Spieles zu. Seine Programme liefen fehlerfrei, völlig selbstständig und würden emotionslos quälen, wenn die Zeit gekommen war.

Er warf einen letzten Blick auf den Monitor, der gerade zeigte, wie sich die Halsfessel von Nummer zwei für einige Sekunden enger zog und damit ein Gefühl des Erstickens erzeugte. Offenbar hatte sie die dritte Runde verloren. Dann tauschte er seinen Umhang mit der Jacke und folgte anschließend den dunklen Stollen bis zum Ausgang.

Dass der vor ihm liegende Fußmarsch drei Stunden dauern würde, wusste er, plante aber lieber noch eine Stunde extra ein. Da er sich sicher war, längst auf der Fahndungsliste zu stehen, konnte er es nicht mehr riskieren, öffentliche Verkehrsmittel zu benutzen.

# – 31 –

Gerade als Mike und Peter merkten, dass sie sich mit ihren Ermittlungen im Kreis drehten, klingelte das Telefon. Peter hob ab und hörte einfach nur zu. »Alles klar, mit dem werden wir uns unterhalten«, sagte er dann und legte wieder auf.

»Mit wem werden wir uns unterhalten?«, fragte Mike.

Peter erklärte: »Das war Natalie. Sie hat tatsächlich einen der am Verhör von Sabrina beteiligten Polizeibeamten aufgespürt und auch schon mit ihm gesprochen. Der Kollege konnte sich noch gut an den Fall erinnern, da es einige seltsame Wendungen dabei gab. Noch bevor er damals richtig mit der Befragung von Sabrina Cricic und Nina Krause beginnen konnte, bekam er einen Anruf von Richterin Magwart und musste dann warten, bis sich diese selbst mit den damals noch jungen Mädchen unterhalten hatte. Begründet wurde dies mit dem Alter der Mädchen und dass es besser wäre, eine Frau würde das machen. Nachdem die Richterin das Gespräch geführt hatte, was übrigens weder aufgezeichnet noch protokolliert wurde, durfte der Kollege weitermachen. Besonders fiel ihm auf, dass aus einem erst angeblich schon relativ alten Täter nun plötzlich der junge Wotan Döring geworden war. Er fragte einige Male nach, doch die beiden Mädchen blieben dabei und gaben an, sich vorher versprochen zu haben. Außerdem nannten sie den Chef der Ausländerbehörde als Zeugen.«

»Stopp«, fuhr Mike dazwischen, da ihm etwas eingefallen war. »Das ist doch dieser Kollmaier, mit dem Frau Magwart vor ein paar Tagen auf dem Raucherplatz telefoniert hat, oder?«

»Genau der«, bestätigte Peter und vollendete dann, was er eigentlich noch sagen wollte. »Sabrina sagte damals aus, Kollmaier sei gerade dazugekommen, als Wotan mit ihr fertig war. All das stand wohl auch in den Gesprächsprotokollen, die nun verschwunden sind.«

»Weißt du, wo diese Behörde ist?«, fragte Mike. Peter nickte.

»Ist nicht weit.«

»Dann los, vielleicht kann sich dieser Kollmaier an irgendetwas erinnern, was uns weiterbringt.«

Zwanzig Minuten später kämpften sich die beiden Kommissare durch den öffentlichen und völlig überfüllten Bereich des Einwohnermeldeamtes, wo im dritten Stockwerk auch das Ausländeramt untergebracht war.

Oben angekommen wirkte alles verlassen und viel zu ruhig. Erst als sie an die dritte Tür eines langen Flures klopften, bekamen sie endlich eine Antwort und traten in das Dienstzimmer einer nicht mehr ganz frischen, aber viel zu stark geschminkten Beamtin, die mit deutlich hörbarem Argwohn fragte: »Wie kann ich Ihnen helfen?«

Mike und Peter stellten sich vor und erkundigten sich nach dem Chef der Behörde, worauf die Beamtin noch pampiger wurde und einen demonstrativen Blick auf ihre Uhr warf.

»Da sind Sie eine Stunde zu spät dran. Die sind heute alle schon um vierzehn Uhr gegangen, da später unsere tolle Weihnachtsfeier stattfindet.«

»Wo ist diese Feier?«, fragte Mike. »Wir müssen wirklich dringend und persönlich mit Herrn Kollmaier reden.«

»Soll ich ihn anrufen?«, schlug die Frau vor, nachdem Peter sie gegen sein Gefühl etwas angelächelt hatte.

»Ja, das wäre sehr nett«, bestätigte Peter, bevor Mike, der nichts von dem kleinen Flirt mitbekommen hatte, etwas sagen konnte. Die Frau hob den Hörer ab, drückte eine Schnellwahltaste und wartete.

»Ist nicht erreichbar. Es geht nur der Anrufbeantworter dran«, stellte sie fest und legte den Hörer wieder auf.

»Und wo ist nun diese Feier?«, fragte Peter.

»In einem Hotel zwischen Hersbruck und Happurg. Es heißt ›Zum goldenen Ochsen‹, was allerdings ganz gut zu einigen meiner Kollegen passt.«

Auch Mike konnte sich ein Schmunzeln nicht verkneifen. »Und wann beginnen die goldenen Ochsen mit der Feier?«

Nun taute die Beamtin auf. »Um neunzehn Uhr soll es losgehen, aber da sind die ersten vermutlich schon betrunken.«

Mike und Peter bedankten sich und verließen die Behörde. Wieder im Auto rief Mike seinen Chef an und fragte, wie es den drei Opfern inzwischen ging. Karl klang, wie ihn Mike noch nie erlebt hatte.

Mit völlig matter Stimme sagte er: »Das ist der blanke Horror, der Typ hat nichts ausgelassen und ich befürchte, keine der drei kommt da unbeschadet raus. Diese Nina Krause ist jetzt schon am Durchdrehen, und wenn es stimmt, was dieser Döring sagte, haben sie noch knapp zwanzig Stunden vor sich.«

»Und die Teilnehmerzahlen?«, fragte Mike, der auch nicht recht wusste, was er dazu sagen sollte.

»Das ist die nächste Katastrophe. Ein paar Leute, die die Mädchen kennen, haben auf Facebook verbreitet, dass diese Show kein Fake sein kann. Und das hat sich natürlich rasant herumgesprochen. Die Bildzeitung hat sich schon vor unseren

Toren in Stellung gebracht und die anderen Schreihälse von der Presse werden sicher bald folgen. Wie befürchtet, heizt das alles nur noch mehr Menschen an, die sich so eine Scheiße natürlich nicht entgehen lassen wollen. Und als wäre das alles noch nicht genug, müssen wir jetzt erklären, warum wir so etwas zulassen.«

Karl machte eine Pause und Mike hörte, wie er sich eine Zigarette anzündete. Sein Chef rauchte eigentlich nur zu zwei Anlässen: Entweder, wenn sie einen schweren Fall gelöst hatten, oder, wenn er wie jetzt ziemlich fertig war.

»Was macht ihr jetzt?«, fragte Karl Mike, der selbst noch keinen rechten Plan hatte, aber antwortete: »Wir haben erfahren, dass damals der Chef der Ausländerbehörde, Herr Kollmaier, als Zeuge an dem Prozess teilgenommen hat. Aber natürlich hat die Behörde ausgerechnet heute ihre Weihnachtsfeier und dieser Kollmaier ist nicht zu erreichen. Uns bleibt also nichts anderes übrig, als ihn später bei dieser Feier abzupassen.«

»Wo ist das?«, fragte Karl.

»Auch draußen in der Fränkischen Schweiz. Nicht weit von da, wo Richterin Magwarts Sohn umgebracht wurde«, antwortete Mike.

»Ist das Zufall?«, hakte sein Chef nach, doch Mike, dem dieser Gedanke auch schon gekommen war, wiegelte ab.

»Das kann nur Zufall sein. Die Feier hat schon dort stattgefunden, als Wotan noch nicht einmal im Gefängnis saß.« Kaum dass Mike zu Ende geredet hatte, kam ihm ein neuer Gedanke. »Apropos Gefängnis. Kannst du bitte unsere neue Kollegin zusammen mit einem männlichen Kollegen in das Gefängnis schicken, in dem Wotan Döring eingesessen hat? Sie sollen sich dort etwas umhören, vielleicht hat Döring jemandem etwas von seinen Plänen erzählt. Diese Tat hat er sich sicher nicht von heute auf morgen ausgedacht.«

»Alles klar«, stimmte Karl zu. »Und bitte, versucht euer Möglichstes, um Döring aufzuspüren; die drei Gefesselten schaffen das nicht mehr lange«, fügte er dann noch beschwörend hinzu.

»Machen wir«, antwortete Mike und beendete das Gespräch.

»Und wohin jetzt?«, fragte Peter mit der Hand am Zündschlüssel.

»Ich würde sagen, wir fahren schon einmal in dieses Hotel, essen etwas und warten dann auf Kollmaier.«

»Guter Plan«, freute sich Peter gespielt, da er in letzter Zeit kaum noch Essen bei sich behalten konnte.

Als sie kurz vor halb fünf an dem Hotel ankamen und den Gastraum betraten, wurden sie zunächst gar nicht bemerkt. Die Aufmerksamkeit des Mannes hinter der Bar und einer jungen Frau, die offenbar als Bedienung arbeitete, gehörte einzig einem kleinen Fernseher, der in einem offenen Schrank hinter der Bar untergebracht war. Peter wollte gerade auf sich aufmerksam machen, als ihn Mike zurückhielt und auf den Fernseher deutete, wo gerade Nummer drei von den Spielern abgestraft wurde. Dieses Mal drehten sich die Gewindestangen nicht nur ein kleines Stück in Richtung Kopf, sondern so weit, dass ihre Spitzen sich ein kleines Stück oberhalb ihrer Schläfen in den Kopf bohrten. Nina saß starr und mit weit aufgerissenen Augen da und wagte nicht, sich zu bewegen. Endlich stoppte die Apparatur, blieb eine Weile in der Position und drehte die beiden Stangen wieder ein Stück zurück. Kleine Blutstropfen rannen der Frau über die Wangen, doch es war deutlich erkennbar, dass nicht der Schmerz, sondern die psychische Belastung sie langsam zum Durchdrehen brachte. Endlich blendete der Fernsehsender das Bild aus und eine im krassen Gegensatz dazu viel zu gepflegte Sprecherin schilderte, was die Presse von dem Spiel wusste.

»Das ist doch krank«, stieß die junge Bedienung aus, als sich der Bann der Bilder etwas gelegt hatte.

»Das ist es«, sagte Peter, der immer noch unbemerkt hinter ihr gestanden hatte und ihr damit einen ziemlichen Schrecken einjagte.

Die junge Frau fuhr herum, starrte die beiden Kommissare einen Augenblick lang an und wurde dann erst professionell. Mit noch nicht ganz fester Stimme entschuldigte sie sich. »Tut mir leid, ich habe Sie gar nicht kommen hören. Diese Entführung ist einfach …«, sie stockte kurz, »… ist einfach abscheulich und ich verstehe nicht, dass man das so weiterlaufen lässt.«

»Sie haben recht, das ist widerlich«, antwortete Mike, der nicht vorhatte, sich als Polizist vorzustellen. »Haben Sie schon geöffnet? Wir könnten etwas zum Essen gebrauchen«, fragte er dann ganz banal.

Als geübte Bedienung spürte die Frau, dass Mike nicht über das gerade Gesehene reden wollte, wies den beiden einen Tisch an einem der Fenster zu und brachte die Karte.

»Sie können alles auf der Karte bestellen, allerdings müssten Sie bis spätestens neunzehn Uhr den Tisch räumen, da wir später noch eine geschlossene Gesellschaft haben. Ist das für Sie in Ordnung?«

»Natürlich«, antwortete Mike mit einem Lächeln und bestellte für sich schon einmal ein Glas Cola, was Peter ihm gleichtat.

Da sie die ersten Gäste an diesem Abend waren, dauerte es eine Weile, bis das Essen kam, und sie schafften es gerade, bis kurz vor 19 Uhr fertig zu werden. Seit einer halben Stunde füllte sich die Bar zusehends, und wie sie aus den Gesprächsfetzen entnehmen konnten, war es so, wie die Dame im Ausländeramt gesagt hatte. Einige ihrer Kollegen genehmigten sich schon vor dem offiziellen Beginn der Feier einige Biere.

Pünktlich um 19 Uhr räumten Mike und Peter ihren Platz, gingen aber ebenfalls noch zur Bar und warteten darauf, dass der Chef des Ausländeramts endlich auftauchen würde.

»Weißt du eigentlich, wie dieser Kollmaier aussieht?«, fragte Peter und sah sich ein wenig hilflos in dem Gedränge um.

»Jetzt weiß ich es«, antwortete Mike und nickte zu einem leicht untersetzten Mann im Anzug, der gerade dabei war, das Mikrofon des Alleinunterhalters einzuschalten.

Nachdem sich der Mann lauthals geräuspert hatte, kehrte Stille ein, und Kollmaier begann die typische Ansprache einer Weihnachtsfeier herunterzuleiern. Anschließend suchten sich alle, die noch standen, einen Platz an einem der vielen Tische und Mike und Peter gingen auf ihn zu.

»Herr Kollmaier?«, fragte Mike, als sie seinen Tisch erreicht hatten.

Der Mann sah ihn mit einem arroganten Was-wollen-Sie-von-mir-Blick an und antwortete dann auch entsprechend herablassend. »Und Sie sind? Ich glaube nicht, dass Sie eine Einladung für diese Feier haben.«

Mike lächelte angesäuert, zog seinen Dienstausweis heraus und hielt ihn so, dass ihn jeder am Tisch gut sehen konnte. Solche Aktionen hatten immer die gleiche Wirkung und auch Kollmaier war es sichtbar unangenehm, dass ihn die Polizei sprechen wollte. Um das Klischee zu vervollständigen, benutzte Mike noch die üblichen Worte. »Wir haben immer eine Einladung. Also, sind Sie Herr Kollmaier?«

Peter beobachtete den etwa auf 50 Geschätzten, wie er süßlich seine Untergebenen anlächelte, sich dann erhob und zu Mike sagte: »Bin ich. Lassen Sie uns nach draußen gehen, da müssen Sie nicht so schreien.«

Die beiden Kommissare verließen hinter Kollmaier den Saal. Erst als dieser sicher war, dass keiner seiner Angestellten in der Nähe war, blieb er in dem Korridor, der zu den Toiletten führte, stehen. Dann drehte er sich um und fragte wieder von oben herab: »Also, was wollen Sie denn Dringendes, wenn Sie mich schon auf unserer Weihnachtsfeier belästigen müssen?«

»Kennen Sie eine Sabrina Cricic?« Mike hatte beschlossen, nicht lange um den heißen Brei herumzureden. Kollmaier tat so, als würde er nachdenken, und schüttelte dann den Kopf.

»Nein, nicht dass ich wüsste. Allerdings klingt Cricic nach Bosnien. Und da ich, wie Sie wissen, Chef des Ausländeramtes bin, würde ich nicht ausschließen, dass ich schon etwas mit diesem Menschen zu tun hatte.«

»Hatten Sie«, sagte Mike in etwas schärferem Ton, und Peter fügte hinzu: »Und es fällt uns schwer zu glauben, dass Sie sich nicht daran erinnern können.«

»Ach«, tat Kollmaier, als wäre ihm etwas eingefallen. »Ist das nicht das Mädchen, das von diesem Elektriker in unserem Haus vergewaltigt wurde?«

»Genau das ist sie«, bestätigte Mike. »Sie hatten damals sogar als Zeuge ausgesagt. Warum tun Sie jetzt so, als wüssten Sie von nichts?«

Kollmaier blickte zu Boden und brachte damit seine beginnende Glatze ins Bild, dann sah er wieder auf. »Weil ich damals meine Kompetenzen etwas überschritten habe.«

»Wie meinen Sie das?«, fragte Peter überrascht.

»Nun ja, die Angelegenheit war kurz davor, bis zur Presse durchzudringen, und ich war gerade erst befördert worden. Also habe ich alles darangesetzt, diesen unschönen Vorfall in meinem Haus möglichst kleinzuhalten. Durch die Freundin dieser Sabrina Cricic konnte der Täter zwar schnell überführt werden, aber Herrn Cricic reichte das nicht. Erst als ich der Familie eine unbefristete Aufenthaltserlaubnis anbot, gab er Ruhe.«

»Und was hat Richterin Magwart damit zu tun?«, erkundigte sich Mike.

»Wir saßen sozusagen im gleichen Boot. Auch sie war gerade neu zum Strafgericht gekommen und wollte den Fall schnell abschließen, da auch sie Angst vor negativer Presse hatte. Eigentlich hätten die Beweise nicht ganz gereicht, da die Aussage der beiden Mädchen gegen die des Täters stand.«

»Und da sind Sie als Zeuge eingesprungen«, vervollständigte Peter, worauf Kollmaier nickte.

Mike konnte noch nicht einordnen, wie glaubhaft er das Ganze finden sollte, doch so langsam lief ihm die Zeit davon. Etwas unterkühlt sagte er daher: »Wir werden uns die Sache später noch einmal ansehen. Fakt ist, dass der Täter von damals, Wotan Döring, Sabrina Cricic, Nina Krause und die Tochter der Richterin entführt hat und ständig etwas von der Wahrheit redet.«

»Ist das die Sache, von der sie jetzt dauernd im Radio berichtet haben?«, fragte Kollmaier dazwischen.

»Ja, ist sie«, bestätigte Mike. »Hatten Sie nach diesem Vorfall noch Kontakt zu einem der Mädchen oder zum Täter? Haben Sie irgendeinen Anhaltspunkt, der uns helfen könnte, oder ist in der letzten Zeit etwas Seltsames passiert? Hatten Sie vielleicht den Eindruck, beobachtet zu werden oder Ähnliches?«

»Nein. Ich hatte weder Kontakt, noch ist mir etwas aufgefallen. Warum fragen Sie?« Kollmaier runzelte die Stirn und sah Mike fragend an.

»Ganz einfach, weil es naheliegend wäre. Alle, die damals etwas mit der Sache zu tun hatten, sind auch jetzt involviert, außer Ihnen«, antwortete dieser.

»Glauben Sie, ich bin in Gefahr?« Kollmaiers Stirnfalten wurden noch tiefer.

Mike überlegte einen Augenblick und antwortete dann mit einer Gegenfrage. »Haben Sie Familie?« Und nachdem Kollmaier bestätigte, dass er eine Frau und zwei fast erwachsene Kinder hatte, sagte Mike ernst: »Wir haben zwar keinen Anhaltspunkt dafür, dass Sie in Gefahr sind, allerdings ist dieser Döring inzwischen völlig außer Kontrolle. Mir persönlich wäre es daher lieber, wenn Sie nach Hause führen und bei Ihrer

Familie blieben, bis dieses abartige Spiel morgen um zwölf Uhr zu Ende ist.«

Verwundert nahm Peter wahr, dass der Gesichtsausdruck des Mannes von erschrocken auf genervt wechselte. Tatsächlich fragte Kollmaier: »Können Sie mir nicht eine Polizeistreife vor das Haus stellen?« *Besorgt sieht anders aus,* dachte Mike und erfuhr auch gleich den vermutlichen Grund für dieses Verhalten. Die Tür zu dem Festsaal öffnete sich und eine Frau, die die Kommissare auf Ende zwanzig schätzten, kam heraus. Mike und Peter konnten nicht anders, als abwechselnd in ihr Gesicht und ihren Ausschnitt zu blicken. Etwas weniger Stoff und sie hätte den oberen Teil ihres Kleides auch gleich ganz weglassen können.

Die beiden Beamten ignorierend und mit leicht beschwipster Stimme sprach sie Kollmaier direkt an. »Manfred, da bist du ja. Ich dachte schon, du bist wieder gefahren und ich habe das Zimmer umsonst gebucht.« Dieser verdrehte die Augen und bat seine Kollegin, im Saal auf ihn zu warten. Trotz ihrer sichtbaren Verärgerung drehte sich die junge Frau widerspruchslos um und verschwand wieder hinter der Tür.

Als in dem Gang wieder Ruhe herrschte, sagte Mike mit einer Mischung aus Erheiterung und Ernsthaftigkeit: »Das tut mir jetzt wirklich leid, aber für eine Streife vor Ihrem Haus reichen unsere Vermutungen nicht aus. Trotzdem wäre mir wohler, wenn Sie die Nacht zu Hause verbringen würden.«

»Ist sicher auch für Ihr Betriebsklima besser«, fügte Peter hinzu, der ihm die Entscheidung etwas erleichtern wollte.

Kollmaier ahnte, dass es nur noch einen Weg gab, um aus dieser Nummer sauber herauszukommen. »Also gut, ich bleibe noch eine halbe Stunde, dann fahre ich nach Hause.«

»Sehr schön«, stellte Mike fest, zog eine Visitenkarte heraus und überreichte sie ihm. »Falls Ihnen irgendetwas seltsam vorkommt, rufen Sie mich umgehend an. Ich bin die ganze Nacht erreichbar.«

Die drei Männer verabschiedeten sich voneinander und Mike und Peter verließen das Hotel. Inzwischen war es 20 Uhr und beide ahnten, dass der Tag noch lange nicht vorüber war. Bevor Peter das Auto startete, riefen sie nacheinander ihre Freundinnen an, um ihnen zu sagen, dass sie nicht auf sie zu warten brauchten.

# – 32 –

Nachdem Kollmaier sicher war, dass die beiden Polizisten weggefahren waren, ging er noch kurz vor die Tür und versuchte, Richterin Magwart anzurufen, doch ihr Handy war ausgeschaltet. Anschließend ging er zurück zur Feier, wo er seine Mitarbeiterin an der Bar antraf. Camilla hatte inzwischen schon so viel getrunken, dass er nicht viel erklären musste und sie ihm widerspruchslos in das reservierte Hotelzimmer folgte. Da er nicht sicher sein konnte, dass die beiden Kriminalbeamten nicht auch noch bei ihm zu Hause aufkreuzten, hatte er beschlossen, sich erst zu vergnügen und dann zurückzufahren.

Während sich Camilla ihres Kleides entledigte und sich danach etwas ungelenk auf das Bett fallen ließ, bereitete er selbst zwei Streifen mit dem weißen Pulver vor.

Dankbar und gierig zog Camilla den Stoff bis tief in ihre Nase, wartete, bis auch er damit fertig war, und tat dann, was er als Gegenleistung verlangte. Wie immer waren die Schmerzen dank des Stoffes einigermaßen erträglich und manchmal kam sogar so etwas wie Lust bei ihr auf.

Nachdem sich Kollmaier eine kurze Erholungspause gegönnt hatte, zog er sich wieder an, gab Camilla noch ein kleines Tütchen und verließ ohne weitere Erklärungen das Zimmer.

Da Kollmaier davon ausgegangen war, die ganze Nacht in dem Hotel zu verbringen, hatte er seinen Lieblingswagen, einen alten Mercedes mit Sammlerwert, auf der Rückseite des Hauses abgestellt. Auf dem vorderen Parkplatz hätte es gut sein können, dass später einer seiner betrunkenen Mitarbeiter gegen das Auto pinkelte oder am Ende noch dagegen fuhr.

Eigentlich hätte er das Hotel gleich zum Hinterausgang verlassen können, doch er brauchte noch ein paar Schritte an der Luft, um etwas klarer im Kopf zu werden. Nachdem er dem Chef des Hauses mitgeteilt hatte, die Rechnung am nächsten Tag zu begleichen, trat er durch den Hauptausgang hinaus in die klare Nachtluft.

Missmutig fragte er sich, ob er überhaupt einen Eiskratzer dabeihatte, denn die Scheiben der umstehenden Autos überzog eine dünne, glänzende Eisschicht. Langsam umrundete er das halb im Wald stehende Gebäude und starrte mit einem Schaudern zu den nahen, im Dunkeln stehenden Bäumen. Wie so oft, wenn er Koks genommen hatte, war er etwas dünnhäutig. Einmal hatte er während eines Trips versucht, einen eigentlich lächerlichen Horrorfilm anzuschauen, was er nach wenigen Minuten wieder abbrechen musste, da ihm Tränen in die Augen stiegen, woraufhin seine Frau ihn nur verwundert angesehen hatte.

Dunkelheit und Kälte holten ihn aus seinen Gedanken und endlich hatte er die Rückseite des Hotels erreicht. Hier parkten die Autos der richtigen Hotelgäste. Erfreut stellte er fest, dass das Auto neben seinem und sein Mercedes freie Scheiben hatten. *Muss wohl daran liegen, dass er direkt an der Hauswand parkt,* ging ihm durch den Kopf. Dass auch die Heckscheibe frei war, wunderte ihn nicht weiter. Umständlich und mit klammen Fingern zog er den Schlüssel aus der Tasche und öffnete die Fahrertür. Eigentlich hätte jetzt das kleine Deckenlicht im Inneren angehen sollen, doch nichts tat sich. *Bitte, lass es nicht die Batterie sein,* dachte er, doch schon der nächste Gedanke galt Camilla, die, falls er hier nicht wegkommen sollte, sicher nichts gegen etwas mehr Koks haben würde, und so recht befriedigend war das vorhin auch nicht gewesen.

Trotz dieser Verlockung ließ er sich auf den Sitz fallen, klopfte seine Schuhe sorgfältig ab und griff zu dem kleinen Schalter neben dem Deckenlicht, das sofort seine Dienste tat. Verwundert machte er es wieder aus, steckte den Zündschlüssel in das Schloss und ließ den Motor ohne Probleme an. Viel zu sehr auf seine eingeschränkte Wahrnehmungsfähigkeit konzentriert, bemerkte er nicht, dass es eigentlich viel zu warm in dem Auto war, und fuhr los.

Die Zufahrt zum Hotel führte ein kleines Stück durch den Wald und stieß dann erst auf die schmale Landstraße, die um diese Zeit kaum noch jemand benutzte. Dort angekommen setzte er den Blinker nach links und wollte gerade abbiegen, als er eine männliche Stimme hinter sich »Das ist die falsche Richtung« sagen hörte. Kollmaier erschrak derart, dass er den Motor abwürgte. Im ersten Augenblick dachte er, ihm würden die Drogen einen Streich spielen, doch das einschneidende Gefühl um seinen Hals war eindeutig echt. Mit aufgerissenen Augen versuchte er, etwas im Rückspiegel zu erkennen, doch dazu herrschte zu wenig Licht.

»Wer sind Sie?«, fragte er stammelnd.

»Dazu kommen wir später, jetzt fahren wir erst einmal«, antwortete die Stimme hinter ihm und ergänzte: »Ach, und Sie sollten nicht zu abrupt bremsen, sonst könnte es sein, dass Ihr Kopf sich verselbstständigt.« Zusammen mit diesen Worten verstärkte sich das einschneidende Gefühl, und für einen Moment fiel es ihm schwer zu atmen.

»Lassen Sie jetzt den Motor an und biegen Sie nach rechts ab«, befahl die Stimme, und Kollmaier griff zitternd zum Schlüssel. »Sehr schön«, stellte die Stimme fest. »So machen wir das jetzt, bis wir am Ziel sind. Ich sage, wo es langgeht, und Sie halten den Mund.«

Einige Male versuchte Kollmaier, etwas zu sagen, was aber sofort von dem Draht um seinen Hals erstickt wurde.

Die Fahrt über fast leere Landstraßen dauerte nicht lange, als der Mann hinter ihm erneut sprach. »Jetzt langsam. Machen Sie das Licht aus und biegen Sie hier links in den Feldweg ein.«

Kollmaier folgte der Anweisung und nahm sich vor, sofort nach dem Aussteigen einen Fluchtversuch zu unternehmen.

Der offenbar kaum benutzte Feldweg wurde schon nach wenigen Metern von einem dichten Wald verschluckt. Schneller als Schritttempo zu fahren war nicht möglich. Trotz der nur leichten Steigung drehten die Reifen des alten Wagens immer wieder durch, da es keine Elektronik gab, die dies verhinderte. Trotzdem verfluchte Kollmaier sich selbst, hatte er doch erst vor einer Woche neue Winterreifen gekauft. Mit den alten Reifen wären sie schon längst stecken geblieben und er hätte es nicht so weit zurück bis zur Landstraße gehabt. Plötzlich kam ihm ein Gedanke, und ohne auf das Risiko zu achten, drückte er das Gaspedal komplett durch. Der Mercedes machte einen kurzen Satz nach vorne, dann gruben sich die Reifen ein und nichts ging mehr. In Erwartung einer Konsequenz hielt Kollmaier die Luft an, doch nichts tat sich. Einige Sekunden herrschte außer dem Geräusch, das der Motor machte, absolute Ruhe, dann sagte der Mann hinter ihm: »Auch recht«, öffnete die hintere Tür und stieg aus. Kollmaier witterte seine Chance, legte mit Gewalt den Rückwärtsgang ein und trat erneut auf das Gaspedal. Die neuen Reifen griffen viel zu gut und beschleunigten den Wagen unkontrollierbar. Als Kollmaier merkte, dass dies nicht gut gehen konnte, trat er auf die Bremse und besiegelte damit sein Schicksal. Nach einer halben Drehung war es zu spät, um von der Bremse zu gehen, und der Mercedes jagte rückwärts, begleitet von dem Krachen brechender Äste, in das

Unterholz hinein. Dieses Mal starb der Motor ab und völlige Stille umgab ihn. Zwei Sekunden später wurde die Fahrertür aufgerissen und eine Hand zerrte ihn aus dem Wagen. Nun sah er zum ersten Mal seinen Entführer und wusste, er meinte es ernst.

Wotan musste sich nicht orientieren, dazu hatte er das Gebiet vorher viel zu gut erkundet. Ohne ein Wort zu sagen, drückte er Kollmaier den kleinen Revolver in den Rücken und manövrierte ihn erst zurück auf den Waldweg, dann weiter bergauf.

# – 33 –

Sabrina hatte keine Wahl mehr. Nach mehr als neun Stunden auf dem Stuhl musste sie ihren Urin einfach laufen lassen. Er hatte den Monitor so aufgestellt, dass alle drei Frauen die Abstimmungen für oder gegen sie mitverfolgen konnten. Bei der letzten Befragung hatten insgesamt circa viertausend Leute mitgemacht – und das waren nur die aktiv Beteiligten. Sabrina war sich sicher, dass es noch Tausende gab, die einfach nur zusahen und sich daran ergötzten, wie sie hier gequält wurden. Mit Tränen in den Augen blickte sie auf ihr eigenes Livebild und musste sich selbst zusehen, wie sich erst ihre Hose dunkel färbte und dann ihre Pisse unten heraustropfte. Hass, Wut und Verzweiflung, mehr war nicht mehr übrig. Keine der Fragen hatte bis jetzt einen Hinweis darauf gegeben, worum es diesem Irren eigentlich ging. Alles drehte sich nur um verdammt banale Ehrlichkeit. Am Anfang dachten alle drei noch, sie kämen mit Aussagen davon, die für diese Perversen da draußen gut klangen. Aber bereits nach der dritten Frage, die lautete: »Hast du schon einmal jemanden absichtlich Schmerzen zugefügt?«, war klar, dass es so nicht ging. Nachdem die Abstimmung beendet war, erschien unter ihren Bildern die richtige Antwort. Doch nicht nur das. Es stand auch noch dabei, wer wann was getan hatte. Dieser Psycho musste sie wochenlang beobachtet haben, ohne dass sie etwas davon mitbekommen hatten.

Wieder stieß Nina, die nur ein paar Meter neben ihr auf ihrem Stuhl saß, einen mittlerweile irre klingenden Schrei aus.

Da sie einfach nicht kapieren wollte, was diese Perversen da draußen hören wollten, unterlag sie fast in jeder Runde und war einige Male kurz davor, das Bewusstsein zu verlieren. Dieses Mal hatten sich die Metallbänder an ihren Fußgelenken so eng zugezogen, dass ihre Sehnen völlig überdehnt wurden. Kalter Schweiß rann ihr von der Stirn in die Augen und zusammen mit den verklebten Haaren sah sie inzwischen fast schon wahnsinnig aus. Sabrina schloss die Augen und erwartete die Strafe für den zweiten Platz, doch es war wieder nur ein harmloser Elektroschock, der allerdings dafür sorgte, dass sich ein weiterer Schwall Urin in ihre Hose ergoss.

Als die Muskelkontraktionen aufhörten, öffnete sie die Augen, blickte genau in die Kamera und sagte mit angewiderter Stimme: »Na, macht euch das an, ihr Wichser?« Die Worte hatten noch nicht ganz ihren Mund verlassen, als ihr bewusst wurde, was dieser Satz für die nächste Runde bedeuten würde. Da sie nicht vorhatte, hier draufzugehen, war es ihr ganz recht, dass sich Nina so dumm anstellte, doch jetzt hatte sie einen Fehler gemacht.

Wieder verging die restliche Zeit bis zur vollen Stunde, ohne dass etwas passierte. »Wie geht es dir?«, fragte Kassandra in Ninas Richtung, bekam aber keine Antwort. Sabrina hatte Kassandra beobachtet und wusste, dass auch sie froh über Ninas Unvermögen war. Dass sie jetzt aber auch noch Mitgefühl heuchelte, war schon ein starkes Stück. Wütend zischte sie: »Kassandra, halt einfach deine verlogene Fresse.«

Müde wandte Kassandra den Kopf zu Sabrina, so gut es ging. »Es ist deine Freundin und du hast noch nichts unternommen, um ihr das wenigstens einmal zu ersparen. Also, sei besser ruhig.«

Weiter kamen die beiden nicht, da wieder einmal seine Stimme aus einem Lautsprecher erklang.

# – 34 –

Mike und Peter hatten sich durch ein Gedränge aus Presseleuten gearbeitet, standen nun in dem Büro für Internetkriminalität des Hauptpräsidiums und hörten die gleichen Worte, die auch die beiden Frauen zur Ruhe gebracht hatten.

Im gleichen Takt, wie die Worte gesprochen wurden, erschienen sie auch als Text im unteren Bereich der Internetseite zum Mitlesen. Wotans Stimmlage klang völlig ohne Wertung.

»Wie ihr sicher schon mitbekommen habt, ist dies kein Spiel. Aber ihr könnt sicher sein, dass es einen Grund gibt, warum ich euch als Richter auserkoren habe. Heute habt ihr einen ersten Eindruck dieser Frauen bekommen und ich bin mir sicher, euch ist schon jetzt die Verlogenheit der ein oder anderen aufgefallen. Erst als es keine Wahl mehr zwischen Wahrheit und Schmerz gab, haben diese drei Frauen begriffen, dass sie mit ihren Lügen bei euch nicht weiterkommen.« Es folgte eine Pause, in der die Kamera noch einmal jede der drei einzeln zeigte, dann fuhr Wotans Stimme fort. »Nun ist es an der Zeit, ihnen eine Pause zu gönnen, und ich bin überzeugt, dass sich morgen mit eurer Hilfe die Wahrheit offenbaren wird. Seid pünktlich. Ab morgen früh um Punkt sechs Uhr erwarten diese drei Frauen ihr Gerichtsverfahren, dessen Urteil dann genau um zwölf Uhr mittags vollstreckt wird.« Wieder kehrte kurz Stille ein, dann folgten die eindringlichen, laut gesprochenen Worte: »ICH ZÄHLE AUF EUCH.« Anschließend verschwand das Livebild aus dem Gewölbe, und der allererste Trailer wurde eingeblendet.

»Gott sei Dank.« Karl, der bereits seinen sechsten Kaffee in der Hand hielt, atmete auf. »Ich dachte schon, er will das die ganze Nacht über durchziehen. Das hätte Nina Krause nicht überlebt.«

Der Beamte am Computer drehte sich um, sah ihn mit geröteten Augen an und fragte erneut: »Und wir sollen diese Seite sicher nicht sperren? Ihnen ist schon klar, dass theoretisch die ganze Welt zusehen kann, wie wir es zulassen, dass dieser Irre eine Bühne bekommt.«

Mike antwortete an Karls Stelle. »Es sieht bereits die ganze Welt dabei zu. Vor dem Präsidium ist so etwas wie Pressejahrmarkt, aber welche Wahl haben wir? Döring würde sofort merken, dass er nicht mehr online ist, und dass er konsequent handelt, steht wohl außer Frage. Folglich haben wir die Wahl zwischen dem Leben der Frauen und einer fanatischen Öffentlichkeit, die ihr Entsetzen nur heuchelt. Sie haben doch selbst gesehen, wie viele Leute mit Begeisterung auf ein Knöpfchen drücken und dann mitverfolgen, wie eine Frau deswegen Schmerzen erleidet.« Er spürte, wie Wut und Traurigkeit in ihm aufstiegen. Fast schon aufgebracht redete er weiter. »Tut mir leid, aber für das geheuchelte Entsetzen derer da draußen habe ich keinerlei Verständnis. Nur, um die angeblich schockierte Volksseele zu beruhigen, lasse ich keine der Frauen sterben.«

Wie zur Bestätigung seiner Worte betrat der sichtlich verärgerte Chef der Abteilung für Internetkriminalität den Raum. »Es ist nicht zu fassen. Unsere Notrufnummer wird gerade von

Leuten lahmgelegt, die nichts Besseres zu tun haben, als sich darüber zu beschweren, dass dieses kranke Spiel eine Pause macht.«

In Mike blitzten wieder einmal die Bilder seiner beiden Kinder auf. Es war einfach noch nicht genug Zeit vergangen, dass sie ihn mit ebenso flehenden Augen angesehen hatten wie diese drei Frauen auf dem Monitor. Und wenn er sich vorstellte, dass damals ebenfalls Tausende von fremden Menschen über ihr Schicksal entschieden hätten und nicht nur ein einzelner Irrer, zog es ihm den Magen zusammen. Er wollte es nicht, dennoch warf er dem Kollegen am Computer einen verächtlichen Blick zu, dann drehte er sich um und verließ den Raum.

Peter, der ahnte, wo sein Partner hingegangen war, gab Mike fünf Minuten und folgte ihm dann auf den Raucherplatz im Innenhof des Präsidiums, wo dieser sich gerade mit zitternden Fingern die zweite Zigarette anzündete.

»Alles klar?«

Mike blickte erst hinauf in den nie wirklich dunklen Nachthimmel über der Stadt und deutete dann ein Nicken an.

Peter überlegte kurz, noch weiter nachzufragen, sagte aber nur: »Ich habe Karl von unserem Gespräch mit Kollmaier berichtet, er wird der Sache nachgehen. Wir sollten jetzt nach Hause fahren und morgen früh um sechs wieder da sein. Karl hat die Hoffnung, dass wir spätestens am Ende dieses Spieles einen Hinweis darauf bekommen, wo sich die Frauen befinden.«

»Alles klar«, antwortete Mike müde, trat die Kippe aus und begleitete Peter schweigend zum Auto.

Zehn Minuten später vergewisserte sich Peter noch einmal, dass er Mike alleine lassen konnte, und sah zu, wie dieser seine Haustür aufschloss und darin verschwand. Die Digitaluhr unter dem Tacho zeigte bereits 23.30 Uhr. Es wurde Zeit, diesen Tag zu beenden.

Mike betrat seine leere Wohnung und war froh darüber, dass Jenni heute bei einer Freundin übernachtete. Den ganzen Tag über hatte er problemlos funktioniert, doch als ihm vorhin die Perversion dieses Falles bewusst geworden war, war etwas in ihm zusammengebrochen. Es war nicht nur das, was dieser Döring tat, so abscheulich es auch sein mochte. Fast noch schlimmer war die bittere Erkenntnis, wie tief diese Gesellschaft gesunken war.

Ohne darüber nachdenken zu müssen, ging er wie automatisch zu dem kleinen Bar-Fach im Schrank und goss sich ein zu großes Glas halb voll mit Whisky. Anschließend tat er etwas, was er sofort wieder bereute. Noch bevor er sich eine Zigarette anzündete, schaltete er den Fernseher ein und musste mit anhören, wie sich eine Diskussionsrunde darüber stritt, ob man sich für Dörings Spielidee die Rechte sichern konnte. Einige Sender hatten wohl schon Interesse daran geäußert, aber keiner wusste so recht, wessen geistiges Eigentum es sei. Wütend schaltete er auf ein anderes Programm, da aber gerade Mitternacht war, liefen fast überall Nachrichten, und sein Fall stand ganz oben auf der Liste der Schlagzeilen. Mike schaltete den Ton ab und sah nur den Aufnahmen der drei Frauen zu. Konnte man so etwas ohne Schaden überstehen? Stundenlang festgekettet an einen Stuhl und immer auf den nächsten Schmerz wartend, von dem man nie wusste, wodurch er diesmal ausgelöst wurde. Nicht wissend, ob man dieses Kellerloch überhaupt lebend verlassen würde. Auch wenn sich Sabrina und Kassandra gut schlugen: In ihren Augen stand dieselbe Angst geschrieben wie in Ninas, die sichtbar am Ende war. Immer wieder durchzogen leichte Beben ihren Körper. Man hatte natürlich genau die Szene ausgewählt, in der sich die beiden Gewindestangen langsam, aber unerbittlich ein kleines Stück in ihre Schläfen bohrten … eben genau das, was das Volk sehen wollte.

Angewidert schaltete Mike den Fernseher aus, goss sich das Glas ganz voll und wartete in seinem Sessel, bis ihm der Schlaf die Gnade erwies.

# – 35 –

Auch auf dem Monitor, der vor den drei Frauen stand, verschwand ihr eigenes Livebild, und der Trailer begann mit den Aufnahmen eines durch den Wald flüchtenden Menschen. Sabrina und Kassandra konnten nicht anders und sahen zu. Nur Nina war zu sehr mit sich selbst beschäftigt. Ihr Kopf war trotz des Stahlbandes um ihren Hals ein kleines Stück nach vorne gekippt, und immer wieder kamen Worte aus ihrem Mund, die klangen, als ob jemand im Schlaf reden würde. Schweiß, vermischt mit ein wenig Blut aus den kleinen Löchern in ihrer Schläfe, trocknete an ihrer Haut fest, und fast sah es so aus, als hätte sie sich geschminkt.

»Das ist doch krank«, stellte Sabrina mit Blick auf den Monitor fest, auf dem der Film gerade die Stelle erreicht hatte, wo der Mann überfahren wurde. Als Kassandra, die neben ihr auf ihrem Stuhl saß, nichts dazu sagte, blickte Sabrina zu ihr hinüber. Kassandra saß regungslos und mit weit aufgerissenen Augen da und starrte einfach nur auf die gegenüberliegende Wand.

»Was ist los?«, fragte Sabrina unsicher, da sie nicht wusste, ob nicht wieder irgendein Foltermechanismus des Stuhles eingesetzt hatte. Als sie nichts dergleichen erkennen konnte, fragte sie noch einmal. »Hallo. Alles klar bei dir, oder drehst du jetzt auch noch durch?«

»Das war mein Bruder …« Es war nur ein Flüstern und Sabrina dachte, sich verhört zu haben. Dann schien in Kassandra ein Schalter umzuspringen. Ihre Stimme klang völlig verändert, als sie zu brüllen begann. »DAS WAR MEIN BRUDER! DIESES ARSCHLOCH HAT MEINEN BRUDER UMGEBRACHT!« Ohne auf den Schmerz zu achten, riss Kassandra an ihren Armfesseln, wand sich rasend vor Wut und Schmerz in ihrem Stuhl, der zwar ein Knirschen von sich gab, aber gut auf dem Boden verankert war. Tränen schossen aus ihren Augen, verschleierten ihr den Blick und wieder brüllte sie, diesmal in Richtung der Tür: »KOMM REIN UND MACH MICH LOS, DU FEIGE SAU!« Dann brach etwas in ihr zusammen, und sie keuchte wesentlich leiser. »Mich bekommst du nicht. Ich werde ihn rächen, das schwöre ich bei Gott.« Sie schloss die Augen. Immer wieder erschütterten Weinkrämpfe ihren Körper.

Sabrina wusste nicht, was sie sagen sollte. Fassungslos sah sie zu, wie sich die Armlehnen unter Kassandras Handgelenken rot färbten. Sie hatte so stark daran gerissen, dass sich der Metallstreifen tief in ihre Haut gegraben hatte und diese nicht mehr standhalten konnte. Und auch an ihrem Hals hatte das Band deutliche Zeichen ihres Widerstandes in Form von hässlichen Striemen hinterlassen.

Sabrina versuchte, die anderen beiden auszublenden und sich um ihren eigenen Körper zu kümmern. Da auf der Internetseite immer eine Uhr mitgelaufen war, wusste sie, dass sie bereits seit zehn Stunden an diese verdammten Stühle gefesselt waren. Trotz der Schmerzen an Waden, Händen und Hals spürte sie ihren restlichen Körper kaum noch. So blöd es klang, hatten die Stromstöße während der Befragungen für etwas Durchblutung gesorgt, doch jetzt fühlte sich alles nur noch taub und eingeschlafen an. Hinzu kam der süßliche, schwere Geruch von Urin, der nun das gesamte Gewölbe erfüllte. Keine von ihnen hatte die Kontrolle über ihre Körperfunktionen behalten können, da er die Elektroden auf ihren gesamten Körpern verteilt hatte.

Da nun keine ihrer beiden Leidensgenossinnen mehr ansprechbar war, hatte Sabrina Zeit nachzudenken. Die ganzen letzten Tage war ihr immer wieder der Name ›Wotan‹ durch den Kopf geschossen und sie kam einfach nicht darauf, woher sie diesen Namen kannte. Obwohl es ihr schwerfiel, sich zu konzentrieren, ging sie noch einmal alle Fragen des heutigen Spieles durch, und plötzlich erschien ihr die Antwort glasklar vor Augen. Schon nach der dritten Frage war ihr klar geworden, dass es ihm heute nur darum gegangen war, den Voyeurismus der Leute da draußen zu bedienen. Er wollte für das Ende seiner kranken Gerichtsverhandlung die größtmögliche Aufmerksamkeit erreichen. Doch bei einer Frage war ihr der eigentliche Grund, warum sie überhaupt hier waren, schon kurz in den Sinn gekommen. Sie hatte den Gedanken vorhin nicht weiterverfolgen können, da sie die Runde verloren hatte und ihr die Fußfesseln fast die Knöchel zerquetschten. Der Schmerz lähmte jedes Denken – genau so, wie sie es von der Klinge, die zu Hause hinter der Tapete steckte, kannte. Jetzt aber, da die Schmerzen erträglicher waren, fiel ihr auch das Denken wieder leichter. Die Frage hatte gelautet: »Was war euer erstes sexuelles Erlebnis?«

Und sie hatte »Mit fünfzehn Jahren in der Umkleide der Schulturnhalle« geantwortet. Dieses Erlebnis gab es zwar wirklich, aber ihr erster Sex war ein ganz anderer gewesen. Diese Lüge konnte ihr Gesicht nicht verbergen. *Wotan.* Man hatte ihr den Namen damals nur einmal genannt, denn aufgrund ihres jungen Alters wurde sie fast komplett aus der Gerichtsverhandlung herausgehalten.

Zu weiteren Überlegungen kam Sabrina nicht, da sich die Stahltür öffnete. Ohne auch nur ein Wort zu sagen, ging Wotan, der wieder seine schwarze Kutte trug, zu dem kleinen Tisch, auf dem auch der Monitor stand, und stellte einen kleinen Karton ab. Anschließend umrundete er Ninas Stuhl, blieb dahinter stehen und betätigte irgendeinen Mechanismus, den Sabrina nicht sehen konnte.

Als Erstes schob sich Ninas Halsfessel ein Stück nach vorne und klappte zur Seite weg, wodurch ihr Oberkörper nach vorne sackte. Offensichtlich war Nina entweder vor Erschöpfung eingeschlafen oder ohnmächtig geworden. Als Nächstes öffnete sich die Fessel, welche ihre rechte Hand an dem Stuhl fixiert hatte, und gab ihren Arm damit der Schwerkraft preis.

Nun trat er vor Nummer drei, ging etwas in die Hocke und drückte sie fast schon zärtlich zurück an die Rückenlehne. Noch immer zeigte sie keine Regung und erst, als er ihr etwas die Wange tätschelte, öffnete sie die Augen, sah ihn mit trübem Blick an und stieß einen markerschütternden Schrei aus. Einzig die Tatsache, dass er ihren freien Arm festgehalten hatte, verhinderte, dass sie nach ihm schlagen konnte. Es dauerte einige Augenblicke, bis der Schlaf Ninas Geist freigab und sie wieder realisierte, wo sie war. Dann beruhigten sich ihre hektischen Atemzüge, und sie gab ihre Abwehrreaktion auf.

Wotan ließ ihren Arm los, ging zu der Schachtel am Tisch und holte einen Becher sowie ein dick belegtes Brötchen heraus. Er drückte Nummer drei den Becher in die freie Hand und legte das Brötchen auf ihren Schoß. Nina verfolgte all dies mit leerem, ausdruckslosem Blick, ohne dass ihre Mimik irgendeine Regung zeigte.

»Wieder ein Häppchen Gift?«, giftete Sabrina ironisch, als er das Vorgehen bei ihr wiederholte, doch auch sie versuchte keine Gegenwehr.

Da er offenbar mitbekommen hatte, dass Nummer zwei nun vom Tod ihres Bruders wusste, löste er bei ihr zuerst die Armfessel, gab ihr das Essen und befreite dann erst ihren Hals. Kassandras erster Impuls war, den Becher nach ihm zu werfen, sie konnte sich aber gerade noch kontrollieren und beschloss, ihm den Spaß dadurch zu verderben, dass sie keinerlei Gefühle mehr zeigte.

Wotan ging zurück zur Tür und drehte sich noch einmal um. »Ihr habt eine halbe Stunde für das Essen. Wer versucht, sich zu befreien, wird eine weitere schmerzhafte Erfahrung machen.« Dann fiel die Tür zu und keine der drei wusste, ob sie das Essen anrühren sollte.

# – 36 –

Pünktlich um zehn Minuten vor 6 Uhr klingelten in Deutschland mehr Wecker als sonst um diese Zeit. Selbst Menschen, die es hassten, so früh aufzustehen, schälten sich aus ihren Betten oder holten den Laptop ins Bett, um dabei zu sein.

Mike und Peter hatten beschlossen, sich den Anfang der finalen Runde des Spiels in ihrem Büro anzusehen.

»Dein Kaffee steht noch neben der Maschine«, sagte Mike zur Begrüßung, als Peter zusammen mit ihrer neuen Kollegin das Büro betrat. Im Gegensatz zu der frisch wirkenden Natalie sah Peter aus, als hätte er die Nacht durchgemacht, und als er dann auch noch sagte: »Danke, ich verzichte heute …«, begann Mike, sich Sorgen zu machen. »Alles klar bei dir?«

»Hab etwas Magenschmerzen, aber es geht schon«, erklärte Peter, worauf Mike sich an Natalie wandte. »Möchtest du den Kaffee?«

Natalie sah ihn vorwurfsvoll an: »Ich dachte schon, du fragst gar nicht.«

Mike hatte den Computer schon eingeschaltet und die entsprechende Website aufgerufen. Punkt 6 Uhr verschwand das Logo und ein neuer Trailer begann zu laufen. Dieses Mal waren es Hunderte Bilder, die nacheinander oder ineinander verschachtelt über den Monitor zuckten, wobei ungefähr jedes zehnte Bild Justitia, die Frauenstatue mit Waage und Schwert, zeigte. Als der kurze Film zu Ende war, wurde Wotan Döring eingeblendet, hinter dem immer noch, oder wieder, die drei Frauen auf ihren Folterstühlen saßen. Wie immer war alles, was man von ihm sah, die beiden Augen hinter der Kapuze. Einige Augenblicke regte sich nichts, dann begann er mit ausladenden Bewegungen seine Ansprache, die an die Predigt eines Pfarrers erinnerte. Ohne Begrüßung verkündete er: »Heute ist der Tag, an dem sich vieles aufklären wird. Heute ist der Tag, von dem einige Personen dachten, sie könnten sich ihm entziehen.«

Im Hintergrund sah man, wie Kassandra ihren zuvor gesenkten Kopf hob und mit starrem, wütendem Blick in die Kamera sah. Gerade als Döring seinen nächsten Satz beginnen wollte, brüllte sie los. »Dieses Schwein hat meinen Bruder umgebracht. Wenn die Polizei mich jetzt hören kann: Der Mann aus dem Trailer war mein Bruder.«

Statt des erwarteten Wutausbruches drehte sich Döring noch nicht einmal um, sondern stellte mit gelassener Stimme fest: »Einen Richter sollte man nie unterbrechen.« Dann griff er kurz vor sich. Wohin, konnte man nicht sehen, aber nur eine Sekunde später wurde Kassandras Hals erbarmungslos an die Rückenlehne des Stuhls gezogen. Reden war ihr nun unmöglich, da die Luft gerade noch zum Atmen reichte.

Döring breitete erneut die Arme aus und machte unbeeindruckt weiter. »Für heute haben sich die Spielregeln ein wenig geändert, schließlich geht es um die Wahrheit. Und wie ihr gestern schon gesehen habt, muss man dieser oft ein wenig auf die Sprünge helfen. Auch heute werde ich wieder Fragen stellen, doch solltet ihr der Meinung sein, dass eine der drei Frauen lügt, dann bekommt sie nach dem Empfang ihrer Strafe die Möglichkeit, ihre Antwort zu revidieren. Ist die zweite Antwort immer noch nicht zufriedenstellend, verdoppelt sich die erste Strafe. Im Grunde ist alles ganz einfach. Wer nicht lügt, wird heute Mittag um zwölf auch noch in der Lage sein, seinen Stuhl zu verlassen.« Nun drehte er sich zu seinen drei Gefangenen um. »Habt auch ihr das verstanden?«

Nummer eins und drei deuteten ein verzweifeltes Nicken an, Nummer zwei hatte dazu zu wenig Spielraum.

Wieder zur Kamera gewandt, sagte Döring: »Dann möge die Gerechtigkeit euch leiten.«

Schon eine Sekunde später wurde die nächste Neuerung sichtbar, denn dieses Mal sah man zum Zeitpunkt der Fragestellung alle drei Gesichter gleichzeitig und konnte so die unterschiedlichen Mienenspiele vergleichen.

Ohne Zeit zu verlieren, donnerte Wotans laute, feste Stimme durch das Gewölbe. »Hast du schon einmal etwas mit einem Gericht zu tun gehabt, egal, in welcher Funktion?«

Alle drei Gesichter blieben gelassen, nur Kassandras Augen verengten sich für einen kurzen Augenblick. Die Kamera schwenkte zu Nummer eins. Sabrina wusste inzwischen, worauf er hinauswollte, und verkündete mit ruhiger Stimme: »Ja, ich habe meinen Vergewaltiger angezeigt und …« Mehr Zeit blieb ihr für die Antwort nicht, dann wurde ihre Stimme ausgeblendet.

Das Bild wechselte zu Nummer zwei, die nach Ablauf der fünf Sekunden Bedenkzeit »Nein, noch nie« antwortete.

Als Letzte war Nummer drei an der Reihe. Auch sie hatte aus dem Vortag gelernt. »Ja, als Zeugin bei der Verhandlung von Nummer eins.«

Anschließend erschienen wieder alle drei Gesichter nebeneinander auf dem Monitor, und auch wenn man nicht hörte, was die Tochter der Richterin sagte, war es eindeutig »Scheiße«.

Wie vorhersehbar raste Kassandras Zähler, der neben ihrem Bild zu sehen war, in Zehner-Schritten nach oben und wurde erst bei einem Stand von 8.000 etwas langsamer.

Mike runzelte die Stirn. Ohne aufzublicken, fragte er nach hinten zu Natalie: »Hat Kassandra Magwart eine Akte?«

Natalie musste nicht erst in ihrem Notizbüchlein nachsehen, sie kannte alles den Fall Betreffende auswendig. »Nein. Keine Akte, keinen Eintrag, und auch bei Gericht wird sie nicht erwähnt.«

Mike schoss der bösartige Gedanke durch den Kopf, dass er dank der mit Sicherheit gleich folgenden zweiten Befragung vermutlich die Antwort auf die Frage bekommen würde.

Die Zeit lief ab, und erst als der gesamte Stuhl von Nummer zwei eingeblendet wurde, sah man, dass ein neues Foltergerät dazugekommen war. Döring hatte die Schuhe von Kassandra und vermutlich auch die der anderen mit kleinen Herdplatten getauscht und an beiden begannen nun kleine Lämpchen zu leuchten. Als die Zeit abgelaufen war, konnte man die Anspannung der jungen Frau förmlich spüren. Irritiert davon, dass die Folter nicht unmittelbar einsetzte, huschte ihr Blick unruhig hin und her. Erst langsam spürte sie die einsetzende Hitze an ihren Fußsohlen und versuchte verzweifelt, sich ihren Fußfesseln zu entwinden, doch die Metallstreifen ließen kaum eine Bewegung zu. Je länger es dauerte, umso fester krallten sich ihre Fingernägel in die Holzlehne des Stuhles, und ihr Blick begann abzudriften. Auf ihrer Stirn traten immer mehr Schweißperlen aus der Haut und schließlich konnte sie nicht mehr anders. Der Schrei war dem einer werdenden Mutter sehr ähnlich und brach sich mehrmals in dem Gewölbe. Dann endlich erloschen die beiden Lämpchen und Nummer zwei wurde langsam ruhiger.

Tränen suchten sich ihren Weg, als abermals die Stimme ihres Peinigers erklang, der emotionslos die Frage wiederholte. »Hast du schon einmal etwas mit einem Gericht zu tun gehabt, egal, in welcher Funktion?« Dieses Mal bekam sie erst doppelte Bedenkzeit, dann doppelte Redezeit. Weinend und wütend gleichzeitig schrie sie: »Ja, verdammt. Ich habe meine damals beste Freundin anonym wegen Diebstahls angezeigt, weil sie mir den Freund ausgespannt hatte.« Als die Redezeit abgelaufen war, erklang Dörings Stimme. »Wenn euch das als Antwort reicht und ihr diese für ehrlich haltet, stimmt für die anderen beiden Frauen, dann wird die zweite Bestrafung ausgesetzt.«

Die Zahlen neben den drei eingeblendeten Frauen sprangen auf null und begannen keine Sekunde später wieder zu steigen. Jetzt sah es so aus, als hätte Kassandra eine Chance, der Strafe zu entgehen.

Mike erhob sich von seinem Bürostuhl, blickte auf die Wand mit den zusammengetragenen Fakten und stellte sich selbst laut die Frage: »Was für einen Scheiß zieht Kassandra Magwart da ab und warum sagt sie das nicht gleich?«

»Ich habe sowieso das Gefühl, sie spielt ein falsches Spiel«, kam es von Natalie.

»Hast du eine Idee?«, wandte sich Mike an Peter und erschrak ein wenig. Sein Partner lehnte an einem der Fensterbretter und drückte seine Hände auf die Magengegend. Mit der noch hell erleuchteten Burgmauer im Hintergrund sah es fast so aus, als hätte er eine helle Aura um sich herum. »Was ist mit dir?«

Peter winkte ab. »Nur Magenschmerzen, mehr nicht.«

Mike beließ es dabei, obwohl ihm in den Sinn kam, dass sein Partner in letzter Zeit öfter einmal seltsam nachdenklich wirkte. Mit ernster Miene fragte er: »Willst du wieder nach Hause gehen? Wir können im Augenblick sowieso kaum etwas machen.«

Peter schüttelte wie erwartet den Kopf. »Das geht gleich vorbei, ich nehme eine Magentablette und dann schnappen wir uns diesen feigen Arsch.« Ohne weiter auf Mike zu achten, ging er zu seiner Tasche, kramte darin herum und schluckte anschließend eine ziemlich große Kapsel, die er mit einem Glas Wasser hinunterspülte.

»Also, was machen wir?«, löste Natalie die Situation auf und sah Mike, der ja auch ihr Vorgesetzter war, fragend an.

Dieser erwiderte ihren Blick und beim Anblick seiner noch ungebundenen Kollegin kam ihm eine Idee. Sich über sich selbst ärgernd, sagte er: »Was ist eigentlich mit Magwarts Mann, Kassandras Vater? Wir hatten es immer nur mit der Richterin zu tun, und soweit ich mich erinnern kann, ist Frau Magwart verheiratet.«

»Den haben wir nicht vergessen.« Keiner der drei Kommissare hatte mitbekommen, dass Karl das Büro betreten hatte. »Richterin Magwarts Mann ist im diplomatischen Dienst beschäftigt und konnte erst gestern aus dem Nahen Osten zurückkehren. Ich habe gerade mit ihm telefoniert. Natürlich ist auch er zutiefst erschüttert über den Tod seines Sohnes und die Entführung seiner Tochter.«

»Hatte er irgendeinen Anhaltspunkt, der uns nützen könnte?«, fragte Peter seinen Chef, doch Karl schüttelte den Kopf.

Natalies Blick fiel auf die Gerichtsakte, die immer noch auf ihrem Tisch lag, und ohne jemanden Bestimmten anzusprechen, sagte sie: »Wäre es nicht möglich, dass die Richterin die fehlenden Seiten zu Hause hat? Und wenn ja, weiß vielleicht ihr Mann, wo diese sein könnten.«

Karl sah die neue Kollegin milde lächelnd an. »Und Sie glauben, er gibt Gerichtsunterlagen seiner Frau ohne ihre Zustimmung heraus?«

»Immerhin geht es um das Leben seiner Tochter und vielleicht reagiert er nicht so eigenartig wie seine Frau«, mischte sich Mike ein. »Einen Versuch wäre es wert.«

»Wenn ihr meint …«, sagte Karl gleichgültig, da auch ihm bewusst war, dass es immer noch keinen Hinweis auf den

Aufenthaltsort des Entführers gab. Dann fiel ihm der gestrige Nachmittag ein und er fragte Natalie: »Hat eigentlich die Recherche im Gefängnis etwas gebracht?«

Die Kommissarin trank den letzten Schluck ihres bereits erkalteten Kaffees aus. »Zunächst nicht wirklich. Döring hatte als Kinderschänder einen schweren Stand und oft Probleme mit den anderen Insassen. Es gab nur einen älteren, rechtsextremen Mann vom alten Schlag, mit dem sich Döring verstand. Die beiden teilten sich eine Zelle und bauten ein freundschaftliches Verhältnis zueinander auf. Sie waren so etwas wie Freunde in der Not. Eigentlich ist das ja die beste Voraussetzung, um an Informationen zu kommen, doch leider verstarb der Alte kurz vor Dörings Entlassung. Offenbar hatte man die beiden zu Dörings Abschied derart misshandelt, dass es der alte Mann nicht überlebte.«

»So langsam kommt mir dieser Döring vor wie ein Phantom«, stellte Mike frustriert fest. »Sobald eine Information über ihn auch nur in greifbare Reichweite kommt, verschwindet sie wieder.«

»Nicht ganz«, widersprach Natalie. »Es gab noch einen jungen Nazi, der sich oft und gerne mit dem Alten unterhalten hatte, doch natürlich wollte auch der nicht mit uns reden.« Natalie machte eine kurze Pause und verkündete dann ihren Einfall. »Ich konnte aber einen der mich begleitenden Beamten dazu überreden, sich für eine Nacht als neuer Gefangener bei dem Nazi einsperren zu lassen. Nach dem Frühstück, das um acht Uhr beginnt, wird der Gefängnischef unseren Mann wieder herausholen. Falls der Alte Döring einen passenden Ort für diese Entführung genannt hat, stehen die Chancen ganz gut, dass auch dieser junge Nazi davon weiß.«

»Gute Arbeit«, lobte Karl.

Auch Mike nickte anerkennend, blickte auf die Uhr und beschloss: »Es ist jetzt kurz nach halb sieben. Ich würde sagen, wir nutzen die Zeit und statten Kassandras Vater einen Besuch ab.« Er sah seinen Chef an. »Ich nehme an, die Richterin ist noch immer nicht vernehmungsfähig?«

»Richtig«, bestätigte dieser, wünschte seinen Leuten viel Glück und verließ das Büro.

Trotz Peters Protest bestimmte Mike, dass sein angeschlagener Partner im Büro bleiben und weiter das Spiel beobachten sollte.

In den ersten zehn Minuten der Fahrt war es ein seltsames Gefühl, nicht Peter, sondern Natalie neben sich im Dienstwagen sitzen zu haben, und Mike bereute, dass immer nur sein Partner gefahren war. Dank der zentralen Lage seiner Wohnung brauchte er privat kaum das Auto, was sich jetzt in einer etwas unsicheren Fahrweise niederschlug. Natalie ließ sich zwar nichts anmerken, aber daran, dass sie sich die ganze Fahrt über an dem Haltegriff über der Tür festhielt, erkannte er ihre Anspannung.

Zwanzig Minuten später erreichten sie das freistehende Haus der Familie Magwart und beide waren froh, dass die Fahrt zu Ende war. Als sie die Straße überquerten, gab sich Mike eine Blöße. »Ich sollte wohl wieder öfter fahren.«

Seine Kollegin blickte ihn von der Seite an und bemerkte mit einem Lächeln: »Kennst du diese Fahrsicherheitskurse?«

Zu einem weiteren Gespräch kam es nicht, da sie das hohe Tor der Zufahrt erreicht hatten und Mike auf den Klingelknopf drückte. Rund um ein eingebautes Kameraauge leuchtete ein Ring aus weißen LEDs auf, und trotz der frühen Morgenstunde fragte schon nach wenigen Sekunden eine tiefe Männerstimme: »Ja, bitte?«

Mike hielt seinen Dienstausweis vor die Kamera und stellte sich vor. »Und wer ist die andere Person?« Offenbar gab es noch mehr versteckte Kameras, da Natalie ein gutes Stück entfernt von Mike stand. Als auch sie sich mit Ausweis vorgestellt hatte, öffnete sich eine kleinere Tür, die in einen Flügel des Tores integriert war, und ließ die beiden Kommissare auf das Grundstück.

»Nicht schlecht«, stellte Mike mit Blick auf das zweistöckige Haus fest.

»Aber hässlich modern«, missbilligte Natalie den Betonklotz.

Als sie die Eingangstür erreicht hatten, stand dort bereits ein hochgewachsener Mann mit grau melierten Haaren und sportlicher Figur. Irgendwie hatte Mike erwartet, dass Magwarts Mann klein, unscheinbar und bierbäuchig war, doch der hier war das Gegenteil.

Die beiden Kommissare gaben Herrn Magwart die Hand und versicherten ihm ihr Beileid zum Tod seines Sohnes, dann traten sie ein und wurden in ein Arbeitszimmer geführt.

Herr Magwart nahm hinter seinem ausladenden Schreibtisch Platz und Mike schoss sofort das Wort »Autorität« in den Kopf. Von der zunächst freundlichen Begrüßung war dem Mann nun nichts mehr anzumerken. Stattdessen griff er zu dem Monitor, der auf einer Ecke des Schreibtisches stand, drehte ihn so, dass auch Mike und Natalie das Spiel sehen konnten, und fragte zynisch: »Sollten Sie nicht besser dort sein und meiner Tochter helfen?« Dann sah er selbst kurz auf den Spielverlauf. »Sie wird gerade zum zweiten Mal gefoltert«, stellte er noch harscher fest.

Mike blickte kurz zum Fenster hinaus, dann wieder zu dem Mann. »Glauben Sie mir, ich kann besser als jeder andere verstehen, wie Sie sich fühlen, da ich schon in einer ganz ähnlichen Situation war.« Er senkte kurz den Blick, war aber sofort wieder bei der Sache. »Ich will ehrlich zu Ihnen sein. Wir haben kaum Anhaltspunkte, wo dieses perverse Spiel gerade stattfindet, sonst wären wir sicher nicht hier. Es ist nur so, dass alle Fäden bei einer früheren Gerichtsverhandlung Ihrer Frau zusammenlaufen.«

»Und warum kommen Sie dann zu mir? Sie wissen doch sicher, dass Juliane einen Nervenzusammenbruch hatte und im Krankenhaus liegt.«

Mike überlegte kurz und entschied sich dann für den direkten Weg. »Das Problem ist, dass wir zwar die Akte zu dem Fall im Gerichtsarchiv gefunden haben, diese aber nicht vollständig ist. Wir glauben, dass die entscheidenden Details auf den fehlenden Seiten sind, und hatten gehofft, dass wir diese hier finden. Ihre Frau nimmt doch bestimmt öfter Arbeit mit nach Hause, oder?«

»Ja, sicher«, antwortete Herr Magwart und sagte dann, was Karl ihnen prophezeit hatte: »Aber Sie glauben doch nicht im Ernst, dass ich Ihnen die Akten meiner Frau überlasse … das sind vertrauliche Gerichtsunterlagen.«

Nun schaltete sich Natalie ein. »Hören Sie. Uns ist bewusst, was wir da von Ihnen verlangen, aber bedenken Sie bitte zwei Dinge: Erstens sind die Unterlagen, die wir suchen, für jeden öffentlich einsehbar und unterliegen keinerlei Geheimhaltung. Und zweitens, was noch viel wichtiger ist, finden wir vielleicht Hinweise darin, die Ihrer Tochter und den beiden anderen Frauen das Leben retten könnten.«

Nun war es Kassandras Vater, der nachdenklich aus dem Fenster blickte, sich dann erhob und vor einen sehr alten Sekretär trat. Er öffnete die Klappe und ein hoher Stapel der typisch grauen Gerichtsmappen kam zum Vorschein. Fragend wandte er sich an Mikes Kollegin. »Wonach suchen wir?«

Natalie erhob sich ebenfalls, trat vor das alte Möbelstück und antwortete: »Nach einigen vermutlich losen Blättern. Falls sie hier sind, würde ich sie ganz unten erwarten, da der Fall schon einige Jahre zurückliegt.«

Herr Magwart zog beide Stapel nach vorne, nahm sie zwischen seine großen, leicht behaarten Hände und drehte sie so um, dass die untersten nun oben lagen. Natalie konnte sich seiner Ausstrahlung nicht ganz entziehen und lächelte ihn unpassend an. Anstatt das Lächeln zu erwidern, drehte Magwart das erste Paket in eine passende Position und fuhr so mit dem Daumen an der Seite darüber, dass sich jede Akte kurz von der darüber liegenden abhob. Da er nichts Auffälliges fand, wiederholte er dieselbe Prozedur bei dem zweiten Stapel, jedoch wieder erfolglos. »Nichts«, befand er unnötigerweise und schob alles wieder zurück in das Innere des Sekretärs. Ihm war es nicht aufgefallen, der Kommissarin dagegen schon. Beim Hineinschieben der Akten war die dünne Bodenplatte ein kleines Stück nach hinten gerutscht und hatte einen Hohlraum darunter sichtbar werden lassen.

»Warten Sie.« Gleichzeitig mit den Worten hatte Natalie den Arm des Mannes festgehalten, wofür sie nun einen vorwurfsvollen Blick erntete. Mit ertappt klingender Stimme erklärte sie: »Da ist etwas unter der Platte.«

Magwart ließ die Tür wieder nach unten klappen und Natalie deutete mit dem Finger auf den entstandenen Spalt. Ohne ein Wort zu sagen, und als wären die Aktenstapel leicht wie Watte, räumte Magwart das Fach wieder leer und hob anschließend die Bodenplatte nach oben heraus. Das Geheimfach war tatsächlich größer, als man von außen vermutet hätte, und gleich obenauf lagen die fehlenden Seiten. Da sie alles andere, was sich noch in dem Fach befand, nichts anging, sagte Natalie: »Das suchen wir. Kann ich es herausnehmen?«

Magwart versuchte, sich nichts anmerken zu lassen, doch Mike sah ihm seine Verwirrung über den Fund selbst aus der Entfernung an und hoffte für ihn, dass die gefundenen Akten der einzig brisante Inhalt dieses Faches waren.

»Ja, sicher. Nehmen Sie die verdammten Papiere und finden Sie endlich meine Tochter.« Beiden Kommissaren war klar, dass dies einem Rauswurf gleichkam. Natalie nahm die Blätter an sich, dann verabschiedeten sie sich und verließen das Haus. Erst als sie das große Tor passiert hatten und auch die Gegensprechanlage hinter ihnen lag, bemerkte Mike: »Ich fresse einen Besen, wenn unsere Richterin nicht noch ein paar Leichen im Keller hat.«

»Das glaube ich allerdings auch langsam«, bestätigte seine Kollegin. »Soll ich diesmal fahren?«

Mike schüttelte den Kopf. »Nein. Du siehst dir bitte während der Fahrt die Unterlagen an, wir haben absolut keine Zeit mehr und brauchen endlich einen Hinweis.«

Zuerst überflog Natalie jedes der Blätter und sortierte sie dabei so lange nach Wichtigkeit, bis das Erfolg versprechendste Protokoll ganz oben lag. Als sie damit fertig war, klang sie ein wenig resigniert. »Ich befürchte, hier ist nichts, um die Frauen zu finden, aber diese Abschrift einer Vernehmung von Herrn Kollmaier ist ganz interessant ... besonders dieser Abschnitt hier.« Ihr Finger suchte eine bestimmte Stelle auf der noch mit Schreibmaschine geschriebenen Seite, dann räusperte sie sich und begann vorzulesen.

> Polizist: Herr Kollmaier, wo befanden Sie sich zu dem Zeitpunkt, an dem Sabrina Cricic sexuell misshandelt wurde?
> Kollmaier: Ich war in meinem Büro.
> Polizist: Gibt es dafür Zeugen?
> Kollmaier: Nein ... doch natürlich, meine Tochter ... nein, Quatsch ... die Tochter einer Bekannten hatte mich gerade besucht. Sie kommt öfter einmal vorbei, da ihre Schule gleich gegenüberliegt.
> Polizist: Kann uns das Mädchen das bestätigen?
> Kollmaier: Ja, das dürfte kein Problem sein, ich bringe sie später vorbei.

Natalie hob den Kopf und sah zu Mike hinüber. »Dann folgt nur noch Unwichtiges.«

Mike warf ebenfalls einen kurzen Blick zu seiner Kollegin. »Das würde ja bedeuten, dass Kollmaier damals auch unter Verdacht stand. Steht da irgendwo, wie dieses Mädchen hieß?«

Natalie sah noch einmal auf das Papier. »Nein. Leider nicht einmal der Vorname. Auch bei den anderen Unterlagen gibt es keinen Hinweis auf sie. Allerdings … warte mal …« Nun ließ sie jedes Blatt durch ihre Finger wandern. »Es fehlt immer noch ein Dokument. Es müsste eins mehr sein.«

Mike wollte fluchen, beherrschte sich aber. Säße Peter neben ihm, hätte er einen Brüller losgelassen, doch das wollte er Natalie ersparen.

# – 37 –

Zu Beginn der dritten Runde hatten alle drei Frauen begriffen, dass sie das hier nur mit der Wahrheit zu Ende bringen konnten. Trotzdem hatten vor allem Sabrina und Kassandra Angst vor den Konsequenzen für ihr weiteres Leben. Um Punkt 8 Uhr donnerte erneut die Stimme ihres Entführers aus dem Lautsprecher. »Dritte Runde. Wer war es, der Nummer eins vor fünfeinhalb Jahren missbraucht hat?«

Sabrina zuckte sichtbar zusammen. Natürlich hatte sie die Frage erwartet, nachdem ihr klar geworden war, wer ihr Entführer war. Trotzdem steckte sie in der Klemme. Log sie, erwarteten sie ganz sicher weitere Qualen. Sagte sie die Wahrheit, riskierte sie für sich und ihre Familie die Ausweisung aus Deutschland und ein Gerichtsverfahren wegen Falschaussage. Viel Zeit zum Nachdenken hatte sie allerdings nicht, da bereits ihr Einzelbild eingeblendet wurde. Die zehn Sekunden liefen rückwärts, dann begann ihre Redezeit. Sabrina versuchte, ihre Mimik ruhig zu halten, was ihr auch ganz gut gelang. Selbst ihre Stimme zeigte erstaunlicherweise keine Unsicherheit. Ruhig und selbstsicher sagte sie: »Es war Wotan Döring.« Die restlichen Sekunden liefen in absoluter Stille ab, anschließend ging es ansatzlos bei Kassandra weiter. Für sie war es wesentlich leichter und ihre

Worte kamen ohne jeden Zwang aus ihrem Mund, als sie »Ich habe keine Ahnung« sagte.

Wieder war es Nina, der man schon im Gesicht ansah, dass sie gleich lügen würde, aber sie tat es trotzdem. »Ja, es war Wotan Döring, ich habe es gesehen.« Offensichtlich spürte sie selbst, was gleich folgen würde, und eine Träne lief über ihre Wange. Wieder einmal versuchte sie, an ihren Fesseln zu ziehen, doch es war hoffnungslos. In Erwartung der nächsten Schmerzen begann ihr Körper zu zittern, und trotzdem starrte sie auf den Zähler neben ihrem Monitorbild. Wie abzusehen war, schnellten zuerst die Klicks gegen sie nach oben, doch seltsamerweise begannen Sabrinas Werte ebenfalls zu steigen, und am Ende der Abstimmungszeit verharrte die Anzeige bei zehn Klicks mehr gegen Sabrina. Nina entspannte sich etwas – aber zu früh, wie sich herausstellte.

Dieses Mal begann die Bestrafung nicht sofort, stattdessen erklang Wotans Stimme: »Das war knapp. So knapp, dass mir meine Richter da draußen vermutlich zustimmen werden, wenn wir sowohl Nummer eins und Nummer drei noch einmal eine Chance geben, ihre Aussage zu überdenken.«

»Nein.« Ninas Schrei hallte mehrmals in den kalten Steinen des Gewölbes wider, doch es war zu spät. Die Motoren der Hals- und Fußfesseln verrichteten ihr seelenloses Werk und zogen die Bänder immer fester an den Stuhl. Beide Frauen wollten schreien, aber das ging nicht mehr. Fingernägel brachen bei dem Versuch, die Schmerzen der sich wehrenden Fußgelenkknochen zu kanalisieren. Augäpfel traten nach außen und wurden zu Vorboten des Erstickungstodes. Die Zeit war knapp berechnet, reichte aber gerade noch zum Überleben. Wieder setzte das Summen der Motoren ein und lockerte erst die Hals-, dann die Fußfesseln. Da beide Frauen kurz vor der Ohnmacht standen, brauchten sie etwas Zeit, bis ihre Blicke wieder klarer wurden, doch eine echte Erholungspause bekamen sie nicht, denn wieder ertönte Wotans Frage. »Wer war es, der Nummer eins vor fünfeinhalb Jahren missbraucht hat?«

Sabrina wollte nur noch raus hier. In ihrem Kopf verschwammen die Bilder und bauten sich neu zusammen. Es waren die Bilder der Leute, die sie verprügelt und dann ausgenommen hatte. In ihrem Geist grinsten sie nun die Gesichter all jener an, denen sie Unrecht angetan hatte, und das stärkste Bild war das von Wotan Döring, der damals fassungslos ihre Lüge von der Richterin vorgelesen bekam. Sie konnte nicht mehr. Alles hatte sie wieder eingeholt und vielleicht hatte er ihr damit sogar einen Gefallen getan. Sie würde sich nie mehr selbst die Arme aufschneiden, würde nie mehr in den Qualen anderer Menschen Befriedigung suchen. Diese Entführung hatte dafür gesorgt, dass sie sich wieder selbst lieben konnte, einfach weil ihr bewusst wurde, dass nur sie selbst für ihr Leben verantwortlich war.

Trotz des Schleiers vor ihren Augen bekam sie mit, dass sie nun wieder an der Reihe war. Ohne jeden Versuch, jämmerlich zu klingen und damit Mitleid zu bekommen, sagte sie: »Ich habe über fünf Jahre lang die Wahrheit verschwiegen und das nur, um ein bequemes Leben zu führen. Ich habe einem Menschen wissentlich fünf Jahre seines Lebens geraubt. Ich habe diese Strafe verdient. Es war damals nicht Wotan Döring, der mich vergewaltigt hat, es war dieser schmierige Leiter der Ausländerbehörde. Er bot uns Geld und mir und meiner Familie eine unbefristete Aufenthaltserlaubnis, wenn ich meine erste Aussage ändere und diesen anderen Mann beschuldige. Meine Freundin Nina log ebenfalls für Geld und sagte gegen Wotan Döring aus.« Sabrina machte eine längere Pause, dann bekannte sie mit sicherer Stimme: »Wir sind schuldig.«

Wotan, der alles hinter der Tür verfolgte, war zufrieden, aber noch nicht am Ende seines Spiels. Er startete sein selbst programmiertes Befragungsprogramm, das noch aus zwei weiteren Runden bestand, zog sich seine Jacke an und verließ das Tunnelsystem.

# – 38 –

Keine zwei Minuten nach Sabrinas Offenbarung klingelte Mikes Handy. Er schaltete die Freisprecheinrichtung des Autos ein und hob ab.

Karls Stimme wurde zwar immer wieder kurz durch den schlechten Empfang unterbrochen, aber Natalie und er verstanden trotzdem, was er sagte. Nachdem er geschildert hatte, was sich gerade in dem Gewölbe abgespielt hatte, bestimmte er: »Ihr fahrt jetzt sofort zu Kollmaiers Haus und nehmt ihn fest. Bis ihr mit ihm hier seid, habe ich einen Haftbefehl. Ach, und noch etwas: Wenn ihr ihn habt, parkt ihr vor dem Revier und führt ihn aus Versehen an den Reportern vorbei. Wenn wir Glück haben, reicht das Döring, und er lässt die Frauen gehen.«

»Alles klar«, antwortete Mike und bog an der nächsten Kreuzung ab. Da sie schon in dem richtigen Stadtteil waren, parkten sie kurze Zeit später vor Kollmaiers Haus und klingelten. Es dauerte eine Weile, dann öffnete eine Frau im Bademantel, die offenbar gerade aus dem Bett kam. Verwundert sah sie die beiden Beamten an. »Ich kaufe nichts, und spenden werde ich auch nicht.«

»Kriminalpolizei«, erwiderte Mike kalt und zeigte seinen Ausweis. »Wir müssen mit Ihrem Mann reden. Sie sind doch Frau Kollmaier, oder?«

»Ja, bin ich«, stammelte die Frau. »Manfred ist nicht hier. Seine Abteilung hatte gestern ihre Weihnachtsfeier draußen auf dem Land. Vermutlich hat er etwas getrunken und ist dortgeblieben.«

»Können Sie mir seine Handynummer geben?«, forderte Mike, ohne sich etwas anmerken zu lassen.

Als sie wieder im Wagen saßen, tippte Mike die Nummer von dem kleinen Zettel ab und drückte anschließend die grüne Taste seines Handys. Fast augenblicklich ertönte die blecherne Stimme einer Frau. »Der gewünschte Gesprächspartner ist zurzeit leider nicht zu erreichen.«

»Scheiße«, stieß Mike aus, kramte in seiner Tasche und zog die Visitenkarte des Hotels heraus. Dieses Mal hatte er mehr Glück, sprach ein paar Sätze mit einem der Angestellten, legte auf und stellte trocken fest: »Kollmaier ist verschwunden.«

»Aber der kann doch sonst wo sein«, warf Natalie ein.

Mike schüttelte den Kopf. »Peter und ich waren gestern bei dieser Feier und haben ihm nahegelegt, zurück zu seiner Familie zu fahren. Wir dachten, er könnte in Gefahr sein. Kollmaier stimmte zu und ist, wie mir gerade gesagt wurde, tatsächlich mit dem Auto weggefahren.«

»Und nun?«, fragte Natalie.

»Ruf bitte Karl an. Sag ihm, was los ist, und dass wir jetzt erst einmal zurück ins Präsidium kommen. Dort werden wir weitersehen.«

Die große Bürouhr sprang gerade auf die Neun, als Natalie und Mike ihr Büro betraten. Peter saß immer noch so hinter seinem Monitor, wie sie ihn vor gut zwei Stunden verlassen hatten.

»Gibt es etwas Neues?«, erkundigte sich Mike, als ihn sein Partner kurz ansah, und Peter antwortete: »Er will es jetzt wissen. Ich bin mir ziemlich sicher, dass er das letzte Ergebnis manipuliert hat.«

»Das mit dem Geständnis zu Kollmaier?«, unterbrach Mike.

Peter hatte inzwischen wieder den Monitor im Blick, redete aber weiter. »Ja, genau. Döring geht es jetzt nicht mehr um das Spiel, die gewünschte Aufmerksamkeit hat er ja erreicht. Er will jetzt, dass alles ans Licht kommt. Und auch wenn diese Manipulation ziemlich offensichtlich war: Die Zugriffszahlen auf seine Seite steigen immer weiter.«

Mike ging nicht weiter darauf ein. »Hat er seine nächste Frage schon gestellt?«

Statt zu antworten, drehte Peter seine Lautsprecher etwas lauter.

»Sind eure Eltern wirklich eure Eltern?«, dröhnte es aus den kleinen Lautsprecherwürfeln.

»He?«, gab Natalie von sich und stellte sich zusammen mit Mike hinter Peter, um besser sehen zu können.

Zwei der drei Frauen sahen ebenso überrascht aus, dann blendete die Kamera auch schon Nummer eins ein, die vorsichtig, aber wie es schien, ehrlich »Ja, das sind sie« antwortete.

Kassandra, die bisher schon zwei der drei Fragen verloren hatte, wirkte dagegen völlig überdreht und versuchte sogar noch, einen Witz zu machen. »Ja, meine Eltern sind meine Eltern. Das ist ja das Problem.«

Alle warteten gespannt auf Nummer drei, da die Folter bis jetzt eindeutig Kassandra bevorstand. Ninas Blick wirkte entrückt und sie hatte offenbar starke Schmerzen in ihren Fußgelenken, da ihre Füße eine etwas unnatürliche Stellung aufwiesen. Trotzdem schien sie die Frage verstanden zu haben und sagte mit dünner Stimme: »Nein, mein jetziger Vater ist nicht mein leiblicher.«

Die Abstimmungsseite erschien, und dieses Mal wurden die Zahlen nicht manipuliert. Der Unmut der Masse richtete sich eindeutig gegen die Tochter der Richterin.

Nachdem die Zeit abgelaufen war, konnte man deutlich erkennen, dass sich Kassandra vorgenommen hatte, stark zu bleiben. Den Blick starr nach vorne gerichtet, erwartete sie, was auch immer Döring sich ausgedacht hatte. Zunächst sah es so aus, als würde nichts passieren, dann wurde die Drehung der Gewindestangen sichtbar. Das kalte Metall tat seinen Dienst: Ihm war es egal, ob ein menschlicher Kopf oder eine Kartoffel zwischen ihm lag, und so bewegten sich die beiden Stangen unaufhaltsam aufeinander zu. Erst als die erste Berührung mit Kassandras Haut zustande kam, wollte diese ihre Kopfposition verändern, doch es war zu spät. Die beiden Spitzen waren bereits in ihre Haut eingedrungen und mussten längst den Schädelknochen erreicht haben. Trotz der stabil wirkenden, helmartigen Konstruktion sah man, wie sich die beiden Führungen der Stangen langsam nach außen bogen, als der Widerstand des Kopfes zu groß wurde. Kassandras Pupillen begannen zu flattern und ihre selbst auferlegte Stärke brach in einem wahnsinnig klingenden Schrei zusammen. Niemand konnte sagen, ob das Gerät auf den Schrei reagierte oder einfach das vorgegebene Ende erreicht war. Auf jeden Fall stoppte die Gerätschaft und schraubte sich dann, als wäre nichts gewesen, wieder zurück in die Ausgangsposition. Mit winzigen Bewegungen versuchte die junge Frau, sich davon zu überzeugen, dass es vorbei war, und es schien fast, als würde sie den Druck auf ihren Kopf immer noch spüren. Wie am Tag zuvor bei Nina vermischte sich Schweiß und Blut und lief ihr unterhalb der Schläfe über den Hals, wo die vor Dreck starrende, ehemals weiße Bluse das Gemisch dankbar aufnahm.

Ansatzlos setzte Dörings Stimme wieder ein. »Sind deine Eltern deine Eltern?«

Tränen schossen Kassandra in die Augen und zogen weitere Streifen über ihr staubiges Gesicht. Verzweifelt versuchte sie, ihr Schluchzen zu unterbinden, dann endlich begriff auch sie, dass es kein anderes Entkommen gab, als die Wahrheit zu sagen. Mit tränenerstickter Stimme begann sie zu reden. »Es tut mir leid, Papa, aber wir hätten es dir schon früher sagen müssen. Mein richtiger Vater ist Horst Kollmaier.« Kassandra schluckte einige Male angestrengt und beschloss dann, jetzt alles zu erzählen. »Ich musste ihm damals ein falsches Alibi verschaffen, sonst hätte er dir von der Affäre mit Mama erzählt und damit unsere Familie zerstört.« Wäre ihre Hand frei gewesen, sie hätte sie in Richtung Kamera gestreckt, fast so, als hätte sie ihn damit erreichen können. Kaum noch zu verstehen, sagte sie: »Ich liebe dich, Papa, und du wirst für mich immer mein richtiger Vater sein.«

Das Bild blieb noch eine ganze Weile auf Kassandra gerichtet, doch niemand sah mehr hin. »Wie kaputt ist das alles?«, fragte Mike verzweifelt in den Raum, doch niemand antwortete ihm.

Nachdem die neuen Erkenntnisse ein wenig gesackt waren, sah Mike Natalie an und sagte fast schon wütend: »Was ist eigentlich mit dem Kollegen im Gefängnis? Hast du von dem schon etwas gehört?«

Da die Ansage unerwartet heftig kam, zog die Kommissarin ein wenig den Kopf ein. »Ich werde gleich mal dort anrufen.« Wenige Minuten später trat sie kleinlaut vor Mikes Schreibtisch. »Der Skinhead hat uns durchschaut, sie mussten den Kollegen heute Nacht aus der Zelle holen, sonst wäre es zu gefährlich geworden.«

Mike ließ seine Faust auf den Tisch knallen und fluchte laut, was Peter zu einer entschuldigenden Geste in Richtung Natalie veranlasste. Dann fiel dessen Blick auf den kleinen Fernseher, der fast immer lautlos in einer Ecke ihres Büros lief. Ungläubig schloss er die Augen und sah noch einmal hin. Fassungslos sagte er: »Das glaube ich jetzt nicht.«

»Was glaubst du schon wieder nicht?«, fuhr ihn Mike an, folgte aber trotzdem dem Blick seines Partners. Alle drei Kommissare brauchten einige Augenblicke, bevor sie begriffen, was sie da sahen. Unterlegt mit einer fetten Schlagzeile saßen Mikes Freundin Jenni, der Chef des Onlinemagazins und Wotan Döring an einem Tisch und unterhielten sich. In dem Lauftext am unteren Rand des Bildes stand »Erstes Liveinterview mit dem Macher des Spieles ›*DIE DREI*‹«.

Noch bevor Mike den Telefonhörer abheben konnte, klingelte es von selbst, und das Display zeigte an, dass Karl am Apparat war. Mike riss den Hörer vom Telefon und hörte einfach nur zu. Während Peter und Natalie schon ihre Waffenhalfter anlegten, beendete Mike sein Gespräch und sagte: »Die könnt ihr wieder ausziehen, ein Sondereinsatzkommando ist bereits auf dem Weg. Wenn sie ihn haben, bringen sie ihn her.« Dann legte er sein Gesicht in die Hände und sortierte seine Gedanken. Im Augenblick wusste er nicht, ob er um Jenni Angst haben oder wütend auf sie sein sollte. In den wenigen Sekunden, die er von dem Interview sah, hatte sie Wotan einmal sogar angelächelt. Hatte er sich so sehr in ihr getäuscht? Ging auch sie für ihre Karriere über Leichen? Es half nichts, er musste weitermachen und später entscheiden. Immerhin waren drei Frauen in Lebensgefahr und auch Kollmaier war sicher nicht nur im Wald spazieren. Mike atmete einmal tief durch, nahm die Hände herunter und verfolgte ebenfalls die Geschehnisse im Fernseher.

Wotan saß da, als wäre nichts passiert. Mit seinen kurzen blonden Haaren, den blauen Augen und der Militärjacke sah er aus wie das Bandmitglied einer Rockgruppe, das locker über sein Leben plauderte. »Mach mal den Ton an«, forderte Natalie

Peter auf, doch noch bevor dieser den Fernseher erreichte, wurde das Bild schwarz und »Signalstörung« wurde eingeblendet.

Mike konnte nicht mehr ruhig sitzen bleiben, denn sein Kopf hatte sich für Angst entschieden. Egal, wie es mit ihm und Jenni weitergehen würde: Der Gedanke, dass ihr jetzt gerade in diesem Augenblick etwas passieren könnte, steigerte sich ins Unerträgliche. Wie ein Tiger begann er im Büro auf und ab zu laufen, und obwohl er wusste, dass sie nichts von dem Zugriff im Fernseher zeigen würden, starrte er immer weiter auf den schwarzen Bildschirm.

»Verdammt. Wie lange dauert denn das?«, brüllte er, als die Anspannung nach fünf Minuten unerträglich wurde. Wieder steckte er in einer Situation fest, in der er dazu verdammt war, hilflos zuzusehen.

Das Telefon klingelte erneut und ließ Mike zusammenzucken. Wieder riss er den Hörer herunter und verkündete nach wenigen Sekunden: »Sie haben ihn. Er hat sich ohne jeden Widerstand festnehmen lassen und niemandem ist etwas passiert.« Wie er selbst atmeten auch seine beiden Kollegen hörbar aus.

»Und wie geht es weiter?«, fragte Peter.

»Sie bringen ihn hierher und Karl sagt uns Bescheid, wenn wir mit dem Verhör beginnen können.«

»Und wenn er nichts sagt?«, stellte Natalie die Frage, die auch Mike schon in den Sinn gekommen war.

»Dann haben wir ein Problem. Wie ihr sicher wisst, gab es schon einmal einen Fall, in dem sich der Kidnapper weigerte, den Aufenthaltsort seines Opfers preiszugeben. Damals wurde leichte Folter angewandt und der verantwortliche Polizeichef hat dafür eine empfindliche Strafe bekommen. Ich glaube nicht, dass sich das einer unserer Vorgesetzten antut. Auch wenn es diesmal gleich um drei oder vier Leben geht.«

»Dann müssen wir ihn anders dazu bringen«, warf Peter entschlossen ein und wurde durch einen Blick auf seinen Monitor daran erinnert, dass Dörings Spiel in die letzte Runde ging. Etwas leiser sagte er in den Raum: »Glaubt ihr, er bringt sie auf diesen Stühlen vor aller Welt um?« Keiner seiner beiden Kollegen hatte eine Antwort darauf. Stattdessen traten sie wieder hinter Peter und sahen dem Finale entgegen.

»Nun, da alles gesagt wurde«, verkündete Wotan Dörings Stimme, die er aufgezeichnet haben musste, »ist es ein letztes Mal an euch zu entscheiden, welche der Frauen die Chance bekommt, den Weg in die Freiheit zu beschreiten. Jede von ihnen hat Schuld auf sich geladen, doch als Richter habt ihr auch die Möglichkeit, jemanden zu begnadigen. Geht in euch, dann trefft eure Entscheidung. Pünktlich um elf Uhr werden wir wissen, wer gehen darf und wer nach einer weiteren Stunde für seine Taten büßen muss.«

Anders als bei den vorherigen Runden setzten die Klicks nicht sofort ein, und die Zähler begannen nur langsam zu steigen. Auch nachdem einige Minuten vergangen waren, gab es keine klare Tendenz für einen Gewinner.

Mike blickte auf die Uhr. »Es ist erst halb elf, wir haben also noch genau eineinhalb Stunden, um das Versteck zu finden.«

Natalie dachte kurz nach. »Wir gehen doch immer noch von der Gegend in der Fränkischen Schweiz aus, oder?«

Mike nickte. »Ja, wieso?«

»Vielleicht sollten wir Karl vorschlagen, jetzt schon ein oder zwei Sonderkommandos in der Gegend zu postieren. Falls es knapp wird, wären sie schneller am Zielort«, erläuterte Natalie ihren Gedanken.

»Gute Idee. Ich würde sagen, wir gehen jetzt hinauf zum Verhörzimmer. Karl ist bestimmt auch schon da, dann kannst du ihm das selbst vorschlagen.«

»Geht schon vor, ich brauche noch eine Tablette«, rief Peter seinen Kollegen zu, die bereits in der Tür standen, und kramte in seiner Tasche herum. Als er sich sicher war, alleine zu sein, zog er eine seiner Kapseln und noch einen Gegenstand heraus, den er schnell in seiner Hosentasche verschwinden ließ. Anschließend schluckte er das Medikament und folgte den anderen beiden.

# – 39 –

Trotz des bevorstehenden Eintreffens von Wotan Döring war es erstaunlich still in der Etage, auf der sich das Verhörzimmer befand. Einzig Karl und ein weiterer Mann standen vor der Tür des Raumes.

Das inzwischen wieder vollständige Trio ging auf die beiden Männer zu. Wie es der Anstand gebot, stellte sich der Unbekannte zuerst Natalie als der oberste Richter der Strafkammer vor. Danach gaben sich alle anderen die Hand und Natalie erzählte Karl von ihrer Idee mit dem Sondereinsatzkommando, worauf Karl zum Handy griff und alles in die Wege leitete. Mike warf währenddessen einen Blick aus dem Fenster und sah, wie ein kleiner schwarzer Transporter die Schranke zum Innenhof des Präsidiums passierte.

»Peter und ich machen die Vernehmung?«, wandte sich Mike an Karl.

Dieser nickte mit ernstem Gesicht. »Aber egal, was passiert, ihr behaltet die Kontrolle über euch. Ich möchte am Ende nicht ohne Ergebnis, aber dafür mit einem Skandal dastehen. Ist das klar?«

Beide Kommissare wussten, worauf ihr Chef hinauswollte, stimmten zu und begannen, ihr Vorgehen abzusprechen.

Einige Minuten später wurde die doppelte Glastür am Ende des Ganges aufgestoßen, und vier vermummte Polizisten komplett in Schwarz führten Wotan Döring in den Raum. Mike und Peter folgten ihnen. Der Richter, Karl und Natalie gingen in den Nebenraum, wo alles aufgezeichnet wurde.

Einer der Vermummten befestigte Dörings Hände an zwei Stahlringen auf dem Verhörtisch. Der Beamte sah zu Mike, und als dieser mit einer Kopfbewegung anzeigte, dass alles in Ordnung war, verließen die vier Spezialkräfte den Raum und schlossen die Tür hinter sich. Peter und Mike setzten sich Döring gegenüber an den Tisch und sahen ihn einfach nur an. Die Stille war erdrückend, trotzdem sagte erst einmal niemand ein Wort. Jeder der beiden Kommissare suchte nach einer Regung in dem Gesicht des Gefangenen, doch dieser saß ruhig da und sah sich gelassen in dem Raum um.

Erst nachdem Döring alles gemustert und seinen Blick auf die Beamten gerichtet hatte, fragte Mike: »Sie sind Wotan Döring?«

»Warum fragen Sie das, wenn Sie es schon wissen?« Dörings Stimmlage war höflich, mit einem leicht frechen Unterton, von dem sich Mike nicht provozieren ließ. Sachlich fuhr er fort.

»Haben Sie dieses Spiel in das Internet gestellt und deswegen drei Frauen entführt?«

Wieder sagte Döring nur: »Auch das wissen Sie. Wieder eine unsinnige Frage.« Er machte eine kurze Pause und lehnte sich zurück. »Herr Kommissar, Sie langweilen mich. Warum fragen Sie mich nicht gleich, wo sich die Frauen befinden? Dann sage ich Ihnen, dass ich das vor zwölf Uhr nicht sagen werde, worauf Sie wiederum sehr wütend werden. Da Sie mich aber nicht foltern dürfen, werden Sie anschließend versuchen, mich einzuschüchtern, was Sie aber nicht schaffen werden … was fünf Jahre Knast nicht geschafft haben. Also versuchen Sie, mich mit wirren, provozierenden Fragen zu bombardieren, damit ich mich irgendwann in Widersprüche verwickle. Leider bin ich auch darauf vorbereitet und werde nicht in die Falle tappen.«

»Schön«, gab Mike trocken zurück. »Dann haben wir das ja jetzt geklärt. Warum sagen Sie uns dann nicht einfach, was Sie eigentlich wollen? Vielleicht können wir uns auch schon vor zwölf Uhr mittags einigen.«

Döring tat, als würde er seufzen. »Leider nein. Ich kenne mein Publikum, und so banal werde ich dieses wirklich aufwendige Spiel nicht zu Ende gehen lassen.« Nun beugte er sich nach vorne und fragte fast vertraulich: »Wie würde das denn aussehen, wenn als letzter Akt ein Trupp vermummter, schießwütiger Polizisten das Gewölbe stürmen würde? Wir können die drei Frauen doch nicht so erschrecken. Außerdem würde dann jeder glauben, ich hätte verloren.«

Mike runzelte die Stirn. »Aber Sie haben doch bereits jetzt verloren?«

»Nur in Ihren Augen, Herr Kommissar. Nur in Ihren Augen.« Jetzt lächelte Döring richtig, was bei Peters Hand die Knöchel weiß hervortreten ließ.

Mike blieb weiterhin ruhig und zeigte echtes Interesse. »Das verstehe ich nicht. Wie meinen Sie das?«

Nun bekam Döring einen geschäftstüchtigen Blick und begann tatsächlich zu reden. »Nun, Herr Kommissar, überlegen Sie doch mal, was Sie mir eigentlich vorwerfen können. Im Grunde reduziert es sich doch auf Freiheitsberaubung und Körperverletzung. Hören Sie, ich weiß, dass hinter dieser Scheibe ein Richter sitzt.« Döring zeigte mit seiner gefesselten Hand auf die große Glasfront hinter Mike und Peter. »Fragen Sie ihn doch einfach, wie hoch das Strafmaß für dieses Vergehen ist. Nach allem, was ich weiß, dürften es kaum mehr als acht bis zehn Jahre werden. Fünf Jahre habe ich bereits zu Unrecht abgesessen, diese müssen folglich abgezogen werden.

Es bleibt also nicht viel übrig und hinzukommt, dass ich bereits in Vertragsverhandlungen mit Computerspielherstellern und Fernsehproduktionsfirmen stehe, die mir jetzt bereits Summen anbieten, die Sie in Ihrem ganzen Leben nicht verdienen werden.«

»Aber Sie haben den Sohn der Richterin ermordet«, mischte sich Peter zum ersten Mal ein, da er einfach etwas sagen musste, um nicht zu explodieren.

Döring machte eine abwehrende Geste und ließ sich mit »Ho, ho, ho« nach hinten in seinen Stuhl fallen. »Das haben jetzt aber Sie gesagt. Ich habe doch keinen Menschen ermordet, ich stand nur zufällig beim Filmen nachtaktiver Tiere in der Nähe und habe ein paar Aufnahmen von diesen wirklich sehr unglücklichen Geschehnissen gemacht.«

Peter ging nicht weiter darauf ein, sondern versuchte, dem Gespräch eine neue Richtung zu geben. Die Wanduhr zeigte bereits kurz vor elf Uhr und sie hatten keine Zeit für Plaudereien. Scheinbar nebenbei fragte er: »Werden in diesem Gewölbe Menschen sterben?«

Döring wollte seine Arme nach oben strecken, wurde aber von den beiden Handschellen gestoppt. Trotzdem antwortete er so, dass es lächerlich klang. »Selbst wenn, ich war es nicht. Ich war die ganze Zeit bei Ihnen.«

»Das nützt Ihnen nur nichts, weil es durch Ihre Geräte passiert«, konterte Mike.

Döring sah ihm kurz in die Augen und stellte verschwörerisch fest: »Warten wir doch einfach ab, was noch passieren wird.«

Mike spürte selbst, wie ihn langsam die Geduld verließ. Noch ein oder zwei dieser höhnischen Antworten und er würde dem Kerl an die Kehle gehen. Er warf einen prüfenden Blick zu seinem Partner, und da dieser wieder gelassener wirkte, fragte Mike: »Willst du auch einen Kaffee?«

Peter sah ihn erst verwundert an, verstand aber, dass Mike mit Karl sprechen wollte. »Kaffee wäre prima«, erwiderte er. Auch Döring wollte schon etwas sagen, aber Mikes Blick ließ die Worte unausgesprochen.

Als Mike die Tür von außen schloss, saßen sich Döring und Peter schweigend gegenüber. Es dauerte einige Sekunden, doch das Fünkchen, das Peters Zündschnur noch gebraucht hatte, kam mit der nächsten Frage.

»Wie halten Sie Ihren Beruf eigentlich aus? Im Grunde dürfen Sie doch gar nichts? Wünschen Sie sich nicht auch manchmal so ein kleines Gewölbe, wo keiner sehen kann, was Sie mit den Tätern anstellen?«

Peter kniff die Augen zusammen, stand auf, nahm Mikes leeren Stuhl und stellte ihn so vor die Tür, dass man die Klinke nicht mehr herunterdrücken konnte.

»Kommt jetzt die Sache mit der Einschüchterung?«, fragte Döring lächelnd.

Jetzt lächelte auch Peter, aber ganz anders. Ohne Eile trat er hinter Döring, holte das kleine, aber extrem scharfe Taschenmesser heraus und sagte beschwörend: »Nein, mein Freund, jetzt kommt die Sache mit dem Bullen, der durchdreht.«

Natalie war die Einzige, die mehr zufällig in das Verhörzimmer blickte. Der Richter, Karl und Mike besprachen gerade die weitere Vorgehensweise, als die Kommissarin »Was zum Teufel macht Peter da?« ausstieß und damit die Aufmerksamkeit der anderen auf die große Scheibe lenkte.

»Ach, du Scheiße«, fluchte Mike, als er Peter hinter Döring stehen und ihm ein Messer ins Gesicht halten sah. Ohne lange zu überlegen, schaltete er die Gegensprechanlage ein und rief: »Nicht, Peter! Du versaust dir alles!« Dann rannte er hinaus zur Tür und versuchte, diese zu öffnen, doch der Stuhl passte genau und ließ der Türklinke keinen Millimeter Bewegungsfreiheit.

Mike sah ein, dass es keinen Sinn hatte, und ging zurück in das Überwachungszimmer, wo er fassungslos zusah, was sein Partner tat.

Peter war selbst überrascht, wie ruhig seine Hand das Messer hielt. Er hatte dies hier nicht geplant; er hatte nur geahnt, dass es nötig werden könnte. Mit Nachdruck in der Stimme forderte er Auskunft. »Entweder du perverses Arschloch sagst mir jetzt, wo die Frauen sind, oder du wirst dein Geld für Schönheitsoperationen ausgeben müssen.«

Wotan nahm die Sache noch immer nicht ernst und warf einen Seitenblick auf die Wanduhr, welche gerade auf drei Minuten vor elf sprang. »In einer Stunde erfahren Sie alles, was Sie wissen müssen. Bis dahin sollten Sie sich hinter einen Monitor setzen und die Show genießen«, antwortete er entspannt.

Das Messer fuhr ansatzlos auf den Tisch herunter und blieb nur einen Zentimeter neben Dörings Hand im Holz stecken. Wie durch einen Schleier hörte Peter seinen Partner durch den Lautsprecher schreien, zog das Messer wieder heraus und fragte noch einmal: »Wo sind die Frauen?«

Dörings Stimme war nicht mehr ganz so sicher, als er »Ich wusste doch, dass Sie bluffen« sagte. Die Worte waren noch nicht ganz verklungen, da steckte das Messer auch schon in seiner Hand und fixierte diese an den Tisch. Dörings Schrei kam verzögert, aber er kam. Monoton und gefühllos fragte Peter wieder: »Wo sind die Frauen?« Dabei riss er das Messer brutal aus Dörings Fleisch und hielt es an seinen Hals. Statt zu antworten war Döring dazu übergegangen, in Richtung der Scheibe um Hilfe zu schreien, doch niemand konnte ihm helfen, da das ganze Verhörzimmer extra gesichert war.

Nun griff Peter in die kurzen Haare des Mannes, zog seinen Kopf nach hinten und ließ die stumpfe Seite der Klinge über seinen freiliegenden Kehlkopf gleiten. Döring wollte ihn mit seiner noch unverletzten Hand daran hindern, scheiterte aber an den Handschellen.

»Rede endlich.« Es war nur ein Flüstern, aber Peters Stimme ließ keinen Zweifel, dass er es ernst meinte. Döring reagierte jedoch nur mit einem angedeuteten Grinsen.

Der Kommissar hielt das Messer so, dass es Döring sehen konnte, drehte die scharfe Seite nach vorne und führte die Klinge erneut an seinen Hals, dann zog er mit festem Druck durch.

Da Döring nicht wusste, dass der Polizist die Klinge auf dem Weg zum Hals wieder gedreht hatte, glaubte er, wirklich geschnitten worden zu sein, und lenkte endlich ein. Aufgrund seines nach hinten überstreckten Kopfes war es mehr ein Röcheln, doch Peter verstand es. Erschöpft ließ er den Kopf los, ging zum Mikrofon und sprach laut hinein.

»Die Doggerwerke bei Happurg.«

Anschließend nahm er den Stuhl von der Tür, setzte sich darauf und wartete auf seine Festnahme.

»Was sind die Doggerwerke?«, fragte Natalie, die ebenso wenig wie Mike zusehen wollte, wie man Peter aus dem Nebenraum herausholte. Nachdem Karl die Information an das Sondereinsatzkommando weitergegeben hatte, war er dem Richter nach draußen gefolgt und hatte die Kommissare alleine gelassen.

Mike wusste, dass sie die Sache erst zu Ende bringen mussten, bevor er sich um Peter kümmern konnte. Müde antwortete er: »Das ist ein unterirdisches Stollensystem, in dem Hitler Kriegswaffen herstellen wollte. Sozusagen eine unterirdische Fabrik, die von jüdischen Zwangsarbeitern gebaut wurde.«

»Aber das hätten wir doch auf der Karte des Archäologen sehen müssen«, entgegnete Natalie, aber Mike schüttelte den Kopf.

»Die Karte ist so alt wie der Mann selbst, und natürlich hat man militärische Einrichtungen nicht darauf verzeichnet.« Dann erhob sich Mike. »Lass uns rausfahren, wir sind es Peter schuldig, bei der Befreiung der Geiseln dabei zu sein.«

# – 40 –

Alle drei Frauen starrten gebannt auf den Monitor in der Mitte des Gewölbes. Mit jeder Minute, die die eingeblendete Uhr näher in Richtung elf rückte, stieg ihre Anspannung. Und selbst fünf Minuten vor Ablauf der Zeit gab es noch keinen klaren Gewinner. Alle drei wussten, dass die Verlierer Schmerzen oder Schlimmeres zu erwarten hatten, und auf Hilfe hoffte keine mehr.

Noch zehn Sekunden und keine Entscheidung. Immer wieder lag eine andere vorne … noch zwei Sekunden, Sabrina und Kassandra schlossen die Augen, nur Nina blickte apathisch auf die Zahlen. Ein Signalton stoppte die Abstimmung und Nina stieß ein verzweifeltes, aber leises »Nein, bitte nicht« aus. Die beiden anderen öffneten gleichzeitig die Augen. Sabrina konnte es nicht fassen, sie hatte mit zwei Stimmen vor Kassandra gewonnen.

Wotans Stimme erklang. »Die Entscheidung ist gefallen. Diejenige, die freigesprochen wurde, darf um zwölf Uhr ihren Stuhl verlassen. Die anderen beiden werden je nach Ergebnis ihre gerechte Strafe für ihre Lügen erhalten.«

Sabrina entspannte sich etwas. Diese letzte gottverdammte Stunde würde sie jetzt auch noch überstehen. Sie hoffte nur, nicht zusehen zu müssen, wie die anderen beiden auf ihren Stühlen gerichtet wurden.

Wieder lief auf dem Monitor ein Countdown rückwärts. Kassandra flehte: »Kannst du versuchen, mich loszumachen, wenn du frei bist?«

»Warum nicht erst Nina? Sie hat am meisten gelitten«, fragte Sabrina gehässig zurück.

»Weil …« Weiter kam Kassandra nicht. In dem Gewölbe begannen plötzlich die Lichter zu flackern und auf dem Monitor erschienen alle möglichen Fehlermeldungen.

»Was ist denn jetzt los?«, rief Sabrina unsicher, da ihr klar war: Sollte sich dieses Folterprogramm jetzt ausschalten, würde auch sie nicht von ihrem Stuhl herunterkommen. Und falls sich ihr Entführer dann schon in Sicherheit gebracht hatte, würden sie niemals hier unten gefunden werden.

Immer weitere Meldungen und sinnlos erscheinende Zeichen liefen über den Bildschirm, dann blieb alles für eine Sekunde stehen, und der Bildschirm wurde schwarz.

Erschrocken nahm Sabrina wahr, dass sich auf der Rückseite ihres Stuhles irgendein Mechanismus in Gang gesetzt hatte. Verzweifelt versuchte sie, den Kopf zu wenden, was aber natürlich immer noch nicht funktionierte. Das durfte doch nicht wahr sein, so kurz vor ihrer Rettung war sie nun die Erste, die gefoltert wurde. Nach dem Summen einiger kleiner Motoren erfolgte fünfmal hintereinander ein leises Knacken. Zunächst bekam sie es gar nicht mit, dann machte sie eine zufällige Bewegung mit dem Bein und stellte verdutzt fest, dass die Fußfessel nachgegeben hatte und aufgesprungen war. Ungläubig versuchte sie es nun auch bei den anderen Stahlbändern – und tatsächlich: Ein jedes von ihnen ließ sich problemlos öffnen.

Kassandra hatte alles mitangesehen und neue Hoffnung keimte in ihr auf. Deutlich gestärkt forderte sie: »Mach mich frei … bitte.«

Sabrina schob sich langsam auf ihrer Sitzfläche nach vorne und testete zuerst die Funktion ihrer malträtierten Fußgelenke. Es ging nicht gut, aber nach einer vorsichtigen Belastungsprobe, und nachdem ihr Blut langsam wieder zu zirkulieren begann, konnte sie sich an der Armlehne nach oben stemmen. Wieder musste sie eine Weile verharren, dann löste sie die beiden Herdplatten von ihren Füßen und wagte den ersten Schritt um ihren Stuhl herum. Da der direkte Weg zu Kassandra keinerlei Möglichkeiten bot, sich irgendwo festzuhalten, beschloss sie, sich an dem Gitter ihrer Käfige entlangzuarbeiten. Auch wenn sie jeden Augenblick damit rechnen musste, dass Wotan hereingestürmt kam, hatte sie keine andere Wahl. Und wenn sie bis dahin wenigstens eine ihrer Mitgefangenen befreien konnte, wären sie schon zu zweit, um ihn abzuwehren.

Endlich hinter Kassandras Stuhl angekommen schwand ihre Hoffnung auf null. Die Apparatur auf der Rückseite der Rückenlehne war nicht nur äußerst kompliziert, es lief auch noch eine kleine Digitaluhr auf einem in Isolierband eingewickelten Päckchen rückwärts.

»Oh, mein Gott.« Sie wollte es nicht, doch ihr Mund war schneller und sagte die Worte, bevor sie es verhindern konnte.

»Was ist?«, fragte Kassandra panisch, die die Angst in Sabrinas Stimme wahrgenommen hatte. Diese schluckte trocken und sagte dann leise: »Ich glaube, da ist eine Bombe – und ich traue mich nicht, auch nur irgendetwas zu verändern.«

Kassandra versuchte, sich zusammenzureißen, spürte aber, wie sich Panik in ihr breitmachte. »Los, geh und hol Hilfe«, keuchte sie mit dem letzten bisschen Vernunft. Dann fragte sie deutlich leiser und mit zitternder Stimme: »Wie lange haben wir noch?«

»Fünfunddreißig Minuten«, antwortete Sabrina und berührte Kassandra sanft am Arm.

»Los, geh … bitte«, keuchte diese, dann brach sich der aufsteigende Wahnsinn seinen Weg und erschütterte ihren Körper.

Sabrina begriff, dass sie Kassandra und ihrer Freundin nur helfen konnte, wenn sie es irgendwie schaffte, Hilfe zu holen, doch dazu musste sie das Gewölbe durchqueren und es bis zu der einzigen Tür schaffen. Schritt für Schritt funktionierten ihre Fußgelenke besser; offensichtlich hatte sie keine ernsthaften Verletzungen davongetragen. Die ersten drei Meter durch den freien Raum ging sie nur mit kleinen Schritten, dann hatte sie den kleinen Tisch mit dem Monitor erreicht und konnte sich kurz erholen. Ohne noch einmal zurück zu den anderen beiden zu blicken, fixierte sie die Stahltür und humpelte weiter. Nach einem tiefen Atemzug griff sie die Klinke und drückte diese vorsichtig herunter. Sabrina wusste, dass dies noch nichts hieß, und übte leichten Druck auf die Tür aus. Als tatsächlich ein kleiner Spalt entstand, ließ sie die Tür los, drehte sich um und nickte Kassandra zu, mit dem Versuch, zuversichtlich auszusehen.

Mit nervös zitternden Händen und darauf achtend, kein Geräusch zu machen, wandte sie sich wieder der Tür zu und schob diese weiter auf. Der dahinter liegende Tunnel lag fast komplett im Dunkeln, nur links hinter der Tür schien es eine schwache Lichtquelle zu geben, die aber noch außerhalb ihres Blickfeldes lag. Nachdem sich ihre Augen etwas an die vorherrschende Dunkelheit gewöhnt hatten, wagte sie es, den Kopf durch die Öffnung zu schieben und erstarrte. Am Ende einer nicht sehr tiefen Ausbuchtung saß er mit dem Rücken zu ihr. Jetzt erkannte sie auch die schwache Lichtquelle in Form eines aufgeklappten Laptops, in den er angestrengt zu blicken schien. Wie bei jedem seiner Auftritte in dem Gewölbe hatte er seinen schwarzen Umhang mit der nach hinten spitz zulaufenden Kapuze an. Offenbar hatte er noch gar nicht mitbekommen, dass einer seiner Stühle nicht mehr funktionierte, da er auf dem

Monitor irgendeine Internetseite zu studieren schien. Sabrina überlegte, was sie tun sollte, denn langsam lief ihr die Zeit davon. Und wenn sie es nicht schaffte, hier herauszukommen, würden die anderen beiden nicht mehr lange leben.

Sie hatte schon beschlossen, sich an der Einbuchtung vorbei zu schleichen, als ihr Blick auf eine Art Brecheisen fiel, das direkt neben der Tür stand. Vorsichtig drückte sie die Tür noch ein kleines Stück weiter nach außen und hoffte inständig, dass diese nicht quietschte. Endlich war der Spalt weit genug, um ihren Körper hindurchzulassen. Immer Wotan im Blick behaltend, tastete ihre rechte Hand nach dem Brecheisen, bekam es zu fassen und hob es langsam auf. Für einen kurzen Augenblick berührte das Metall die Wand und gab ein leises, kratzendes Geräusch von sich. Sabrina verharrte in ihrer Bewegung, hielt gleichzeitig die Luft an und musste mit ansehen, wie Wotans Kopf eine kleine Bewegung machte. Doch er schien nichts mitbekommen zu haben und blickte weiter nach vorne.

Sabrina schloss kurz die Augen, erinnerte sich daran, wie sie früher vor jeder Schlägerei ihre Emotionen ausgeschaltete hatte, und trat ganz in den Felsengang hinaus. Noch immer machte Wotan nur kleine Bewegungen, die nur an dem Faltenwurf seines Umhanges zu erkennen waren. Dann lief sie, so schnell sie mit ihren angeschlagenen Knöcheln konnte, los. Mit jedem Schritt, den sie ihm näher kam, schien das hoch erhobene Brecheisen schwerer zu werden. Jemandem in die Fresse zu schlagen war eine Sache, doch von hinten eine Eisenstange zu benutzen eine andere. Bilder ihrer Freundin Nina, die in einigen Minuten explodieren würde, blitzten in ihr auf und gaben ihr die nötige Kraft. Fast im selben Augenblick, als das kalte, schwere Metall den Schädelknochen hörbar brechen ließ, ertönte von weit her der gedämpfte Knall einer kleinen Explosion.

Sabrina dachte schon, einer der Sprengsätze wäre zu früh losgegangen, als sie einige Lichtpunkte an der Decke und den Wänden des Stollens wahrnahm. Wenige Sekunden später tauchten zwei vermummte Männer neben der Einbuchtung, in der sie noch immer stand, auf und hielten Maschinenpistolen, die einen winzigen roten Punkt auf ihrem Herz erzeugten, auf sie gerichtet.

Gleichzeitig mit der Ansage »Weg mit der Stange!« war auch schon einer von ihnen neben ihr, entwendete ihr das Brecheisen und drehte ihre Hände nach hinten auf den Rücken. Erst als der zweite Mann ihr kurz den Lichtkegel seiner Taschenlampe ins Gesicht gehalten hatte und seinem Kollegen zunickte, wurde sie wieder losgelassen.

Dass Wotan mit nach vorne weggesacktem Kopf auf dem Stuhl saß, hatten die beiden offenbar nicht gleich mitbekommen, da sie ihn erst jetzt ins Visier nahmen. Während ihn ein Mann von hinten sicherte, ging der andere Polizist vorsichtig um ihn herum, und erst als sich dieser sicher war, dass keine Gefahr von ihm ausging, zog er ihm die inzwischen blutdurchtränkte Kapuze vom Kopf. Sabrina sah ihn nur kurz von der Seite, doch das reichte. Sie hatte gerade eben den Falschen erschlagen. Vor dem Tisch saß, geknebelt und mit viel Isolierband fixiert, der Mann, der sie vor vielen Jahren vergewaltigt hatte.

Ihren Schock ignorierend fragte einer der beiden Vermummten: »Sind die anderen beiden noch da drüben?«, und wies zu der Stahltür.

Sabrina nickte. »Ja, aber ich glaube, er hat eine Bombe an ihnen festgemacht«, sagte sie monoton.

»Mit einer Uhr?«, hörte sie wie aus der Ferne und bejahte.

»Wie viel Zeit noch?«, fragte der Polizist mit leicht nervöser Stimme.

Sabrina zuckte mit den Schultern. »Vielleicht noch eine Viertelstunde.«

Als wäre es nicht ihr Körper, spürte sie, wie jemand ihren Arm ergriff und sie aus dem Gewölbe führte, in dem sie die letzten sechs Tage verbracht hatte. Weitere Männer in schwarzen Kampfanzügen kamen ihnen entgegen. Knappe Befehle hallten durch das Stollensystem.

# – 41 –

Trotz der Warnung des Einsatzleiters betraten Mike und Natalie das Stollensystem durch die aufgesprengte Haupttür, mit der die alten Doggerwerke für die Außenwelt verschlossen waren. Zuvor hatten sie kurz mit Sabrina gesprochen und erfahren, was passiert war. Nachdem Mike ihr mehrmals versichert hatte, dass jeder Verständnis für ihre Tat haben würde, beruhigte sie sich ein wenig und stieg in den Krankenwagen.

Obwohl gerade einmal fünf Minuten vergangen waren, hatte das Sondereinsatzkommando bereits genug Scheinwerfer aufgebaut, um alles auszuleuchten. Überall suchten Männer mit starken Handlampen nach weiteren versteckten Fallen oder Bomben.

Die beiden Kommissare folgten dem Hauptstollen bis zu der Tür, hinter der sich noch immer das Drama dieses kranken Spiels ereignete. Hinter jeder der beiden Frauen kauerten zwei Spezialisten und begutachteten die Konstruktion auf der Rückseite der Stühle. Kassandra und Nina saßen einfach nur da und wagten kaum noch zu atmen.

Obwohl es nicht in die Situation passte, sagte Mike: »Ich bin Hauptkommissar Köstner und das ist Kommissarin Köbler. Wir haben in diesem Fall ermittelt und es tut uns wirklich leid, dass wir nicht früher hier sein konnten. Ihr Entführer, Wotan

Döring, sitzt bereits im Gefängnis. Und ich bin mir sicher, dass unsere Kollegen, die hinter ihnen arbeiten, Sie bald befreien werden.«

»Wie viel Zeit haben wir noch?«, fragte die Tochter der Richterin unter Tränen, und als hätten Dörings Gerätschaften die Frage verstanden, verschwanden die Fehlermeldungen auf dem Monitor und eine den ganzen Bildschirm ausfüllende Uhr begann, von fünf Minuten rückwärts zu zählen. Nina sah einige Sekunden zu und flüsterte dann: »Ich will noch nicht sterben ... nicht schon in fünf Minuten.«

Mike warf einen Blick zu einem der Entschärfungsexperten, und wenn er seinen Gesichtsausdruck richtig deutete, sah es schlecht aus. Nach einer weiteren Minute erhob sich genau dieser Mann und bat Mike, mit hinaus in den Stollen zu kommen. Natalie sah den beiden hinterher, ging selbst aber zu Ninas Stuhl, ging vor ihr auf die Knie und nahm einfach die kalten Hände der Frau in ihre.

»Was ist los?«, fragte Mike, der die Antwort schon ahnte.

Der nicht vermummte Kollege sah erst auf den Boden, dann Mike in die Augen. »Wir können nichts machen, ohne uns selbst zu gefährden. Der Schließmechanismus ist so mit dem Zünder verbunden, dass wir die Fesseln nicht öffnen können, ohne dass er auslöst.«

»Und die Fesseln durchschneiden?«, warf Mike ein.

Der Mann schüttelte den Kopf. »Es ist ein geschlossener Stromkreis, der genau auf den elektrischen Widerstand der Metallbänder ausgelegt ist. Überbrücken wir den Stromkreis und verwenden den falschen Widerstand ...«

Mike atmete tief durch und sagte dann mit belegter Stimme: »Ich werde die Frauen informieren, ziehen Sie Ihre Leute ab.«

Als sie den Stollen wieder betraten, war gerade noch eine Minute übrig. Der Chef des Entschärfungstrupps gab seinen Leuten einen Wink, worauf diese durch die

Stahltür verschwanden und draußen die Männer des Sondereinsatzkommandos warnten.

»Was ist jetzt?«, schrie Kassandra in Todesangst. »Warum gehen die?«

Nina dagegen schloss einfach die Augen und wurde ruhiger. Ihr Verstand hatte schon so viel gelitten, dass sie nicht mehr wirklich realisierte, was gerade passierte.

Als Mike seine Hand auf die Schulter seiner Kollegin legte, sah Natalie Nina noch einmal mit traurigem Blick in die Augen, erhob sich dann und ging ebenfalls.

Zu Beginn der letzten halben Minute setzte nach jeder abgelaufenen Sekunde ein kurzer Ton ein, der die Bedrohung noch verstärkte. Mike musste zusehen, wie sich Kassandra Magwarts restliche Fingernägel ein letztes Mal in das Holz der Armlehnen bohrten. Trotz ihrer Verzweiflung fand sie noch die Stärke, »Gehen Sie doch endlich« zu sagen.

Mike bewegte sich rückwärts zur Tür und plötzlich war all die Verzweiflung wieder da. Schon einmal hatte er hilflos dabei zusehen müssen, wie jemand, der ihm sehr nahestand, zum Tode verurteilt wurde. Noch einmal konnte und wollte er keinem Psychopathen das Feld überlassen. Ohne noch weiter darüber nachzudenken, ging er auf Kassandra zu, drückte im Vorbeigehen ihre Hand und beugte sich zu dem Sprengsatz hinunter. Die letzten zehn Sekunden hatten bereits begonnen, als er eines der Kabel zwischen die Finger nahm. Dann schloss er die Augen und zog an. Fast mühelos rutschte der Draht aus der Konstruktion, doch die Explosion blieb aus. Etwas mutiger entfernte er auch die restlichen drei Anschlüsse. Nichts. Noch fünf Sekunden, der Signalton des Countdowns wurde aggressiver und erinnerte ihn an den zweiten Stuhl. Mit einem einzigen Satz überwand er die Entfernung und wiederholte das Ganze. Alle Uhren sprangen gleichzeitig auf null. Kassandra stieß einen Schrei aus, dessen Tonlage zeigte, wie kurz davor der Wahnsinn stand, sie zu übernehmen, doch nichts passierte. Begleitet von Wotans gestörtem Lachen erschien statt der Explosion ein riesiger Smiley auf dem Monitor, der abwechselnd als Bombe und als Lachgesicht aufblinkte. Dann ertönte ein letztes Mal seine Stimme in überheblicher Stimmlage: »Habt ihr wirklich geglaubt, ich gehe euretwegen lebenslänglich ins Gefängnis?« Anschließend wurde der Monitor schwarz, die Fesseln der beiden anderen Stühle öffneten sich wie von Geisterhand und alle Geräte schalteten sich ab.

# – 42 –

Noch am selben Tag eröffnete Kommissar Peter Groß seinem Partner, dass er unheilbar an Bauchspeicheldrüsenkrebs erkrankt sei. Sein Chef, Karl Steinbach, konnte den Beginn des Disziplinarverfahrens lange genug hinauszögern, dass Peter es nicht mehr miterleben musste.

Auf Sabrina Cricic hatten die Ereignisse fast schon eine heilsame Wirkung. Nach einer kurzen psychiatrischen Behandlung begann sie, ihren Schulabschluss nachzuholen, und entsagte jeder Gewalt gegen sich und andere.

Kassandra Magwart entschied sich nach der Trennung ihrer Eltern, bei ihrem Ziehvater zu bleiben. Ihre Mutter wurde suspendiert, begann zu trinken und lebt heute von Hartz IV.

Am schlimmsten hatte es Nina Krause erwischt. Selbst als die körperlichen Folgen der Folter schon lange verheilt waren, musste sie noch viele Jahre in einer Anstalt verbringen und beging schließlich Selbstmord.

Wotan Döring bekam in erster Instanz 27 Jahre Haft. Der von einem namhaften Computerspielehersteller zur Verfügung gestellte Spitzenanwalt konnte jedoch in zweiter Instanz gravierende Verfahrensmängel nachweisen, wodurch sich das zweite Urteil auf sieben Jahre reduzierte. Da Döring bereits fünf Jahre zu Unrecht abgesessen hatte und diese angerechnet werden mussten, verließ er das Gefängnis nach nur zwei Jahren und wurde ein sehr erfolgreicher Chefentwickler für Reality-Games. Trotz vieler Anfeindungen hatte er letztlich mehr Fans als Kritiker. Sein Buch, das er während der Haft über die Zeit im Gewölbe geschrieben hatte, verkaufte sich über fünfhunderttausend Mal.

ENDE

Printed in Poland
by Amazon Fulfillment
Poland Sp. z o.o., Wrocław

37840026R00161